山中日渐长

李晓晨 著

江苏凤凰文艺出版社

图书在版编目（CIP）数据

山中日渐长 / 李晓晨著. -- 南京：江苏凤凰文艺出版社，2024.10
ISBN 978-7-5594-8479-6

Ⅰ.①山… Ⅱ.①李… Ⅲ.①中篇小说－小说集－中国－当代②短篇小说－小说集－中国－当代 Ⅳ.①I247.7

中国国家版本馆CIP数据核字(2024)第008725号

山中日渐长

李晓晨 著

出 版 人	张在健
选题策划	李　黎
责任编辑	李珊珊
责任印制	杨　丹
出版发行	江苏凤凰文艺出版社
	南京市中央路165号,邮编：210009
网　　址	http://www.jswenyi.com
印　　刷	苏州市越洋印刷有限公司
开　　本	880 毫米×1230 毫米　1/32
印　　张	9.5
字　　数	200 千字
版　　次	2024 年 10 月第 1 版
印　　次	2024 年 10 月第 1 次印刷
书　　号	ISBN 978-7-5594-8479-6
定　　价	48.00 元

江苏凤凰文艺版图书凡印刷、装订错误，可向出版社调换，联系电话 025-83280257

目录

二十一楼 / 001

山中日渐长 / 031

去岛屿 / 059

南湖街 / 085

寻找倪小好 / 147

想吃 / 175

身后有人 / 193

远行 / 223

朱一清死后 / 253

再见，萨尔文 / 275

二十一楼

一

敲门声响起时大概是下午三点钟，起先有点窸窸窣窣，后来响起一阵急促的有节奏的哒——哒哒。荆枝正在午睡的后半段和一个穿着浅色卫衣的男人商量怎么才能煲出一锅上好的腊味饭，恍惚觉得他追到自己家来洗手做羹汤了，停顿几秒才明白外面确实站着个人。

门警惕地打开一道缝隙，阳光热辣辣涌进来，照在脸上暖暖和和的。视线几乎被一个硕大的轮廓遮住，跃入眼里的还有一头金色的鬈发，再飘来一股若有若无混杂着香水、洋葱的乱七八糟的味道，荆枝忍不住打起一连串喷嚏。

立在门外的人说，她叫叶芙根尼娅，以后可能要住在她身旁。荆枝的大脑高速运转起来，模模糊糊记得公司好像要安排个俄罗斯同事住在隔壁房间，管公寓的大姐还嘱咐她尽量尊重别人的生活习惯，省得跟国际友人闹出什么不愉快的事情来。

她憋着一口气深深地拥抱了那个壮硕的身躯和有些呛鼻

子的味道，默默地从一数到三打算松开双臂，冷不防双脚离开了地面，叶芙根尼娅在午后的阳光里把她抱起来，不费吹灰之力。一定是个好兆头，荆枝想，然后卖力地把地上的行李箱拖进门里。

叶芙根尼娅是公司新招的俄语销售，会一点点英语和汉语，专门负责跟俄罗斯客户打交道。荆枝到现在也记不清她一连串啰里吧嗦的名字，索性就叫她莎莎，这是她故乡对俄罗斯女人的通常叫法。一段日子过下来，她和莎莎的交流基本上只限于大学四级英语和各种夸张的表情手势。两个人相处得还不错，莎莎从来不会带些莫名其妙的男人回来，也不喜欢招一堆人来房子里开派对，甚至连烟都不抽一根。她喜欢在厨房里炮制各种料理和中药，那些葱姜蒜香叶咖喱和中草药的味道让荆枝整日整夜地睡不好，连绯红色的梦里都晃着一阵阵莫名其妙的味道。有天晚上她从一种特殊的苦而酸里惊醒，迷迷糊糊觉得自己好像在印度取经。

像一头充气的玩具大象似的，荆枝每天都把一些莫名其妙的味道吸进鼓胀胀的肚子里，它们从鼻子和嘴巴扩散到全身的各个器官，直到蔓延至身体里的每一根毛细血管。她有时候觉得自己的呼吸是焦糖味的，有时候是迷迭香的，更多时候自己也搞不清楚呼出来的到底是什么味道。莎莎把工作之余的所有闲暇都投入到了对味道的研究上，还说要开发一家气味博物馆。她顿时觉得以后是没什么希望了，就字斟句酌写了一封几百个单词的短信反反复复背诵，直到可以用英语流利地表达保持室内空气自然清新的诉求。

莎莎和她们民族的飞行员一样颇具战斗性。她略一思索，便操着一样烂得稀碎的英语说："人生而不同，希望你能像尊重我的信仰一样尊重我的生活习惯，不然我可能会死。"To be or not to be，活着还是死去，荆枝没什么资格剥夺别人的生命，所以往后的日子里屋里继续荡漾着各种稀奇古怪的味道，后来还时不时响起不知道祈祷还是唱歌的喃喃自语。"是不是加入了什么邪教组织，那可就有几分性命堪忧了。"她有些暗暗地担心。

"你有病啊，攃出去！"杨六郎的电话像一阵风吹散了俄罗斯女人聚拢来的阴霾，荆枝正被隔壁的艾灸呛得七荤八素，眼泪鼻涕一把一把往下落跟电影里犯了鸦片瘾的毒虫一模一样。

六郎是个娇小玲珑的姑娘，却像个男人一样怕日子不够折腾，就得了这么个名号。荆枝第一次来北京就住在六郎家，跟着她钻进到处贴满小广告的黑乎乎的出租房门洞，整个人都吓了一跳。六郎却自得其乐地跟开电梯的阿姨打招呼，熟门熟路穿过邻居吵架的动静和土豆炖茄子的香味，径直走进自己家50多平米的两房一厅。地板是纯水泥的，厕所还是用蹲坑，厨房更小得可怜，而杨六郎就是杨六郎，在那里住得怡然自得，还妙手回春把个老破小收拾得井井有条，摆了绣球石榴贴了壁纸电视墙，真真的是一颗将星下凡！

荆枝忍不住笑出声来："你以为这是我的房子啊，真有意思。"

"那就买一个！缺钱，姐借给你！"六郎歪在家里墨绿色的皮沙发上，肩膀上的睡衣带子时不时滑落下来。这豪迈几乎让荆枝哭出声来。

杨六郎一度是荆枝的指路明灯。她俩其实有过一点点分歧，仔细想想应该是六郎有了宝宝以后，她和老公合开的公司不得不搁浅，然后竟然不能免俗地像所有赋闲的宝妈一样做起了微商，自然也像往常从事任何职业一样以一股持之以恒的打鸡血劲头投入到了那份美好而伟大的事业之中。

说实话，六郎不是那种让人讨厌的微商，她只会不动声色地丢过来个西冷牛排北极甜虾的链接，在春暖花开的时候送一个明黄色的双肩包暗示可以购买她推销的旅行团购。荆枝每次都假装听不懂她在说什么，其实总会很认真地点开看那些视频和图片，但死活不会花一分钱买点东西或交几百块会费开个全球买卖的商场。

原因很简单。荆枝本来就是个懒得和人废话的人，更觉得这行为很有几分交智商税的意思，几百块钱不在乎，但发现自己是个笨蛋却坚决不能忍。就这么着，她俩有点儿渐行渐远，六郎大概觉得她没什么心肝地抛弃了她的事业，荆枝呢也不想每次聊天都被人劝入伙再拒绝。但六郎确实是神人，很快就在微商界风生水起，虽说没能喜提高铁飞机之类的，却硬生生成了养家糊口的顶梁柱，带着公公婆婆轰轰烈烈地投入到了充满光明和希望的生意之中。

在人们痴迷李佳琦李子柒的时候，六郎又跟着风口开启直播大业，鸦默雀静攒了十几万粉丝，每天在直播平台上知心姐姐一般同大家分享育儿心得，不遗余力地卖锅碗瓢盆和米面粮油。她笑起来和说话的时候真像一阵和煦的风吹过，温暖着每一颗冰冷的心。

荆枝和六郎保持了一种貌离而神合的友谊，却不是塑料姐妹花一类的，毕竟眼见着彼此经历了许多难以名状的日子，那句话怎么说的：一起同过窗，一起扛过枪。

二

每个房产中介的电动车后座都散发着不一样的气息，但归根结底还是钞票的味道。荆枝第一次下决心看房带着几分壮士一去兮不复还的悲壮，生怕被人卖到深山老林当压寨夫人。小潘是她认识的第一个房产中介，叫潘什么齐来着，长得高大粗壮。在一堆乱七八糟的门店名字和电话号码里挑中他，完全是因为这哥们儿的长相，个子高高的长相朴实，五官很开几乎没什么重点可言，总而言之看上去特别特别的土气，恰恰是这土气让她获得了难得的安全感。

第一次看房终归忐忑不安，心情起伏得让她记起初恋那会儿担心跟谁接吻就得嫁给谁。荆枝磨蹭到最后一刻，咬咬后槽牙戴上口罩奔赴前线。小潘忍不住笑起来。他没再说什么，指了指电动车后座。

他身后那台深蓝色的电动车看上去有些年纪了，座位的黑皮子开始慢慢脱落露出乳白色的海绵垫子，一股老化胶皮的味道混合着汽油味儿钻进鼻子里。

房子在四环外的一栋商场旁边，一群大爷大妈正推着小车拎着小儿女满院子溜达，小区中心有个不算小的清澈的人工湖，几十条金鱼追着面包屑和小虫游来游去。初夏的林间传来麻雀叽叽喳喳的叫声和乌鸦的哀号，还有人在空地上放起淡蓝色的蜈蚣风筝和火红色的太阳风筝，线没放很长，分明就是哄孩子的把戏。

房子朝东，一大早就会有阳光透进来。一个穿着毛茸茸的黑白斑点睡衣的男人开了门，荆枝一脚踏进卧室就看见床上躺着一个头缠白色绷带穿着同款毛茸茸的黑白斑点睡衣的女人，她的脑海中迅速填满了香港电影的经典镜头，心慌慌地随便编个理由就离开了。出门的时候，对面邻居的门悄无声息地开了，有个打扮得很是妖娆动人的男生冲她抛了个媚眼，也穿着睡衣，怀里还抱着一只纯白纯白的巴儿狗。

"不行！"她斩钉截铁地告诉小潘。

"您觉得哪儿不行呢？"小潘倒是相当地镇定自若。

"想要新一点的正规的一室一厅，最好邻居素质高一点，别看上去都跟黑社会似的。"荆枝缓缓漫步在院子里，觉得那湖水有些深不可测。

小潘没说什么，点点头带她去了另外两个房子。

再去看的房子没隔多远，她一进去就被扑面而来的小广告和满坑满谷的垃圾震慑住——简直是个没有止境的充满陷阱的黑洞。小潘见多识广，不动声色地告诉她房价比周围可是每平方米便宜快一万元，虽然表面看起来破但精心装修一下也分明是个温暖窝心的小家。她四处溜达着才恍然大悟，小潘想让她明白刚才黑白斑点睡衣的房子多么靠谱。

六郎的电话响了，特意问问买家感受如何。

"光怪陆离。人尽可夫。"荆枝词不达意吐出这么一句，隔着手机都仿佛能看见六郎笑得前仰后合的样子。

小潘电话再打来那天荆枝喝多了。

已经是第二天上午十点，头痛欲裂，嘴里又苦又干，太阳穴仿佛火烤一般。她挣扎着打开窗户，一阵甘冽清冷的风吹进暖烘烘的房间，主路对面的酒店玻璃幕墙反射出金灿灿的光辉。她盯着那面墙看了好几分钟，直到带着几分沉醉地发觉那金光隐隐拼出了三个字——伏特加。似乎喝了两杯伏特加吧，里面还掺着朗姆酒、柠檬汁和薄荷酒。酒是很早以前莎莎刚搬进来时送她的，在俄罗斯有句谚语是这么说的——如果没有伏特加，会更健康，但却不会幸福。

荆枝深以为然。

头天晚上刚进门她就听见了叽里咕噜的俄语和特意压低的哭声。哭声伴着开门戛然而止，但很快又低吟浅唱，莎莎打开了自己的房门。

地上已经堆满了各种空荡荡的酒瓶，红酒、啤酒、清酒还有好几种叫不出名字的空瓶，莎莎一边哭一边往外蹦英语单词，那意思大概是说她被一个男的给蹬了，居然还被坑了一笔钱。荆枝从没见莎莎这么哭天抢地,她顿时有些慌了手脚,再加上彼此语言也不大能明白,只能拍着她的肩膀递过去一张张纸巾。纸巾瞬间就被无尽的泪水吞噬了,莎莎变成一个永不干涸的泉眼——冒,冒,冒,不管扔什么进去都无济于事。

"My vodka. Where?"莎莎突然记起了那瓶伏特加。荆枝这会儿被两罐啤酒灌得乐不可支,醉马刀枪,莎莎不死心地拿着空酒瓶往嗓子眼儿里倒。她跟跟跄跄地走去翻箱倒柜找出来那瓶酒,莎莎两眼放光,隆重地把剩下的几种酒掺和在一起缓缓地倒进两个浑浊的高脚杯,特别像在午夜的明月下做法的巫师。忽明忽暗的那个瞬间,她有些恍惚自己下一刻会不会变成狼人。

朗姆酒的甜足以掩盖伏特加直入口鼻的呛辣,再加上薄荷的清香混淆了视听,让人并不觉得喝下的是烈酒,两个人操着三种语言各诉衷肠,最后无知无觉地倒在床上。莎莎的哭声一直似有似无地穿梭在荆枝的梦里,她梦见自己在热带雨林里跟着一群鸵鸟呼哧带喘地逃避鳄鱼,不知怎的就被它们衔着衣角飞到半空,在越过树梢的片刻它们齐刷刷地松口,害她重重跌落下去。周遭只剩下一片片四散而飞的鸵鸟的羽翅。

倒春寒来得猝不及防,气温比前一天低了差不多十几度,路上的人少了许多,人行道旁的紫藤刚结出的花苞被冻得蔫头耷脑没什么精神。每个人都行色匆匆,再不见以前驻足赏花的淡然。

还好没坐电动车。六郎开着自己的 MINI COOPER，她们亲昵地管它叫小黄，像家里养的一条狗。小潘还骑着那台饱经风霜的深蓝色电动车，貌似剪了头发穿了新的工装制服。两人不禁莞尔，这年头马路上最热爱穿正装的恐怕就要算房产中介了，还一定要打上颜色鲜亮的统一款式的领带。

去的是个还算新的小区，只有一栋楼也谈不上什么绿化带中心湖，为了多建几间房子，唯一的一栋楼设计成了正方形缺一边的样子。六郎一进小区就忍不住撇嘴，小潘立马明白了。

"这个小区虽然一般，却是 2000 年以后的，将来真要买也能多贷些款，而且邻居都是附近上班的白领，安稳。"

"这跟大学宿舍似的，这么长的走廊一溜烟儿十几间，怎么住啊？"六郎显然完全看不上这儿的房子。荆枝拽着她往走廊深处走去。

房主正坐在 50 平方米开间的沙发上，对面墙上挂着一幅大部分是白色的世界地图，零零星星的几个地方涂上色彩，标志着主人已经去过这里。小夫妻很殷勤热情，应该是第一次卖房，他们在这里住了三年多，多多少少攒了点钱打算换个大点的房子去生儿育女。房子是婚房，保养得煞有介事，木地板铺得齐齐整整很是规矩，四面墙壁雪白基本连个手指印也没有，芥末绿色的橱子柜子光洁如新，仔细闻一下除了隐约的饭菜味之外没什么特殊的味道。荆枝朝六郎递个眼神，意思是这一对确实正经过日子的，房子自己也算很中意。

男主人客气地招呼她们仔细看看阳台外的景色，虽然外面有些局促。这些看着簇新簇新的家具也都可以送给她，一瞬间荆枝觉得自己就是这房子的主人，目光渴望地扫过浴室、厨房、卧室和阳台——这里可以打一堵墙隔开一小间卧室，那里放个餐桌就好了，阳台上再种几盆好养活的花，下午的阳光灿烂得让她觉得有些可惜。

荆枝后来一直搞不明白六郎是没看见她的眼神还是从进小区开始就打定主意不让买，总之接下来噼里啪啦细数了一堆这房子的缺陷，共计有十几条，比如位置远离地铁公交站不太方便将来出租就不划算；开间比不上正规的一室一厅，隔开缺少光亮；楼型设计实在太奇葩，像20世纪90年代大国营单位的宿舍；楼下停车场太小，实在没有足够的车位停车……最后她抛出一个决定生死的句子：“便宜八万！”

女主人腾地一下子站了起来：“那就这样吧。”荆枝仿佛看见肉联厂送进冷库的一柜一柜猪肉，片刻就冻得硬邦邦的。

三

早上，屋里弥漫着混合了阳光和辣椒的刺鼻气息，荆枝没忍住打了几个喷嚏，猜想莎莎可能在炮制什么新的秘制酱料，昨晚她好像是枕着浓浓的苹果姜醋睡过去的。荆枝一边起床一边细细琢磨，额头上爆出两颗带着白头的痘痘。"相亲也看不了这么仔细吧?"她拿遮瑕膏狠狠涂了又涂。

男的是一个朋友介绍的,大学经济学讲师,年龄略大她几岁,看照片个子不高但很老实耐看,惟一的缺点就是头发比别人少许多。第一次见面约在胡同里的一家云南菜馆,荆枝下地铁跟导航七拐八拐了很久才找到地方,馆子看上去开了好几年,桌子椅子都透着几分油烟气息,饭馆周围是夏天常见的槐树、蔷薇和梧桐,从二楼露台望出去一片蓊郁青葱,院子里另外一家酒吧的乐队正在调着吉他和键盘,准备开始演奏。

除了头发这段日子又稀缺了些,男人和照片上差不多,看荆枝来了赶紧热情招呼,炸牛干巴、米酒、煮青菜、汽锅鸡、炸蜂蛹……荆枝指到哪就点哪,他只是偶尔推荐几道觉得不错的特色菜。相互的试探自然必不可少,父母啊工作啊收入啊户口啊房子啊都在假装不经意的聊天之间摸排清楚了,开始相谈甚欢。荆枝毕竟在广告公司的公关部上班,应付个陌生人还不如鱼得水?男的喜欢脱口秀和旅行、瑜伽,顺嘴还来了段郭德纲、于谦的相声。

最后一道菜——汽锅鸡上来了。

他绅士地帮荆枝盛了一小碗鸡汤鸡肉,然后给自己也盛了差不多的一碗。相"吃"也甚欢,人和菜都热气腾腾,红光满面,鸡汤蒸腾的热气和下肚的两杯米酒好像加了层滤镜,影影绰绰让荆枝觉得对面坐着的人好像也能凑合过下去。喝完两碗她就结束战斗,他索性把汤碗端到面前吸溜吸溜地喝起来,直到把最后几块鸡骨头也塞进嘴里嚼得稀烂粉碎,偶尔发出咯吱咯吱的声音。一张嘴被填得满满当当的，深粉红的肉色混杂着米黄的鸡肉让她猝不及防。

"走吧。"荆枝把剩下的纸巾放进包的夹层。

"好。"他嚼完最后几口，擦擦嘴跟在后面从木质的楼梯上慢慢走下去。

经济学老师竭尽全力嚼碎鸡骨头的样子深深地留在了荆枝的印象中，以至于有天做梦她都梦见在奋不顾身地吃鸡。那一幕实在有些惊悚，一个人类恶狠狠地嚼着没有肉的骨头而且一定要嚼得碎成渣吐出来，真像一只生活在森林里的兽。假如说她对没有头发还可以稍微容忍一些，那这一幕就没办法劝自己得过且过了。

经济学老师后来又约过她一回，荆枝本来想拒绝但还是慨然允诺，打算找个价位差不多的馆子回请，毕竟都是不知道怎么牵到一起搭错的线，早点说明白也是好事。

那家湘菜馆子在北京小有名气，干锅肥肠、爆炒牛蛙和农家小炒肉是招牌菜，经常有食客特意开车从二三十里外的地方跑来过嘴瘾。他们那天点的爆炒牛蛙烧得格外入味，可能厨师腌制烹炒的时候心情格外舒畅。牛蛙端上来已经是第三道菜了，蒜瓣的辛香配上红艳艳的辣椒和碧绿的青蒜让人直流口水。菜显然很对经济学老师的胃口，一上桌他就拿起筷子稳准狠地对着牛蛙肥肠小炒肉努力奋斗，举筷的频率完全不亚于荆枝。如果，如果一顿猛吃能蒙混过关倒也不失为一件好事，他还是在停筷喝水的片刻问了个问题："我有个一百平的房子,你呢?"

"正看呢。"荆枝轻轻说着,心里气短了一截。

"那……"他没说出后面的话,能看见打分的牌子上肯定倒扣十分。

"咱们还是不大合适。"她终于把压箱底的那个万金油句子说出来了。

他愣了一下,绷得直挺挺的上身终于慢慢放松下来。

四

鸵鸟又出现了,它们三心二意衔着荆枝的衣角,一只叼着围巾的家伙差点让她窒息。地上追逐奔跑着一群鬣狗,龇牙咧嘴,面目狰狞,她清清楚楚看见这群动物的模样,真不是什么好鸟。荆枝被梦吓醒,摸摸手脚齐全才重重吐口气出来。

再看房已经是几个月以后。大雨。荆枝躺在被子里两面翻腾,门外飘进丝丝缕缕水烟的味道,最近莎莎又添了新的爱好。房主人已经特意开车从西边赶过来了,她毅然从暖烘烘的家里出门一脚深一脚浅走进密不见人的雨帘里去了。雨下得紧可没持续太久,一两个小时以后就悄无声息地消失在车来车往之间了。

房子在二十一楼,女主人早到几分钟开了房门。防盗门的周围贴着一副对联——"每临大事有静气,不信今时无古贤"。字马马虎虎，可居然是翁同龢的联。女的说这对联是她老公写的，他就喜欢这种多少年前的东西，天天泡在旧纸堆里。从淡淡的语气里，荆枝听出来不露声色的炫耀。

朝南的落地窗外两棵几米高的青松在一片清肃里傲然挺立，远处的柳树早就干秃秃只剩下枝杈。小潘一边同主人寒暄一边不失时机地推荐一二，六郎没像上次那样激烈地鄙视和千方百计阻挠。二十一楼的客厅方方正正不算小，但面积有限卧室就缩水很多，荆枝对这没什么意见。在六郎的提点下，她发现最大的问题是客厅采光有些幽暗，特别阴天时全部的光源被一堵承重墙挡得密不透风，不见天日。

怎么也算个硬伤，她打算拿这当理由跟房主谈判。女人一听皱起眉头仔细思忖，男人基本上没说上三五句话，全程都跟参观博物馆似的东走走西逛逛，要么就坐下盯着手机里的股市发呆。

小潘努努嘴，示意搞定这女人房子就差不多了。

"这女的看着就不是善茬，表面仁义道德，底下男盗女娼。"六郎说。

小潘比荆枝着急多了，电话一个接一个。她有些犹豫。

六郎又开着小黄来了，顺手扔给她一个黑色的银行卡："记得写借条。"她点起一根黄鹤楼，一副"起然烟卷觉新凉"的样子。"还记得我头房那会儿吗？"她亲亲热热摸摸荆枝的脸，恶狠狠亲了一口。

那年冬天的第一场可以算得上雪的雪，落在脸上硬硬的凉凉的，全不像南方的雪不清不楚，割舍不明。六郎和她仗着喝下去的二两白酒闹腾着出去拍照，到处都是看雪的人，商场外的空地上闪烁着五光十色、扑朔迷离的灯光秀，好像幻境一般。雪扯开一个弥天的谎言，遮盖住大地的本来面目。

六郎一直想买房子，每个不直播不卖货的日子她基本都坐在中介的电动车上大街小巷满地溜达，从二环一直到三环四环五环六环，以至于后来听到《五环之歌》都能胸有成竹、如数家珍地说出五环那些小区的名。关于房子，她基本上已经能写出一本厚厚的指南了，朝向、光照、楼层、防水、走线、格局……懂得太多，唯一的问题就是有限的金钱和日益增长的房屋知识之间的矛盾。她剧烈地崩塌粉碎，瘫倒在灰白黑间放声大哭。

"我想有个家！"六郎抱着地上一身银白的大熊。荆枝坐着滑梯朝她飞过去。雪落在她身上，也落在六郎身上，更多的都落在地上了。

黑色的卡面上印着一串金灿灿的数字，落在沙发垫子上格外显眼。荆枝决定正儿八经跟房主谈谈。总共就那么大的房子来回来去已经看了两次，连书柜里摆的几本书她都了然于胸。女人让小潘告诉她可以再让一点，就是得再见见买家看看是不是有足够的诚意。

看能看出诚意？荆枝怀疑。难道他们还专门请了个算命看相的大师来瞧她？倒也刚好，那样就麻烦大师帮忙解释一下那个关于鸵鸟的梦到底是怎么回事吧。

女人搬把竹子做的椅子坐在她对面，泡了一杯普洱端在手上，慢条斯理地盘问起各种八竿子打不着的事儿——在哪里读书啊，为什么来北京，在大概什么样的地方上班，有没有男朋友，打算贷款多少，现在住在哪里，那天一起来的小姑娘怎么没来呀……她节奏均衡的南方口音一旦排布起来很像唐僧念起紧箍咒。荆枝像台机器一样按部就班地回答提问，甚至连反驳一句凭什么都力不从心，由着她从东到西由南到北打探个底掉。

她喝干了玻璃杯里的茶，问了最后一个问题："房子便宜多少你能接受？"词是之前早已经套好了的："五万。"

"五万可太多了呀，你个小姑娘开口杀价不要这么狠的，都要让出一个平方了呢！"

小潘自然而然接过这个聊到现在最有实质性的话题，之后荆枝就负责听着间或偶尔帮个腔。"你看小姑娘是真心实意想买，做商贷也快，就是人刚工作没几年，要不再让一点。"

"我当年也是自己买的呀，橱柜、地板、卫生间都是精心装修的，连买个莲蓬头都货比三家呢！"女人撇一撇嘴，两只细白的手叠拢在大腿上。

"谁都不怎么容易，您多少让点她也能少借点不是？"

"你到底是谁的中介哪，屁股坐在哪边说话的啦？"

"姐，您还不知道我是什么人嘛。"

"这年头！小姑娘，你中介费谈到几个点啊？"她突然把话头转向荆枝。

"当然是市价啊。"小潘赶紧补上一句。

"我就不信,你别太黑心哪,吃了卖家吃买家。"女人又去给普洱续了些热水。

荆枝打算接受这价格,她抽身出来冷眼旁观。小潘和那女人像分别拉着一个巨大的钢锯试图割断一头牛的庞大的身体,割得深对面的就叫喊着浅一点别伤及骨肉,手上稍微松点劲肌肉和筋膜又血哧呼啦地割舍不断。一来二去,你吼我叫,终于把一头好端端的牛锯成许多个完整的碎块,不伤肝脏脾胃大肠小肚。

后来想起,荆枝眼前就只有这个现代版的庖丁解牛,不怎么成功但总算解开了。

"我们打算卖了房子去大理,开个民宿享享清福,上些年纪就不打算再拼命,带着孩子野生野活。再让个几万装修钱都出来了。"女人又呷口茶。

"早点卖出去不就能早些去享受大自然嘛,小孩儿可一天一个样啊。"小潘给她又续点水,"再熬上半年孩子可就又长大好多了。"

荆枝想起一个跑到大理租院子的朋友,天天在朋友圈发花木葳蕤,海晏河清。她之前在上海经营一家小小的酒吧,靠贩卖以次充好的红酒和乱七八糟的鸡尾酒存下一笔横财,也不知道哪根筋错位稀里糊涂跑去大理。目下所见,她开的那家民宿经营惨淡,平日里有七八个客人老板就格外感激涕零,最近好像正为房子是不是违建抓耳挠腮。她想想没说这些，掏出手机给女人看那些精修过的图片和视频："大理真不错，适合人类居住！"

五

风吹起来刮得玻璃窗发出尖厉的呼啸声，一丝凉意从门窗的缝隙里顽强地钻进来，初秋的寒来得猝不及防，像壁炉里的火不打招呼就唐突熄灭。莎莎正在厨房里烤面包，烤箱里飘出来黄油和牛奶巧克力的香味。今天应该是打首付款的最后期限，荆枝盯着银行卡上的七位数看来看去，上下嘴唇都咬出深深浅浅的泛白的裂痕。不管怎么说，这笔钱先到银行，要等俩月以后才能进入个人账户，想到这里她心里松快一下。

交税大厅熙熙攘攘，小潘带着另一个男人热情地招呼他们赶紧进去找个座位，女人的老公跟着走进来，人变得密密麻麻，空气开始污浊不堪。房主说要出去买些吃的。就在这离开的空档，小潘突然凑过来："待会儿你就说他们的购房发票找不着了，一定记得。咱们试试能不能少交点钱。"

荆枝有些发蒙，不大明白小潘葫芦里卖的什么药。女人一家进来，他又重复一遍。

他们开始仔细地询问，在一摞摞档案卷宗里翻查着什么。

"没找到，按老规矩交 1.2% 吧。"戴着套袖烫着小卷的女办事员懒洋洋地说。

"这就成了？"荆枝狠狠捏了自己一把。"就这么省了十几万?"她问六郎。对方半晌没什么反应,然后悠悠吐出一句:"你走了什么狗屎运啊?"

"你是将星,我是福星!"她也不知道自己究竟在说什么,惊喜还是悲伤。

过户约在一个下午,荆枝和六郎盘算着先去家具城转转挑个吉祥如意的物件。家具城种类不怎么齐全,但贵得让人印象深刻,她有次陪老板的太太去选餐桌,被一盏十几万的灯吓得瞠目结舌。

家居商场堆满了这个城市最富裕的人情味,每个精心布置的空间里都亮着深浅不一的灯光,湖蓝色沙发上坐着大小不一的公仔,书柜里高高低低摆着几本高深莫测的书,儿童房的床单被褥一定灿烂绚丽。人和人穿梭往来,调试或明或暗的灯光,用力拍拍桌子椅子的木板,抚摸着一个个可能被据为己有的东西。荆枝觉得这就是人生必须到达的某个阶段,即便买不起大件先挑个小的也可以凑合凑合。六郎把她带到最顶层卖沙发的空间里,"选一个吧,送你!"她缩在微凉的真皮沙发里注视着荆枝,像个暖黄色的落地灯。

荆枝从没这么仔细留意过沙发的样子,那个红色的单人沙发就这样落在她眼里,真皮表面因为做了磨砂处理暖意十足,人体的整个曲线刚好完整地包裹在其中,小腿下的挡板还可以随着按钮慢慢升高,很像飞机上的头等舱座椅。对,就是头等舱的感觉。六郎猫在里面四仰八叉,扬扬得意。对荆枝来说,这个单人沙发将是第一件入驻新房子的家具,她顺手又挑上款白色的台灯，灯罩上粘满层层叠叠的白色羽毛。

手机上躺着好几个小潘的未接来电，她赶忙拨回去，没三下就接起来，里面响起结结巴巴的声音——

房主今天赶不过来了，他们的车被人撞了，现在正缠在一起麻烦呢。她让我跟您说声抱歉，等处理好了就跟您过户。

可真麻烦，讨厌！荆枝站在电梯上一手举着电话一手在两旁的特价区摸来摸去，挑了个粉彤彤的大章鱼玩偶扔进六郎拎着的筐里。

"不过户了？"六郎的耳朵陡然敏锐起来，荆枝突然被从头浇下一盆冰水，前额开始渗出一层层细细密密的汗珠，胸口堵着大团大团烂棉花，她赶忙坐下来，心脏突突的跳动声清晰可闻。那女人的脸上带着若有若无的微笑在她眼前转来转去，这些脸堆积成山，几分钟后才渐渐消融。

必须盯死小潘！荆枝告诉自己，她抱着白色羽毛灯坐上小黄一路回家。车过东风桥时开始给小潘打电话，说着说着就歇斯底里起来，睫毛膏眼影粉底乱七八糟混成一坨糨糊，似乎被人无端端随便涂抹几下就推上台去一样。她尽力克制着眼泪和语气，小潘告诉她刚才又去检查了一遍房屋的产权，房子没有抵押也没被拍卖之类的，正常得不能再正常了。

"您放心！他们家可能真出事儿了。"他说。

六郎一边开车大脑一边飞速运转，她怎么都不信二十一楼在这个节骨眼上能碰见什么大事情，从统计学上来说这概率小到如同走在路上邂逅得癌症的前男友。她有种不太好的预感。荆枝的首付已经打进银行去了，两个月以后这颗定时炸弹随时都能把她炸得尸骨无存。她一言不发，从车两侧的反光镜里隔三岔五打量着自己。

荆枝进门时并没注意到莎莎的微笑，径直走进卧室砰一声甩上房门。一个个镜头录像机似的回放着：和人家谈判，第一次看房，认识小潘，坐在沙发上，小区中心的湖水，小潘的电动车，乱跑的小朋友，挑沙发……头疼得厉害，她使劲拍几下也没能止住疼，瘫在床上一个字也说不出。荆枝盯着手机通讯录恍恍惚惚，愣许久想起有个朋友在房产公司上班，好像还有个人在某个银行上班，她以为里面能跳出一个戴着头巾赤裸上身的灯神。接着又拨通那个女人的电话——

"您拨打的电话暂时无人接听""暂时无人接听""无人接听""听"……

六

六郎的微信不时响起，荆枝心情好时候就回一条，她搜索了所有可能的诈骗模式，看看哪个好像都可能发生在她身上。有个人把房子卖给好几个买家，骗上好几千万偷偷跑国外再也不见踪影。一琢磨那卖房子的女人可能这么来骗她，电话哭哭啼啼打到小潘那儿。

"他们说三天以后给信儿！"

"三天!"荆枝半倚着床头大口呼吸几下,无所事事,只能穿好衣服下楼去铺子里挑几瓶红酒拎上来。手边放着一个不知名的人写的《长征手记》,她咕咚咕咚咽下一大口,酸,略微有些涩,还上头。

每天一睁眼,她就琢磨自己的钱会落进谁口袋里,也没什么主意可想,索性走去中介公司。小潘正忙乎着跟新客户应酬,满脸红彤彤热情似火,看见她有些张皇失措,他坐在对面椅子上结巴得厉害,一会儿接个电话一会儿送人离开,不大的店面里热热闹闹——这人世间的悲欢啊,本来也不相通,她不知从哪琢磨出这么一句,一板一眼重重地敲着眼前的办公桌。

"那房子就算不卖给您也交易不了,他们还能扔下几百万骗点首付逃跑?"小潘递给她杯纯净水。

"我喝热的,不舒服。"荆枝哭丧着脸,普天之下已经罗织成一张密不透风的网,正等着许久不见的鸟雀飞进去。小时候父亲常在下雪时带她去捕鸟,野地里支起个竹编的圆形大篾子,撒上把苞米谷子就等小鸟来自投罗网。他们把捕捉到的小东西养在家里,麻雀是决计养不活的。"这鸟,心事太大。"母亲说。

这一天基本没吃什么,傍晚荆枝爬起来煮了一碗香辣牛肉面,放进香葱、辣椒碎和鸡蛋,还淋了几滴醋和几滴麻油。食欲一点也没有。她生生咽下去一大筷子,噎得打满好几个饱嗝。窗外传来球迷们看世界杯的声音。她也听不出到底在支持哪一方,每个人都义愤填膺。"妈的!"她随手把珍爱的泰迪熊狠狠扔到墙上,隔壁隐隐传来几声狗叫,是那头蠢乎乎的法国斗牛犬?她平时每次见到都忍不住摸几下,这会儿却恨不能毒哑这个不安分的家伙。

毛茸茸的泰迪熊从宽阔的穿衣镜前滑下来,细长的红酒瓶子在它脚下熠熠生辉,荆枝向前几步,把绛红色和周围可怕的寂静一股脑儿倒进嘴里,液体顺着口腔、咽喉、肠胃缓缓滑下去,她喜欢这种瞬间被点燃的感觉,空气里飘浮着大朵大朵的粉红色和白色的花瓣和羽毛。

一种异样的感觉在周围弥漫,升腾起来,扩散到四周,她觉得有谁一直在注视着自己,起初不明白这是怎么回事,她很快发现射出这道光的是一双迷离的眼睛,一双距离略微有点远的眼睛。这眼睛十分熟悉,一只眼皮上还浅浅印着颗褐色的痣——是她自己。荆枝不想吃饭,不想说话,不想理会这无边无垠的寂静,不想从谁那里得到任何东西。整个房间无法自拔地封闭在暗黑之中,犹如一口钉死了的棺材。空气的密度越来越大,她实在支撑不住,倒在床上。

莎莎一大早就出门见客户去了,她不知道荆枝最近每天在忙什么,只听见夜晚厕所的门一遍遍响起。二十一可能真是个邪门的数字,2114,荆枝有些后悔买下二十一楼,听着就不像吉祥如意的,心脏又节奏不均匀地跳动起来,恨不能从嗓子眼蹿出来蹦上十几米。早上醒来,她照例先给小潘打电话，那边态度好得像在哄自家女儿："今天都最后一天了，再等等！"心脏仿佛得了命令突然停止奔跑，欣欣然和光同尘。她追溯起从自己家到二十一楼的路线，不放过每一个便利店、酒吧、菜市场、学校和地铁站，一块深蓝色招牌定格住画面。

派出所真是集奇形怪状的人物之大观，荆枝打量着四周形迹可疑的身影，把随身带的帆布包紧紧贴在胸前。她花几秒组织好语言，坐在一扇玻璃窗后面颤巍巍提问。

"你这属于民事纠纷，得去法院，我们不管。"窗户里抛出一个女人的声音，听起来像冰面碎裂一样。

敲门声早得有些不可思议，荆枝少见地看见这城市苏醒过来的一幕，她假装刚刚醒来，像模像样打个哈欠伸个懒腰，太阳红澄澄地从云层中奋力跃出，大朵大朵的云阻拦过去，天光已经开始大亮。门外站着睡眼惺忪的杨六郎，手里拎着油条和豆腐脑。她拍拍荆枝的肩膀，径直走进卧室。

乳白色的豆腐脑上均匀地播撒着碧绿的香菜和小葱，六郎特意给她放上一勺红色的辣子，她拿塑料勺子搅和几下，那乳白和碧绿和鲜红就融为一体了。荆枝想不起来有多长时间没吃过豆腐脑，读书时她和六郎几乎每个礼拜都要去学校小树林里的老太太那儿买上一碗，颠倒着没等到宿舍楼就干净水滑地各自干掉一整碗。"你说她会打给我吗？"她委屈巴巴地抬起头，仿佛大几百万已经被人拐到外太空去。"废话，才七点。"六郎的语气让她不由得不信。

头天晚上那女人可没这么暗示。荆枝从生活费里挤出两千块预约了个据说很灵的女人算塔罗牌。当然，是在网上。她在对方所说的吉时准点上线，洗干净双手默默地从一堆牌里选出一张。女人的语言短促简洁，也看不见神情，只在非常必要的时候才告诉她下一步该做什么，四五二三一地抽选半天，对面陷入完全的沉默。解牌大概花了二十多分钟，很多细节荆枝以后不可能记得那么清楚明白，但她永远都忘不掉自己抽中的结果牌是"皇后"的逆位，女人说现在对于皇后牌的主流诠释大部分都是和"丰收""欢乐"有关，一般而言皇后牌是正位往往都是朝着充满光明与正面意义的方向来诠释意义，但在逆位时却可能代表欢乐的短暂消失，收获的折损和事业的小挫折。

荆枝不认为自己能狭路相逢勇者胜，她狠狠吞下去几大口酸酸辣辣的豆腐脑，远处似乎现出一条通往朦胧不清的洞穴的小径。

她们等在小潘电脑前有点紧张，小潘前面坐着三个客户问东问西，一时半会儿顾不上她们。荆枝有些拿不准，自己成了别人案上的鱼肉，那个鸵鸟羽毛的梦是不是也意味着随风而去？她不敢想下去，心脏又跳得捉摸不定。

"她让我把这个邮件转给您。"荆枝愣了愣，点开邮箱图标上的红色圈圈——

小姑娘：

　　你好。

　　虽然有些不情不愿把二十一楼卖给你，我们可没想到让出来十几万便宜到你头上，任谁都不甘心吧。但现在这世道，契约精神，各负其责，我们也认栽。

　　这几天想必对你非常难熬吧，没人可以随随便便顺顺利利达成自己想要的目的。不过，并非故意，这也是我接下来必须向你说明的——

　　我的父亲，已经85岁的父亲得了喉癌，医生给出的结论不怎么乐观，他随时可能离开，所以我必须守在他身边，不然会后悔一辈子。也许你还不到有这样经历的年纪。好羡慕啊，但你应该能理解人都会走过这样的日子。我无意违反合同，但确实无能为力。他是我的父亲，哪怕支付违约金也没问题。

　　没想到我们的交易居然以这样的方式来进行，如果您有耐心，那么希望可以等到他离开，如果等不了，该赔付的我们一并赔付。毁约，也可以理解。

　　请您谅解，我们的最后时光。

　　世事即无常，不是吗？

肖小河即日

　　荆枝读完邮件的最后一个字，身边全都是缥缈不清的幻影，不管怎么睁大双眼都无法洞悉这其中的秘密。周围响起酒瓶互相撞击的声响，还有她在地毯上和床上翻滚的动静，她已经不再是刚才的自己，五官一点点暗淡萎缩下去。荆枝仔细窥探着小潘的一举一动，注意着他脸上的表情和肌肉，生怕落下一丁点确凿的证据。小潘的手隔几秒钟就不由自主敲击桌面，那双手青筋暴露，暗黄如头顶的灯光，它们有时安详平静，有时怒不可遏，还有时候却那么无所依傍。屋里唯一的声音来自墙上绛红色的石英钟，三根细细的指针冷漠无情地向前迈进。

　　荆枝把手机递到六郎手里，她实在读不懂这封信的意味，甚至连那个最简单的信息都无法捕捉到。啪嗒一声，不知道谁无意间触碰到灯的开关，这唯一的光的来源。她第一次看见杨六郎也熄灭了光火，黯然失色。荆枝有些混沌，她拿不定主意，一动不动地坐在那里，像一只冬天四处觅食不小心钻进罗网的鸟雀。她又想起那些满地飞散的鸵鸟的羽翅，只感到莫名其妙的乏力。这屋子像一口储存冬菜的地窖一样寒冷、阴森，堆满了尘封发霉的琐碎，角落里还结满蛛网。那台自己千里迢迢从家具城买回家的台灯，此刻正兴高采烈地端放在桌前，洁白如雪，光阴似箭。荆枝无法自拔地同情起它来，怀抱着它的情景历历在目，一种属于她的少女的远大前程和光明理想，隐隐约约间正从她身上慢慢脱落。

山中日渐长

一

从山坡一侧滚下来前,她的心脏突然停顿了十几秒,像过山车爬升到最高处骤然停止,整个人在众目睽睽之下变成一块棱角分明的石头,沿着铺满新草的山路滑到山脚。幸亏这一段坡面平缓,否则几十米下来不知道摔成什么稀松的样子。

很多只手伸到面前,先把口罩从她脸上摘下来,然后一股强大的合力推她脱离地面,平展展转移到担架床上。一扭头,她瞥见衣服上浸着一小块暗黄色的污迹,胃里觉得恶心,赶紧把头朝另一侧摆过去。停了一会儿,心跳已经恢复正常,粗粗摸下脉搏每分钟可以跳到五六十次,血液重新奔涌到身体的各个部分。

又有人把口罩重新戴在她脸上,等躺进救护车,小青柠觉得自己跟一条钓上来又遭丢弃的鱼差不多,揉搓半天终于重新被扔回海里,侥幸得以再苟延残喘段日子。

病床前站了大半圈,医生来回看心电图也没法判断出原因,商量来商量去给她戴上了二十四小时心脏动态监控仪。

心脏没什么问题,她很坚持,以前从来没这样过,这次因为看见了不该看的。

看见了什么?发量稀少的医生问,胸前挂着实习的牌子。

"一个男的,但我不确定,是不是他。可是,像极了。"心跳好像又不正常了。她又变成了那条鱼,只不过这回是主动游到沙滩上。

"认识的?"实习医生问。

"这和看病有关系?"她没明确说出来,微微皱起眉看了他一眼。那感觉很奇怪,仿佛是个就要被剥光但还没来得及完全成熟的玉米。

暴雨来得猝不及防,接连下了一个周。天漏了,她妈念叨着。

小青柠从母亲那匆匆回来,就看见微信群里到处传递着菜市场公路超市学校被淹的消息,也不知道真的假的。下意识的,她觉得要赶紧囤点吃的。上一回发生类似的状况大概在几年前,她还和父亲母亲同住在一个屋檐下。有消息说日本的核辐射搞得整个地球都不得安宁,母亲在各种消息的烘托下抢购了一堆生活物资,连她的房间都被占据了一小半。很显然,这次上心的人也不算少,十几个朋友都转发给她类似的消息。

也应该提醒一下他,小青柠想起那个天天忙得不见头尾的男朋友，于是赶紧发过去条简洁的信息：据说暴雨还要下很多天，可以囤些物资。

打完又删除，再重新输入一遍，最后删掉结尾的句号，像发给甲方的项目报告，从头到尾读了两回，才重重按下发送键。

没有回音，如常。

恋爱谈了两年多，他准时回复信息的时候不多。作为一个生意人，他总是无可奈何地说自己需要环顾的事情太多，常常无暇顾及，但分明又看见他手机从来都不会离开身边，不是打电话就是发短信。

其实，小青柠也不太清楚男朋友到底在做什么，只知道大概属于建筑工程一类，四处结交些三教九流，做些中间商的生意。有一回，他转来转去把生意谈到了小青柠上班的公司，但最终因为虚张声势没如实填报资料失去了竞标的资质。人倒也没有太过懊恼，喝顿大酒又志得意满投奔下一单生意去了。

在家憋着实在太无聊，小青柠想起应该看看自己最喜欢的那只互联网小猫，暴雨倾盆，它能去哪呢？想起来，又一次输入开机密码。

"灰不多，碗盘你爸都洗了，这几天阿姨也来了"，母亲告诉她。

一眼掠过，假装没看见，已是初夏，凉意渗透骨髓。

二

有那么大半年吧,时间快活得像在游乐场疯玩的孩子,不知疲乏,更不肯回家。仔细想想,她都记不起有什么难忘的时刻,每天忘乎所以,白天和黑夜都做梦一般充满不真实的感觉。

两个人每隔十几天就约去远处的行山,从城东到城西,又把爬过的山再捋一遍。男朋友喜欢一切有利于健康的娱乐消遣,甚至坚决不愿意陪她吃一回最爱的麻辣火锅还有油炸猪大肠。

平时应酬太多,肥腻的吃那么多不好,他建议还是去吃三文鱼油醋汁拌沙拉,有虾有鱼有蛋还有蔬菜,营养均衡,对你失眠也有好处。

也行,小青柠最讨厌这种生冷而虚张声势的食物,但他要求,她也就同意。

时间一下子从"快活"变得只剩下"快",被按下加速器一样。从一年前开始,他们出去玩的日子少了。

"等蘑菇熟了,我们再去石牙山挖菌子怎么样?"她问。

"好啊,那次的蘑菇味道实在太好了,你没看到,几个朋友吃得停不下筷子。"他回答。

再想去石牙山可没那么容易。

山中有寺,正殿供奉释迦牟尼彩塑木像,高七八米,几次镀了金身。偏殿供一百零八尊罗汉，每尊形态各异。寺庙一角有木雕悬鱼，因为生动活泼似真鱼，且说有祛病除灾之效，每到初一十五之类的日子就格外人声鼎沸。

去年始，石牙山早早闭门谢客，打算修葺长久，希望广大山友及信众来日方长。

再去，看山人就带着爱搭不理的神情。

山阴一面长久不见阳光，寒意阴森。雨水繁盛，高大的树木下铺着一层层浅绿色的苔藓，再往深处走，菌子一片连成一片。小青柠高兴起来，上下其手，等他从后面赶来仔细分辨："这一种有毒不能入口，那一种长满看不见身影的寄生虫，还有一种根本不等拿回家就没了鲜味……"这么说着，劲头就忍不住低矮又低矮下去，可不得不承认每一句都是真理。

父母给女儿取名叫顾清宁。认识以后，他嫌她老捕风捉影地吃干醋，抱怨这个人像青柠檬一样酸涩得难以入口。她专门买来一小盒青柠品尝，竟然觉得这种酸涩拌捞汁海鲜或事先冰冻好调酒格外美味，一时兴起把各种昵称用户名全都改成小青柠。

"你疯了吧?！啊!!"苏珊第一次听完原委发出这样的诘问。

你不懂，她叹口气收回目光。一条西瓜牙儿样的月亮投在窗帘上，照亮了宽大的双人床。

三

母亲端来一盘蒜蓉大虾和一碗清拌秋葵，桌上另摆一碗米饭，北方人大多不喜欢吃这种主食，但她却独独衷情。

"看你瘦的，怎么像几天没吃过东西？"那只端碗的手抖起来，表面的皮肤又干又脆，浮着几根突出的青筋。

"瘦不好吗？别人想要都得不来呢？"顾清宁扮出得意扬扬的神情，这几年里她在父母面前都是这样，只不过那时候不用唱戏一样扮起来。

见她吃饭时头发总挡住眼睛碍事，母亲从抽屉里掏出一根电线圈发绳。她接过，应该是半个月前来时落下的，长这么大还是这样丢三落四，母亲也早习惯了默默收集起所有和她有关的一切。

从山上滚下来的事，打死也不敢告诉他们。母亲比她还能上天入地胡思乱想，如果知道了，恐怕能想象出一整个被人骗去爬山故意推下来骗保险的故事，再拉上她迅速去公安局报警。

那天在家憋闷得要死，她突发奇想跑去以前常去的郊区行山。等一路千辛万苦爬到山顶，凉风袭来，整个城市的灯光刹那间被点亮，所有的面目可憎此时此刻都变得亲切可爱。

不远处供人下山的木栈道，零散散几个人像撒落在白纸上的墨水滴。她仔细打量着路上的行人，其中一个戴口罩的男人分外眼熟。男人手中牵着一个娇小但凹凸有致的女孩子，看上去比他年轻十几岁。她顾不得看风景加速追过去，片刻之中还做全身检查一样回想起自己的衣服妆容——藕荷色瑜伽裤、浅灰色防晒衣和淡紫色防晒帽。幸亏，涂了新买的限量款唇膏，隔着口罩也可以熠熠生辉。

没等检查完毕，她已经飞奔到他面前，把那张脸认得明明白白，像个钉子紧紧楔进墙里。

的确是他。

那堵墙踏实稳重得毫无波澜。他看了她一眼，从眼角的动作可以判断他隔着口罩笑起几下，却只言片语也无。树叶哗啦啦一阵响，两个人不约而同抬头望去，有只身形硕大的乌鸦奋力蹬开树枝，不偏不倚丢下几坨粪便。急忙闪开，他迅速朝着女孩子走去的方向扬长而去，一行人继续遵循之前的节奏沿木栈道下行。

倒是她，不知怎么竟然从山上滚下去。在此之前，她听见一句呼唤，"晚上吃海鲜粥还是陪爸爸去公司应酬客户？"

他马上答：听你的，都听你的。

从山上缓缓滚下去的那段时间里，她大概想明白了整件事的来龙去脉，男朋友应该还有个女朋友，这样一来，也就理解了他为什么没法及时回应她的一切。

顾清宁思忖良久，却又不能确定答案。

"找个人过日子吧，好歹能按点吃饭，睡觉。"父亲插了一句。

我才不，谁都不如你和我妈好哇。她小女孩儿一样冲父亲娇滴滴不着痕迹，一边说一边扯掉食指上的倒刺。血从食指裂口处四散奔涌，染红了大半个指甲盖。父亲走进卫生间，咳嗽得仿佛要把五脏六腑都吐到马桶里。

四

暴雨的确给不愿意出门的人提供了绝佳的借口，如果你成心懒得做一件事，那怎么也能说得过去。相亲显然就属于这一种。

"雨都下成这样了，还怎么相亲呢？你说对吧？"顾清宁和苏珊漫不经心地聊起这个话题。

"瞎扯。什么年月了，不知道可以线上相亲吗？"手机那头的人丝毫不肯给她留半点情面，"怎么没耽误你换工作搬家呢？"

苏珊就是这样，说话永远直来直去懒得搪塞，朋友做了十几年没有太大变化。顾清宁明白，她最擅长的打法就是截断自己的所有后路，把最糟糕的结果全摆在面前，可如果自己一旦做了选择那肯定肝脑涂地支持到底。

好像能看见她在那头指手画脚地把好吃的难吃的堆满一桌。

"——这几盘子如果你足够幸运可以吃到。怎么说呢？是你说的那种纯粹的爱情，不过太少了，就像高等级的山珍属于稀缺资源。

"中间这圈是日子,人嘛,总要过日子,一日三餐,吃喝拉撒睡,差不多就行。而且你不觉得自个儿蹲在家里特别腻歪吗,有个人还能吵个架啥的……

"最外面就是奇葩渣男,遇到的可能性也不大,毕竟这世界还是正常人多……"

苏珊在那头滔滔不绝。她蜷缩在沙发里听着,把手机放在一侧的支架上,支架紧挨着一台带 led 灯的化妆镜——如果是线上相亲,自己在镜头里肯定会比现在温柔美丽一些。只是,这只灯从买来以后就没派上过用场。

"啊!蟑螂!"顾清宁大喊一声扔过一只遥控器,那只虫霎时没了踪影,只剩下几节电池咕噜噜连声滚过去。

"等雨停了你和我一起去吗?"她逐个打开苏珊发过来的相亲网站链接。

"我就不用了,你这么一般般,人家看上我你咋办?"那边发出一阵震天动地的笑声,"而且,小男朋友已经被我拿下,收拾得服服帖帖。"

隐约记起她说过,某次出差在飞机上看上个肩宽背厚的小伙子,小她七岁,个头超过一米八五,五官俊朗得从希腊神话里走来一样,好像在航空公司做空少。

为了他,苏珊可没少下功夫,有两年飞行里程加起来比前半生飞的航班都多,愣把普通卡飞成了金卡。但最近一年没法这么搞了,毕竟,连小空少自己都没有航班可飞,收入跟着减去大半。

"我在郊区看了个地方，租金特便宜，打算去开个民宿，就在你总去爬山的地方。"苏珊急着同她分享眼下最在意的事情。她喜欢跟顾清宁混在一起，外表不动声色，内里却很纯粹热烈。

五

网上相亲可比线下随意多了，顾清宁在互送鲜花的第一个环节得了几百票，如果有耐心还可以点进去看这些男人的资料和照片，大部分都老实可靠，但还有很多人一看就带着家暴渣男杀猪盘的面相。用了整整一个下午，她大概浏览完送花人的信息，选了三四个做了简单回应。

洗澡。站在穿衣镜前不经意瞟见日益崛起的小肚腩，嗯，如果还能再见到他，是不是有点儿不堪入目？

她给自己浑身涂满沐浴露，想起有个故事说半大小子偷看女孩子洗澡，不小心踩在肥皂上咯吱咯吱摔了一连串跟头。全神贯注朝周遭打量过去，地上连只蚂蚁也看不见，只有四面充溢着浑浊水汽的玻璃墙面。再把一捧水踢到地上，四处撒满肥皂泡泡——小孩子都这么玩儿，她一边同自己说，一边等热水浇下来。

猛然间，浴室里的灯光在同一时间全部变成死灰色，毫无生机地熄灭。等她回过神来，窗外响起奇形怪状地呼喊。再按几下电灯，还是毫无反应。顾清宁这才惊慌失措——跳闸了！

更可怕的是,手机并没有在身旁。

她顶着一头洗发水被禁锢在狭小的湿漉漉的空间里,倏忽而至的黑暗让眼睛没办法第一时间看清周围。顾清宁小心翼翼推开玻璃浴房的门,不期然一脚踩在肥皂水里滑个趔趄,左肩膀撞在墙壁上发出"咣当"一声闷响。明天肩膀头一定会泛起重重的淤青,说不定还得擦破一层皮。她赶紧大声呼叫智能电器帮忙定位手机。然而此时此刻,周遭一片寂静,只能忍住疼痛咬牙朝门口摸过去。还好,终于摸到了门把手。

门把手丝毫不为所动,任凭她左旋右旋都没有半点反应。顾清宁立即擦干手再用尽力气扭动几下——还是无动于衷。她不禁惊出一身冷汗,这一幕曾经在酒店卫生间发生过一次,他听见呼救声赶来打开了门。

"我经常梦见自己被锁在厕所里,怎么都出不去。"她抱紧他大口大口喘气,像刚从水里爬上来一样。

怎么可能?他脸上露出不可理喻的表情。

外面又掀起一阵阵嘈杂。人群距离她应该没有太远,可确实不近。

如果有个人在,大概比这些号称人工智能的家伙有点用处吧。她坐在马桶上按住突突跳动的太阳穴——昨天老板说要是再谈不下单子就得扣奖金了,母亲抱怨腰骨疼得坐着都很费力气,要不要生个小孩玩玩呢,看朋友的孩子胖嘟嘟像个玩具。可是,如果后天爆发世界大战可怎么办……

苏珊很喜欢指导她的人生,其中最重要的一条就是不要胡思乱想，做人脚踏实地些好，可她最学不会的也是这一条，眼下，最管用的莫过于谁能帮她打开浴室的房门。

但是，Nobody!

浴室门的上半部分是一扇磨砂玻璃，有可能用东西把它敲碎。她劝说自己收回思路，尽快找到能破门而出的工具。借着昏暗的光逡巡一番，周遭累计只有浴巾、洗发水、洗衣粉，以及若干花里胡哨的护肤品化妆品香水——也是，你不能指望谁在卫生间存着一把刀或一个锤子。

牙刷软弱得稍用点力气都可以掰弯，唇膏除了在玻璃上写 SOS 也派不上其他用场，唯一有点儿用处的就是那块浴巾。再细细扫视下，化妆盒底层的一只补水喷雾吸引了她的眼神，不是别的，就因为那支喷雾的巨大瓶身是金属所造——买的时候，全凭容量实惠获得了她的青睐。

"应该可以吧"，她一半祈祷一半在劝说自己，再从晾衣架上摸索出一条厚实的毛巾密密包紧右手，然后深吸一口气把瓶子使劲砸过去。玻璃战神般犹豫了一下，但纹丝不动，似乎在显示强大的护卫力量。门的左上角不是活动的吗？她想起，当时还想找人来修理下。

瞄准那个活动的位置，她使出全身力气砸过去。那扇玻璃耐不住从薄弱处被攻击，很快，便落下几块小小的碎渣。顾清宁用浴巾把右脚包裹成粽子一样，然后全力以赴踹向那道缺口——很像拳击台上的女运动员，骁勇善战，不管不顾。

强大的反作用力回弹到脚上，震得她结结实实坐在地上。再攒足力气猛踹过去，门终于不甘不愿打开一丝缝隙，然后朝着客厅方向趔趔趄趄歪斜过去。她突然觉得小拇指针扎一样疼,等定睛细看,脚背上已经细细覆满一层血珠。她顾不得害怕,赶紧到处寻找手机,终于在沙发一角瞥见那个小小的长方形的机器。

这一回,才算终于抓住了最结实的救生索。

——科学家公布酸奶和疾病的关系。后悔没早点知道!

——妈妈一定记得提醒女儿这些

——祝福,是清晨的主题;快乐是一天的内容;健康是一生的期盼。

——啥时候一起去看民宿啊?

——明天应该是交报告的 deadline 了。

……………

闭着眼睛,都知道是谁发来的信息。顾清宁第一时间在手机备忘录里写下一条:务必记得买把救生锤放在浴室。如无,每间房都要放置尖锐物品。

六

几个人一起相亲也挺有意思,苏珊拗不过陪顾清宁去见一个博士。约在胡同深处的云南菜馆,博士定的地方,说附近还有脱口秀和乐队表演。

"这不挺好,人还蛮有意思,但就别喊我了。"苏珊说。

"不嘛,帮忙掌个眼,反正就是吃吃喝喝,你也不亏。"

"也行,没准儿还能和他谈个生意。"苏珊有自己的想法,目前她最想干的事是搞钱,那家传说中几个人都着急接盘的民宿还缺笔资金,眼看一座金山摆在面前没法吞下去,心里难免着急。再说,小男友这一年没什么收入,住在她家也老长吁短叹的。

馆子叫"滇谷香",坐落在二环里胡同最深处,从地铁下来七拐八拐几个来回才能走到。等到达目的地,博士早在二楼喝着米酒等待。顾清宁和苏珊的眼睛CT机一般从头至尾从左到右巡视半天,完全没发现一个能入法眼的人类男性。突然一个方方正正的面孔映入眼帘,伸出一只手冲她们挥舞,只是这手和面孔好像不属于同一个人。

博士居然也姓顾,个头不高,专业研究养老和保险,随手拎的帆布袋上印着"从我做起,面向未来",应该是校训一类。桌上铺着张学校的公示通知,等她们扫视几眼,才看懂说近期要上报什么项目可以获得一笔资金。顾博士把通知丢在米酒一旁,告诉她们自己目前正和几个养老院合作研究开发项目,并没有时间顾及这些。这么一来,两个人只能肃然起敬,顺着香茅烤鱼的味道飘来的方向各怀心思。

第一道菜却不是烤鱼,端上来的是汽锅鸡。穿着裹身裙的服务员浅笑晏晏,把冒着热气的石锅摆在三个人面前。没等她反应过来,博士的筷子已经一马当下伸进锅里,然后精心挑选一块鸡胸脯肉夹到她盘中,再给自己选了块鸡翅膀。

鸡翅膀可能也没料到遇上知音，在博士充满唾液的嘴里翻云覆雨地滚动着，直到被咀嚼成丝丝缕缕，最后支离破碎四散在盘子里。他继续意犹未尽地吮吸起指尖的残余，留下对面两个姑娘瞠目结舌。顾清宁赶紧埋头喝下一口鸡汤，余光瞥见苏珊正低头吃菌子，不禁觉得那汤中也盛满唾液的味道。

　　他给顾清宁夹了一块牛干巴，小心翼翼沾满香料。那块肉浸满粉末躺在盘子中央，诱惑她赶紧品尝一下，可一旦想起他咬碎鸡骨头吮吸手指的模样，就怎么都咽不下去。

　　一餐饭，草草了事。乐队在夜幕里奏起民谣，路边摆着几箱啤酒。博士不喜欢民谣，啤酒也瞧不上，觉得不会喝酒的人才喜欢。可他自己呢？喝不了两瓶就手舞足蹈像只偷蜂蜜的灰熊。

　　又有什么关系？看起来多么欢畅。

　　再把目光投向苏珊，她已经跟乐队主唱一人一瓶喝得天昏地暗，还抢过人家的吉他弹得不肯罢休——这才是她本来的面目。有一年秋天，苏珊把订婚戒指丢在路上，顾清宁和她两个人循着厚厚的落叶找了整整一夜，等摸索着寻到戒指时，天空已经泛起阵阵粉嫩嫩的白。作为这个戒指的发现者，顾清宁仔细端详了这枚银戒指，雕琢粗糙，设计简单，完全无法从中看出任何端倪。等苏珊历尽千帆看上小空少，她早已宠辱不惊随她折腾。

"周末没事儿去村里看看吧。"顾清宁回到家给自己倒了杯红茶,茶叶打了几个旋儿,最后彻底沉到水里。痴迷研究养老的博士发来信息,问她愿不愿意一起考察个养老项目。巧了,就在苏珊想投资的民宿附近。

好啊,她毫无负担地答应下来。

七

博士选了整个夏天中最热烈的日子——中伏的第五天。

顾清宁和苏珊已经在这里住了几天,深夜星星铺满天空,是城市里少见的景致,白天三个人登上古城墙假装英雄好汉。脚下的城墙已经绵延了数千年,仲夏的山弥漫开大片大片的苍翠,一山连着一山,怎么都看不到尽头。前方不知哪里下了一阵急雨,太阳又出来,日光从云朵和云朵之间照射出来,渲染出一道许久不见的彩虹。

苏珊被这道彩虹彻底点燃,在山坡上急速奔跑起来,宛若一个将军。在她规划的伟大蓝图里,左边是民宿,靠右侧有果园,再往前的清溪可以垂钓,眼前这些都是即将大有作为的广阔天地。

对于博士要来的消息,苏珊显示出让人意外的热烈,整个人打足鸡血准备迎接金主,还交代小男友光鲜亮丽迎接客人。

除了打游戏,小男友并不怎么在意谁要来,他对手机、

iPad 及 Switch 的兴趣远远超过对真人的热爱。但好处在于，只要苏珊告诉他做什么，他就能不打折扣地执行。

同顾清宁他可能说了不超过十句话。在他看来，这个女人表面寡淡，皮肤白皙有点雀斑，眉毛色浅而散开，谈不上什么吸引人的形状，独独两眉之间有颗棕色的不小的痣。姐姐眉间也有这么一颗，总让母亲很担忧，说这个地方长痣的女人做事会畏首畏尾，犹豫不决，容易举棋不定，身陷泥沼。

说是民宿，但原本是个轰趴馆。院子里起了两层楼，共十一间房，一层大客厅有台球桌、桌游室，另辟单间专门做了隔音的卡拉 OK 房。墙壁一侧立着几排架子供烧烤用。二楼设计成客房，单人间双人间不一而足，还有盛得下四五个人的大通铺，被褥床单新鲜干净，但略微有潮湿的气息。房间临运河，夜晚水声潺潺，灯影在窗玻璃上映出神秘而硕大的形状。

两个女人互相拉扯着收拾屋子。桌上陶罐里插满了山上摘下来的野花。苏珊赶着小男友去村里买现杀的鸡和鱼，土鸡蛋、野菜芽子。她和顾清宁开车去镇里的集市上买腊肉、冬瓜、干贝、鲜虾、羊肉，还有当地人喜欢的卤豆腐和韭花酱。等三个人几乎同时进门，各种吃的喝的堆满一地，一只现宰杀的鸡滴滴答答地落血。

博士赶到民宿已经是下午三点，据他说只需换三趟公交就可到达，完全不用开车既花油钱又交高速费。聊起精打细算,几个人都不得不佩服他的高瞻远瞩。比如老家的父母,博士给他们谋划了养猫养狗卖到千家万户的产业:"家里有地有房子收租,背后院子里的空地不如做点什么。"

顾清宁你可算是抄着了,还都姓顾!苏珊听了这番设想哈哈大笑,你们这以后得攒多少钱啊,没准儿能买个金矿!博士没说什么,脸色由青到白又由白到红。他知道自己一贯难得受到女孩子青睐,原因不明,可他大概知道。

顾清宁招呼他在磨盘改装的石桌前坐下来。鸡肉炖得滚烂,配合着几种蘑菇的香气。腊肉青蒜炒熟,黄瓜凉拌一小半猪耳朵,再用山鸡蛋炒香山里的野韭菜,拌了红红白白的西红柿。最后一道菜是火锅底料炒成的麻辣香锅,荤素都有,热气腾腾。

我不喜欢吃辣,博士说着把麻辣香锅往石桌的另一边挪动过去,而且吃辣对肠胃不好,辣椒毕竟不是一直长在咱们这儿的东西。几个人有些面面相觑,顾清宁的筷子正夹着一片麻麻辣辣的牛肉。余光一瞥,看见小空少冷冷地笑。

八

第二天,几个人计划五点钟起床爬山看日出。小空少断然拒绝,可博士兴致颇高。

没到五点,博士从潮漉漉的床上醒来。灰蒙蒙的天色里透着亮光,山里的鸡早就开始扯着嗓子叫唤,窗外分不清是风声还是雨声。有种故乡的味道,祖屋坐落在溪流旁边,昼夜不停飘荡着这样的声音。

睡不着，想了又想。从种种迹象判断，顾清宁对他没什么太多好感。但怎么说呢？他有点儿喜欢这个人的安静和不露声色，看上去极有教养。

等到七点，另外几个人毫无动静。

村里的高音喇叭毫无预兆地响起。在电流刺刺啦啦的预告之后，接下来的内容唤醒了每一个还在梦里的人。迅速听完一遍，博士突然意识到事情的严重性。

昨天半夜，村里通往市区的隧道突然塌方，眼下山上还在不断往下落碎石，安全起见，整个村的人哪也去不了，只能停在原地等待。

他第一时间打电话通知顾清宁，显然，人还在沉睡之中。等大家都明白事态的严重性，已经是四十分钟之后。

"还能出村吗？"小男友问。

"当然不行，不进不出。"他们看傻子一样盯着他。

"哦"，小男友吞下一颗茶叶蛋抓起面包片回房间了。

一阵慌乱以后，顾清宁和苏珊镇定下来盘算起几个人的吃穿用度。幸好昨天买了一些荤菜素菜，老板送了袋火锅底料。除此之外，还有两斤米，切片面包三条，四斤各种各样的蔬菜，腊肉一小块，鸡蛋十个。

现在看来，今天大概率是没法离开了，他们赶忙通知各路人马。手机左一声右一声直响，顾清宁懒得拿起来。苏珊已经寻找纸笔开始列单子，每当遇到突发事件，她就会自动变成一支队伍的指挥官，事无巨细，挥斥方裘。

留在这儿的几个人里，博士应该是最无辜的那个，而且他明天本来要去外地主持个学术会议。"倒也无妨，可以线上"，一张微胖的脸上带着种"既来之，则安之"的随意。

自从知道不能出去，村子反而变得可爱起来。第二天，路还是没有修通。博士一大早就在村子里跑步，满一个钟头才肯停下。接着坐在石桌旁让太阳把后背晒透，然后洗冷水澡，做早饭，这时其他人才刚刚醒来，小空少甚至都没见过乡村早上的太阳。

院外空空荡荡，几乎看不见任何人。这时节游客应该不少，但都消音一样隐匿在每个院落的最深处。顾清宁向来讨厌和人聊天，可这时候却无比渴望见到陌生人。山里的风淅淅索索，水流也淅淅索索。

第三天，顾清宁早上六点半就苏醒过来。窗外似乎有什么动静，她赶紧从床上起来，原来是博士正在院子里做伸展运动。

他居然是个很好的聊天对象，不管天文地理，还是家长里短，接话茬的本领都算不错。除了研究养老，他还记得几个月前看的脱口秀节目，等大家都觉得憋闷，不惜放下脸面"彩衣娱亲"。尽管这些段子很冷，放在平日里全蒙着灰尘，但这时听来竟然带有一丝丝特别的味道。

四个人坐在院子里看远处的山，吹吹风，等睡觉的时间到来。四周都是蝉鸣和水声，小空少抱着游戏机，情绪烦躁不安起来。"开什么破民宿！"背着苏珊，顾清宁听见他抱怨。

别无他法，苏珊就算听见也无能为力，除了用身体安慰他几乎喷薄而出的荷尔蒙。可眼下，她根本没什么心思。

我给你们说段评书吧，小时候跟舅舅学的，博士打断长时间的冷场，顺手把编好的狗尾巴草花团递给顾清宁。等一段《西游记》说完，时间已经过去快一个钟头。按照苏珊的说法，他很像活在上个世纪的人，满满的乐观主义精神和昂扬的斗志。

九

民宿门口来了一只淡黄色的小狗，呆头呆脑像是巴哥犬和土狗的串子，不知为什么，它总是围着顾清宁们转悠。一旦有人招呼，就跑前跑后到处蹭蹭。直到吃到一点火腿肠、面包，再不慌不忙跑远。

来呀，苏珊隔着门招呼它。黄狗怯生生停在几米外不肯再移动半步。"得给他吃的"，博士不知什么时候走过来，手里举着一块不小的炖牛肉——还是之前从饭店订的。那块牛肉握在他手里，无异于散发着奇香的珍馐。黄狗眼里冒出活泛泛的光泽，一个箭步冲了进来。

"别跑了，我们养你吧。"博士看它吧嗒吧嗒舔着自己的手心，另一只手不停地抚摸。黄狗听懂，趁势在他一侧蹲下来，算是完成了一次郑重的收养。

没等苏珊心里的微词出口，屋里突然传出一阵不堪入耳的叫骂，随后是噼里啪啦的炸响。声音吓了大家一跳，连黄狗都往人身边贴近几分，耳朵紧紧耷拉在脑袋两侧。

小空少把杯子盘子胡乱扔到墙上地上，穿件花色短裤光着膀子摇晃着出来，像头喝醉了的海象。他喝光了柜子里的一瓶半二锅头，刺鼻的味道随着他的移动向四面八方辐散开去。一支高浓度的人形酒精瓶从这头走到那头，又旋转回来。所有人都静静地看着他，只有博士朝他走过去。

小空少一把抓起博士摔在地上。一切都停下来了，被谁下了蛊一样。几个人呆愣愣立在原地。

反应最快的还是苏珊，她拿起茶杯朝小男友泼过去，黄褐色的液体顺着头、颈、胸直往下流。没等人反应过来，又一杯茶迎面泼去。茶水四散而去，落在地上无影无踪。

黄狗愤怒地嘶吼了一阵，又过一会儿，小空少早已去向不明。

十

黄狗每天都能吃到一块肉，它一下子不再愁一日三餐，还能跑出院子到处觅食，偶尔从它嘴边能看见残留的血痕或者羽毛，小腹鼓鼓胀胀，他们就知道黄狗不知道又去哪里打野了。

人的生活也还不错，每天一顿肉菜再加上鸡蛋和蔬菜。但村里头不到咖啡，顾清宁每天不喝咖啡是要头疼的。博士不知从哪翻出最后两包挂耳，分给她和苏珊一人一包。开水顺着咖啡粉缓缓流下，顾清宁没舍得再倒水冲泡，她把咖啡包放在杯里阴干，第二天再泡，竟然还有淡淡的气息。

夜晚冲凉，她在淋浴器下面足足洗了快半个小时。洗澡前把门随手带上，这一次她没像从前一样先提前观察下浴室里有什么尖锐物体。等她洗干净清清爽爽地走出来，发丝湿漉漉垂在肩上。夜间风起，黄狗卧在门口，听见响动回头看一眼，见是她，又继续安心酣睡。

第三天，傍晚。出村的时间还没什么消息，也不知道隧道明天能不能变得通畅。

刚好轮到顾清宁生日，她本不打算提起，可苏珊记得。

怎么能让你虚度光阴呢？她笑着说。冰箱里还有火锅底料，早些时候她俩想扔被博士悄悄留下藏在里面。还有几个鸡蛋、牛肉、肉馅和一大包酸辣粉。

邻居种的豆角枝枝蔓蔓从墙上伸过来，这时节豆角蓬勃旺盛，豆荚撑得饱满。博士剪下几把扔在地上，然后再拿盆盛起来。干完这桩事，心脏突突突跳得急躁，顺手一摸脸，几道黑泥巴爬上去，像闹社火的灶王爷。

几个人忍不住笑起来，博士赶紧跑去洗干净脸，他甚至觉得这样再住几天也挺好，看看镜子里的自己，又循着光的来处打量另一个人。黄狗不知什么时候挤进门来，摇头晃脑，屋里一下子多了好几个人一样，满满当当没有缝隙。

苏珊不知从哪里翻出来个布满灰尘的旧灯笼，下面的穗子大半掉光，看不出本来的颜色。等拿清水洗净，才发现上面还印着一头老虎,刚好是顾清宁的属相。再看里面,钨丝还连着,通上电那灯竟然明亮如新,宛如一颗人造的太阳。

生日快乐,我们等你回来。是母亲,父亲。还有其他几个朋友。那个熟悉的头像依然沉默,顾清宁心里没什么太大波动,心脏健壮地跳动。

豆角和肉末炒在一起,散出焦香。电水壶咕嘟咕嘟翻腾起来。热水迅速吞没了乳白色的粉丝,粒粒分明的黄豆,它们在锅子里翻滚着沸腾着,躲避伸来的木筷。而那颗鸡蛋早在另只锅里煎熟,单等最后的时刻一跃而起。

灯笼落在石桌上,有光却微弱。黑夜笼罩四野外,星星散落漫天,不期然飞来飞去,等落在院里地上,原来是两只火柴在夏夜跃动。黄狗走过来,跟着几只飞虫也冲着火光勇敢地飞来。顾清宁匆忙许了个愿吹灭那光亮,顺着纤细的木头短柄,见博士握着它们的手落了点点灰烬。三个人畅快淋漓地吃了酸辣粉,辣椒和醋的味道让她一激灵,但很快平息下来。

大巴车来了。这天上午,他们终于能离开村子回家。苏珊再也没提开民宿的"远大前程"。三个人仔细打包好行李,跟着指路的人一路上了车选好并排的位置坐下。博士在中间,顾清宁靠窗,苏珊坐在另一侧。

聊天声逐渐被鼾声覆盖,等待无边无际。就在这一阵阵莫测的沉默里,车轮终于开始转动起来。

"汪，汪汪，汪！"车窗外竟然传来熟悉的狗的叫声，黄狗撕心裂肺，狂奔突袭。他们在同一时间朝窗外看去，发现那条狗从左到右，从右往左，从后向前，一路紧紧跟随，直到不得不消失在灰沉沉的烟雾里。它并不知道，自己不能和他们一起离开这个地方。

几个人陆陆续续把头扭过来面朝前方坐稳，先是苏珊，然后是博士，最后是顾清宁，黄狗身边一片灰尘，但她从那灰沉沉里看出了一丝丝清亮。

从今天开始，她又长大了一岁。一切好像照旧，但又分明与往日不同。

去岛屿

一

　　贤记不声不响地缩进一条窄窄的巷子里，不是回头的客人都很难察觉到在这条曲曲折折的花纹石板路尽头有家开了一百多年的馆子。店面传到何李贤手里已经是第四代，招牌上几个大字的金粉脱落许多，"记"字上的点更是消失得完完全全。酒楼的装潢还是十几年前的风格，鲜红色描金边的恭喜发财挂在一进门的两侧，堂食方厅里紧靠收银台的地方供奉着刘备关羽张飞三兄弟，四周围跃动着电子的火烛和鞭炮。乳色的地板砖已经泛黄，上面排布着八张铺衬白色台布的圆桌，一张菜单斜挂在生锈的铁钉上，唯有桌上一只只砂锅最引人注目，仿佛内里藏着什么不可说破的玄机。

　　纵使如此，贤记的八张桌子一到吃饭时总嫌不够，食客们在石板路上接续起蜿蜒绵长的队伍，各个如挂炉里颜色微深的烤鸭，伸长头颈等待着前一桌客人酒足饭饱。

　　每隔几个月，碧君就要往这队伍里挤上一回，和周围人比起来她也没有什么太多不一样，有时候穿着棉质发脆的短袖衫和牛仔裤，脸上带着没做完事情的疲惫，只有拖着一只墨绿色行李箱出现在队伍里的时候，人们才忍不住朝她多看几眼。碧君从老远的地方飞过来，长待一月短则只有几天，开始是被安排来这里出差，后来却偏偏喜欢上这里。气候和环境和人都不用说，单单贤记的饭菜倘若一段日子不碰，五脏六腑就要开始抗议呼号。

贤记最金光闪闪的招牌不得不推鸡煲鲍翅、柠檬碳烤大虾和清蒸东星斑。碧君最热爱头一道菜，浅黄色带着许多小气泡的一只锅端到面前，没等盖子掀开唇齿中就不断涌出津液，肠和胃的每一处关卡就全部敞开来迎接鸡汤和鱼翅的鲜美。咽下去的第一口最难将息，紧接着她在这岛上的记忆密码就都被激活了，逐渐生长成一片葳蕤茂密的丛林。

吴阿友夹在队伍的中后半段，一眼看去还有三十几个人排在前面等着叫号，他粗略地估摸一下，照这情形再站上一个半小时能吃进嘴里就谢天谢地了，好在他已经跟店里的伙计混得滚熟，头一天早预订好一大份鲍翅，不然今天能不能有他的都不好说了。按贤记这么多年的规矩，根本不同意食客预订桌子和菜品，先来先得，晚到的就要等。可耐不住吴阿友偏偏住在附近而且还算豪爽，每逢休息日都来光顾，于是何李贤也就睁只眼闭只眼，准许伙计偶尔给他稍微开个后门。

作为一个大学老师，吴阿友其实不太好意思做这种事，总觉得有几分对不起知识分子的体面，尤其怕被那些喜欢他的男女学生看到。但转念一想，自己在这里住了八年，每个礼拜天都来吃吃喝喝，就算供奉佛祖也属于心意很诚的那种，心诚则灵嘛，也就不提有辱斯文的事了。说来也奇怪，他一个北方人却对这店家的菜充满一种不能割舍、血脉相连的感觉，其实和小时养成的口味不太相似，但也没什么所谓，举起筷子羹匙的那一刻他就觉得自己活了过来，再没有什么思乡之苦值得诉说。

队伍看起来并没有缩短几分，吴阿友一边咀嚼着难以名状的饥饿一边就记起了梁实秋笔下的鱼翅，里面写：

最会做鱼翅的是广东人，尤其是广东的富户人家所做的鱼翅。谭组庵先生家的厨师曹四做的鱼翅是出了名的，他的这一项手艺还是来自广东。据叶公超先生告诉我，广东的富户几乎家家拥有三房四妾，每位姨太太都有一两手烹调绝技，每逢老爷请客，每位姨太太亲操刀俎，使出浑身解数，精制一两样菜色，凑起来就是一桌上好的酒席，其中少不了鱼翅鲍鱼之类……

文章大概是当年的女朋友推荐给他读的，所以印象格外深刻一些。吴阿友找着读着，依稀觉得前面有个人要求他让出个空好通过，就不自觉后退几步，却冷不防踩到了实实在在的肉上，这才从恍惚中惊醒，赶忙回转身朝后面的人说句抱歉。

这一下可是结结实实碾压了整个脚面,再加上踩下来的是个一百八十斤的胖子,碧君只觉得什么东西重重地压过来,然后才是一阵钻心的疼痛,缓过几秒后疼痛又发作起来,她不得不把视线从手机转移到队伍里,才发现面前站着个微微低头的男人正等着回话。碧君尽管恼怒,却又能说什么呢?毕竟人家已经这样谦卑地道歉了。他这才抬起头来,一张轮廓分明,刻着几道浅浅的皱纹的脸就浮现在面前。

鼻子是普通的,眼是普通的,组合在一起还生出几分莫名的神气。碧君忍不住多看了几眼。

队伍逶迤前行,两个沉浸在等待里的人聊起天来,碧君对等待的厌倦和憎恶有一小部分被吴阿友渐渐稀释开来。在几乎粘成一坨的语音语调里,碧君的声音让他感到几分亲切。"你不是本地人吧?"他试探地问道。

"当然不是,我从北边过来的。"她已经从疼痛中彻底恢复过来,反正都是陌生人,有时候碧君愿意跟不认识的人讲讲自己的故事,说完就走,也没什么人追究。

排着的队伍突然松散许多,几个人大概遇到手头必须要解决的事情不得不离开按部就班的队伍,他们刚刚暗自庆幸了没多久,却忽然听见一个冰凉凉的声音循环响起:"今日份鸡煲大鲍翅已经估清……""估清!"人群爆发出一阵热烈黏稠的叫骂声,碧君一句也听不懂他们在说什么,眼见几个人带着遗憾和愤恨的表情离开,她刚刚要雀跃,可突然明白过来,自己不也是冲着这鲍翅来的吗?

碧君收拾下心情和神态就也要做离开的一个，吴阿友拉了下她顾长的胳膊，手又像弹簧一般缩回去，他打量下周围的食客凑到她跟前压低嗓音说："肯定有我的，要不要一起吃？"这让碧君犯了难，答应吧，好像跟人家也不熟，她知道鱼翅是概不预订的；不答应，自己却是难受，飞了几个钟头不就因为惦记这一口吗？她看着他缩回去的手，想起好多年前父亲在葡萄紫天鹅绒的夜色里拉着她，偷偷递过来一碗冒着热气的鲜肉小馄饨，他慈祥依恋地注视着她，嘴巴微微一开一阖，碧君觉得，父亲会同意她尝尝这锅里的内容。

二

　　从北方来岛上有好几种方法，可以乘船、轮渡，当然还可以选择飞行。它把几副截然不同的面孔展示给从不同地方来的人们，但不管怎样，大家首先会被那碧澄如宝石的海水所吸引、魅惑。海水无形无状，无可比拟，简单极了，可却又复杂极了。海洋有它怎么也说不清楚的秘密。

　　来这里求学、公干的人大部分都是坐飞机来的，海上航行基本属于旅行者和冒险者的特权，据说也有人乘热气球和滑翔机偷偷摸摸越过海峡，这让当地警方很是头疼。岛上汇聚了来自各个地方的各种职业的人，随便推开一个饭馆和酒吧的门，你都能碰上七嘴八舌讲着不同语言的跟跟跄跄的人，旁边有粗壮小伙和漂亮姑娘搀扶着他们。

　　我第一次去那儿就是坐飞机去的，一次很紧急的公务会议，他们告诉我必须在八小时之内赶到当地跟客户见面。还能说什么呢？只得拎起平常放在办公室的备用差旅箱直接奔机场去，在快轨上能查到机票酒店都已经安顿下来。直到坐在飞机中间过道的第二十五排座位上，才有工夫想清楚自己到底要去哪里，干什么。

接待方派来一个长得不算高但很会讲话的男孩子，五官甜腻。估摸着我在飞机上没什么像样的东西能吃，他非要带我去尝尝当地最鲜美香甜的美食。说实话，在飞机上待了那么久，整个人已经在密闭的空间里要窒息、发疯，我一遍遍告诉他自己其实什么都吃不下，就想回到酒店床上无拘无束地躺下。可没办法，他的黝黑的皮肤在阳光下闪闪亮亮，深棕褐色的眼睛闪着翡翠般的水光，让人忍不住看了又看，无法拒绝。

路两旁种满椰子和各种颜色的三角梅，车驶过黄色的红色的矮山，在几处连接不上的缺口处可以望见远处影影绰绰的海洋。这里的海和我以前见到的不同，一种从未有过的层次驳杂的蓝在金色的圣光下拖着余晖，透着金属的质感。车行至一家饭店附近，突然跳出几棵结着浅绿色大果子的乔木，我凑近前去仔细瞧，硕大的果子上居然趴着一只蜥蜴纹丝不动。"这是波罗蜜，吃过吗？"他嘴角微微上扬，示意我们已经到达了目的地——是贤记，"这可是最值得尝试的哦"他说。

一顿饭下来我就深深地爱上了这个地方。一口浓甜鲜美的汤汁咽下去，周身通透舒畅，每个毛孔都忍不住扩张开来，他特意点了鸡煲鲍翅来吃，看墙上挂的招牌价钱应该不算便宜。

"舟车劳顿，你应该尝尝最好的。"他浅浅的酒窝挂在腮边，嘴巴一张眼睛就弯起来，我的灰心和疲惫瞬间烟消云散，融化在清澈见底的善意里。

海岛的四季差不多都是一个温度，这里分雨季和旱季，但因为毗邻海洋就算是旱季也沁人心脾，不过雨水少许多罢了。夜晚的晴朗中，天空格外高远，常常能看见玉带般的银河倾泻而去，夜色里闪烁着眼睛一般的星星，它们中的有些很是陌生，奇怪地组合在一起，我相信它们这么凑在一起，一定蕴含着某种神秘的意义。

我和他躺在沙滩上一杯接一杯喝着当地人开的酒吧里卖的夏拉瓦，谁也不知道它是什么做的，只品得出一股清香酸甜的味道。喝得稍微多一点我就变成了海的女儿，但愿，不用割掉自己的尾巴。

"在这儿生活真不错，你喜欢这儿吗？"我坐起身来问他，整个人像陷在摇篮里。

"当然，没有地方比这儿更好。"我忍不住吻向他的额头，吮吸着沾湿微咸的气息。

日光将尽，这个热闹的地方将迎来真正的高光时刻。

三

这次住在岛上的时间稍稍久了一些，碧君闲暇时就溜达着去几百米外的大学校园散步,她喜欢看许许多多带着青涩的少年男女旁若无人,不可一世得连乌云都要躲闪到一边去。她离这样的岁月很有些遥远和陌生了,但不妨碍见到就陷入其中。发色微微泛着淡紫色的男孩子咬着面包片急忙忙朝前跑去,她漫无目的地被吸引住,踩着男孩子的脚步一路向前走去。

靠外边座位的女同学谦和地起身,大家早就习惯了不认识的学生坐进来听课。上的是社会心理学,碧君朝同桌斜眼看去,似乎也没什么教材,她推测大概是不需要太严格考试的全校通选课之类。

"我们今天要讲的是文化传播里的大众心理,重点谈一谈受众在这个复杂过程中的微妙的内心的变化,和所收到的反馈及影响……"站在讲台上的男老师把微妙读作"维妙",几个卷舌音吐字也很费力气,像把一颗一颗枣核吐进金属托盘里面。距离太远,碧君看不清楚他的模样,索性单纯投入到沙沙啦啦的烟酒嗓中,屏息凝神听了两个钟头,还在随身带的笔记本上写满密密麻麻的两页。

还是个小女孩儿时,碧君就喜欢听当教师的父亲讲课,不过,她根本听不懂那些数字的排列组合,还有各种莫名其妙的符号。周围的大哥哥大姐姐们常常眼里闪着星星朝讲台上望过去,她也就觉得这课讲得精彩欢喜。可惜,父亲喜欢办公室图书馆多过自己的家,一旦进入那个世界他就激情澎湃,像在指挥一个地球上最伟大的交响乐团。她见到他的日子屈指可数，却以一当百，回味无穷。

这堂课很快结束了，她踱步从侧门出去，却和讲课的老师差点儿面对面撞上。

"是你？"

"贤记！"

"是你！幸会幸会。"

占人家便宜的那顿鲍翅才不过半年，谁能想到又在这里遇上了。学校里的吴阿友脸上架着一副银色无框眼镜，简单平淡，斯文十足，却有几分和碧君父亲相似的神态和风采，她不太能捕捉得到时间和空间此时此刻发生的扭转，只觉得有些平淡的出差似乎焕发出了新的生命力。

又一起去贤记，这回就都老老实实等着了。

两个人终于坐在同一张桌上已经是一个钟头以后了，他们只能占据圆桌的八分之二，剩下的座位必须同其他客人分享。在这样的环境里，没办法讲什么私密的话题，故事从一个人嘴里说出来，马上就会钻进另外七个人的耳朵里，然后不消片刻又会被不在这里的几十个人添油加醋地知道。碧君和他就说说半年里的柴米油盐，也讨论一下刚刚在课上讲到的"维妙的心理"。

吴阿友礼貌地拿公用的汤匙替她添满一碗，然后才给自己盛上，他六成心思用在鲍翅里，抬起头时便把剩下的投在她身上。碧君不似周围团绕的学生们还未长成，也没有海岛上时常响起的密不透风的娇嗔，她浑身上下散发出一股微微的英武之气,人从面前走过,像森林、高山,和故乡的那条大河。

四

八岁那年我获得了一个惊天动地的秘密——我知道自己一定会变成谁的母亲。我热烈地等待着,盼望着那一刻的到来。走在街上,我总是不由自主地四处看那些孩子,并且坚定地相信他们中的哪一个应该属于我。总有一天,我会在无边无际的人的潮起潮落里认出他,他可能牵在别的比我高大许多的男人女人的手里,也可能正为了一根雪糕棒棒糖哭闹不休,他见到我,然后甩开所有阻碍奔向我。我能做什么呢?于是张开怀抱,带他回到我们的岛屿上去。

空寂辽阔的街上没有一个人认识我,除了走在我身边的这个人,我喜欢这种完全放松的自由惬意。没有人知道你是谁,从哪里来,和谁在一起,天地都很宽阔。

热带的风从他那边吹到我脸上,带来一阵阵起伏不定的呼吸。他说,我让他想起森林、高山,和故乡的大河。说实在的,我不能确定这究竟是不是在夸我。

我看着他,一刻不停地看着他。他有些不自在,但我还是看着他。从他眼里,我突然看到了印度洋这个季节时常发作的暴风骤雨。是的,他在夸我。

到现在我还没遇到那个朝我跑来的孩子,有点儿遗憾,我还没法带他回到这个岛上来。

五

车朝着一片片翻滚的云的尽头行驶而去，环山公路的一侧卧着碧蓝如洗的海水，另一侧的山石上生出各种各样的植物，它们挂满了金色的叶子，还没有做好掉落在大地上的准备。

吴阿友一只手握住方向盘，另外一只却不知该放在什么地方，有时落在额头的碎发上，有时候伸去前面的暗格翻拣什么，还有时不经意间轻巧迅速地掠过碧君的肩膀和手臂，他假装一切都十分自然，完全出于无意。

从后视镜看过去，碧君脸上的神情也没有什么特殊的变化，甚至连身体的动作都不曾调整半分。有时候，她眯起眼睛，头歪向座椅的一侧然后再偏向另一侧，他就完全放松下来，盯着她看了又看。碧君的嘴唇单薄得几乎没什么纹理，唇的轮廓却很鲜明，上唇的中间往右隐着淡淡的棕色的一点，隐隐约约藏着不知道什么来历的故事。

这次来大概要待十天左右，吴阿友早就打定主意要带她去攀登这座岛上的最高峰，山的前面是海，背后也是海。他想站在丝丝缕缕的风里引着她朝四面八方看去，如果正前方偃旗息鼓了很久的火山口没办法让她吃惊，那山脊深处当地部落的壁画她一定没见过，据说那是几千年前的遗迹，今天的人们只能通过想象各自判断其中的含义。最不济，还可以带她逛逛名声在外的黑沙滩，那样的黑色细沙吸引着许许多多的游客,一旦她光脚踩上就一定会被迷住……那时候他该做什么呢?吴阿友想过很多,但又不是太确定。

在他基本上可以集齐十二星座的恋爱中,碧君和她们都不太一样。她看上去早早越过了一定的年纪,不过仍然带着不经世事的透明和纯粹,你才以为可以行云流水,她却突然像只小动物一样抽身而去。你因此和她一起惴惴不安,可她却又突然以一种更自然的接近表明实际上好像对此并不介意。几番来来往往,吴阿友已经有点吃不准她到底在打算什么。

后来他才知道,其实她和别的人一样,只是更加敏感和不安。这样的秉性与其说遗传自她的父亲母亲,倒不如说更多受到姐姐的影响,她的有些神经兮兮的姐姐长年累月影子一般陪伴在她身边,家族基因的影响越来越深入血脉。

碧君在认识他很久以后才愿意告诉他姐姐的事情:"别误会啊,我可不是什么落难的酋长家的女儿。"她咯咯笑起来,点燃一根细细的香烟,他也忍不住抢过去吸上几口。

六

姐姐的痕迹有些清楚地出现在记忆里的时候,我已经长成一个高个子的微微泛起女性特点的女孩了。父亲依然每天花很长很长的时间在他的小天地里自在快活,偶尔带回家一两个学生借给她们图书馆都借不到的书。他们聚拢在书房讨论着我们听不懂的很多事情,这个时候,我常常偷偷躲在门外仔细听着。母亲的热络远远超过平日里对父亲和朋友们的态度，她一次次在书房里进进出出，端去热茶、水果、餐巾纸，再一次次把空空的杯盘运送出来。她笑起来灿若阳光，却略微带着一丝丝空洞和怅然，我的心里也不由得长出一些不明不白的埋怨。

母亲很少抱怨或者发火，她习惯了微笑着面对父亲、姐姐、我，和我们的客人。家里的碗盘杯碟在客人到访那天破碎得格外频繁和激烈，我总是隐隐觉察到一束不知道从哪里笼罩过来的刺眼的光束，不是夕阳的温润和暖，而是激光的无法躲藏。有一年，客人几乎不再登门造访，父亲变得贫乏和苍白，母亲说话的节奏和速度陡然密实起来，我有点可怜她，却不大能明白母亲和姐姐和父亲之间的剑拔弩张或是紧密依偎。夜晚时分，姐姐硬挤进我一米二的单人床，絮絮叨叨说父亲的坏话，即便我假装困得打哈欠，她也不大理会。有些话我听得不高兴，就拿起塑料做的尖叫鸡狠狠砸过去，可她总能巧妙地躲过去，继续着对父亲的诋毁。

我不大能理解，更加不相信，他是无数人注意的焦点，是无法替代的父亲。

母亲一直体弱多病，纤瘦到几乎迎风颤抖，她特别喜欢家里那张核桃木的暗栗色的大床，在上面坐着、躺着、靠着、歪着……她本来整个人意气风发，好看俊秀，后来就慢慢打着蔫暗淡下去。她不再喜欢到处走动，而是常常花费大段大段的光景躺在床上。她似乎患上了一种永远都无法痊愈的疾病,双手常常捧着微微肥胖的小肚子,叉开两腿没什么力气地斜靠在床头。姐姐的眉眼像极了她,所以在母亲去世之后,我都常常以为她并没有离开。母亲似乎更喜欢姐姐,而不是我,要不然,为什么那时候我拿着玩具跌跌撞撞朝她跑过去时,她总是慌慌张张离很远就做好避开的准备,甚至把姐姐喊过来阻挡在我和她之间。

我的姐姐特别喜欢说话,她蓬勃旺盛的倾诉欲像极了我后来在地理课上学到的亚马孙热带雨林。老师说,那个地方呀,只要随便撒下种子,就能长出数不清的奇形怪状的植物。真是这样,如果你不粗暴地横加干涉,她可以从凌晨一直生长到下一个深夜。

我听她讲过各种发生在她和朋友身上的稀奇古怪的爱情,在二十五岁之后这些讲述戛然而止。姐姐在成年之后俨然成了这个家庭的骄傲。是她而不是我,继承了父亲未竟的事业,她研究一种高深的物理学的分支,每天狂热地奔波在实验室和图书馆之间,即便在家停留的时光,也把精力投入到无穷无尽的科学研究之中。

姐姐陪伴我走过比母亲更加漫长的日子,她竟然还送给过我一套崭新的绣着小鸽子的黄白相间的内衣,我第一次拥有了花纹完全一样的文胸和内裤。姐姐经常忧心忡忡地对我喋喋不休,觉得这个妹妹很成问题,长得不怎么出挑,除了个子高一点点,成绩嘛也看不出有什么大的出息,只进了个普普通通的大学。母亲好像根本顾及不到这些事情,在我看来,她不是忙着生病,就是沉浸于哀鸣之中。

对于家族基因这个说法，早些年我特别坚定地抵挡反抗，但后来慢慢长大才发现，完全是白费工夫。令人遗憾的是，我没能从崇拜的父亲身上遗传到他被看中的那些特质，比如轻松、健壮、幽默、博学、能时时受到异性的关注和欢迎。与此同时，我反而越来越像母亲和姐姐，有时候翻看一家四口的照片，明显能感觉到其中的三个女人仿佛是从一根藤蔓上长出来的瓜，最先长出来的那个已经开始逐渐萎缩，后面两个虽然还在生长，却显示出不怎么标准和可爱的纹路，离最远的那个青绿硕大的果实差得越来越远。那两个女人的神经质就像爬满木头架的绿色藤蔓，把这几个果实固执地缠绕在一起。焦虑无可阻挡地延伸到我的血液里，我像她们一样执拗、脆弱，甚至体质过敏。

　　母亲对于繁衍后代的执念不太像一个知识分子的妻子，她让我想起小时候住在爷爷家隔壁的大婶。他们家一口气生了三个女孩子，还是不肯罢休。大婶十分哀恸地对我说："最后摔瓦盆也没有人啊！"——我始终不太能理解，摔瓦盆这事到底有什么重大和深远的意义。她的表情凝重而肃穆，端着饭盆蹲在一颗老槐树底下思考着自己和整个家族的未来。老槐树的枝叶颤颤巍巍地在风里抖动起来，仿佛每一根枝丫都在孕育着新的生命。

　　没几天过去，一粒粒槐米仿佛在同一时间挂满枝头，一个干瘪清秀的小男孩儿出现在她家的院子和堂屋里，脑门儿大得让人不得不瞩目，头发稀稀拉拉带着一副营养不良的样子。大婶和木讷的丈夫满村跑着吆喝，那种地方口音虽然难懂，我也能大概在他们的比手画脚里弄清楚，他们有了儿子。后来我才知道，他是从邻村领养来承继香火的。

我的母亲不曾这么执着于生出一个男孩子，但她对于生育本身却充满焦虑不安的狂热和躁动。在我姐姐和我出生的时候，她常常在深夜里翻来覆去无法入眠，担心肚子里的小生命会突发意外不幸夭折。

"怎么会呢？生命是那么坚忍和顽强啊，你看哪个种子会随随便便放弃生长。"我和姐姐讨论过这个话题。

"在你和我之间，还有过一个孩子。"姐姐思忖良久突然转了话锋，母亲在生下我之后的第三年，无意间孕育了一个新的生命。她不想要这个孩子，实在是太操劳了，爸爸又照顾不了我们太多，她跑步，游泳，蹦跳，希望能毁掉这个孩子。他实在太厉害了，并没有半点消逝的迹象。她缓缓地讲着这个让我瞠目结舌的故事，平静如水。

父亲对于这个孩子持一种开放的态度，他没有流露出太多的情绪，只说完全尊重妻子的选择，一切都是命中注定的，所有的相遇也都这样。她最终还是舍不得，本能地喜欢一群小儿女在膝下承欢。她决定留下它，不管付出什么代价。

"妈妈开始了严重的妊娠反应，她整天懒懒地躺在床上，什么都吃不下，吃一点就要把先前的一顿都呕吐出来。后来她去做了唐氏筛查，过了几天，大夫告诉她结果时目光游移，久久才吐出一句——别要了，不太好。"

据说，母亲歪在躺椅上放声大哭，惊动了整个楼层的医生和病人。她抚摸着已经鼓胀了几个月的肚子，设想了最坏的结果——车毁人亡，似乎也并非什么无法承受的代价。她只有一个念头，那个胚胎是属于她的，任何人都没有权利决定它的去留。

那是她整日躺在床上消瘦下去的原因吗，我不知道，也不忍心问下去。

母亲以盘古开天辟地的绝大的勇敢去孕育这个孩子，她不知道从哪里得来的预感和信仰，认为他肯定会违背科学的透视和判断顽强地来到这个世界上，然后坚韧地活下去。她每天跪倒在客厅的佛龛前点起一支气味呛鼻的香，嘴里念念有词地喃喃诉说，她应该说了很多很多，每当从垫子上摇摇晃晃起身时，那两个膝盖叩出的深深的窝总要很久才能和最初始时一样。

可，他终究没能长成我们的形状。

他竟然会流淌在我和姐姐的骨血之中，而且随着岁月的流逝，越来越脉络清晰。有时你以为他翩然而去，可实际上又不知道悄悄趴在哪个角落里舔舐着自己的身体。

七

正是夏天，他们躺在雪白的双人床上没有多余的力气。岛上的风已经停下一会儿，椰子树垂下的雨丝发出奇幻的闪光，窗外的鸟雀和蝉拼命地鸣叫，这会儿更听出几分聒噪难耐。

　　碧君手机上的第一个号码很熟悉，她不喜欢给号码标注身份，生怕被人捡去了骗谁。是姐姐。

　　一串焦躁不安的未接来电上，第二个是姐姐，第三个，第四个，第五个……还是姐姐。心里聚集起一片不安的阴霾，赶忙按下那几个熟悉得不能再熟悉的数字，又有些不耐烦，潜意识里觉得大概也不会发生什么不好的事情。

　　吴阿友拿起一条浅灰色浴巾裹住赤裸的下身，善解人意地踱去阳台，海水在阳光下由远及近露出不同的层次。他眺望着远处，与其说是想给碧君留下足够的空间，倒不如说他不想太多牵扯进别人的家事里。

　　"别人？"他愣了一下。

　　碧君最近来岛上有些频繁，仔细数数除了出差之外还自己跑来两三回，一次是馋贤记了，另外就都是专程来看吴阿友。姐姐对这样的外出格外敏感，她把所有空闲都放在追踪妹妹的蛛丝马迹上。

　　"你好像晒黑了。""这只包没见你背过呢。""又出差？"她有时候都疑心姐姐是不是被之前供职的科研机构踢出门外，不然怎么会这么全神贯注盯着她的行踪。

　　电话里果然没什么意外发生，姐姐调和好一种四两拨千斤的语气问她现在在哪儿，跟他们家包饺子调馅的时候差不多，各种调料比例均衡才能诱出食材真正的味道。

　　"我在岛上。有事吗？"她几乎想现在就掐断电话。"帮我买条手链可以吗，回头我把款式和牌子发给你？""唔，可以的。""你问问他，有机会生个孩子吧。"姐姐最近似乎有些魔怔，年纪越大就越和母亲一个模样，连对孩子的执念都半斤八两。在这方面，父亲倒一直云淡风轻，有或者没有，男的还是女的，好像都不怎么在意，不像母亲天天绷在高空的钢丝绳上。

"好的，我知道的，这边还有事情，等回去说。"她努力保持着耐心。

"改天去听我讲课吗？"吴阿友还是一副温存，这学期给新生专门开了一门课程，讲语言地理学方面的内容。他把学期读成了"学齐"，发不清楚的读音还是含混不清的。

"有空哦。我也很想去听呢。"碧君的笑让他想起环山公路两侧的植物，它们新叶初长成时就是眼前这样。

八

今日份的西洋菜躺在洗菜篮里默默地发蔫，根子里的泥土让人望而生厌，菜棵的个头也不似往常大小，碧君叹口气把它们打散摊开在昨天的报纸上，一棵挨一棵择洗干净摆好。这可不是个能很快完成的工作。

她煮海鲜瑶柱粥，在炒碎的米和虾蟹干贝煮得黏稠时放半份青碧生脆的西洋菜进去再煮半分钟，这样一锅粥才算得道升天得圆满。就算不怎么鲜嫩水灵，也聊胜于无，碧君这样想着，手底下的速度加快了许多。暴风雨刚刚过去，房间里散发出一种带着泥土和新鲜的雨的香气，让她神采奕奕。

已经有两个月没去岛上，她故意拖延着行程和情绪，也居然没那么惦记了。晚上一阵深深的乏味从脚底涌到头顶，她觉得很累，回复了吴阿友的几条微信，便扔下手机沉入梦里去了。

地上爬满一群光溜溜圆乎乎的小孩子，他们从四面八方慢吞吞地怯懦地爬过来，他们脸上的表情含混不清，意义不明，就像女娲造人的时候那些泥巴甩出的并不清晰的人形，可足以令人困惑和震撼。

天空闪起一道亮光，紧接着是几个闷响的炸雷，有几个小孩子突然站起哭嚎着朝她奔跑过来，哭声震耳欲聋让人完全无计可施。碧君就这么吓醒了，头上身上满是淋淋的热汗，她躺在无边的黑暗里陷入一种窒息的感觉，四周的墙壁朝她缓缓地移动压迫过来，能呼吸的空间和时间越来越稀有，一时之间她竟不能搞清自己到底是谁以及在哪里。

碧君愣了足足有十几秒钟才回过神来，想起小时候一遍遍出现的梦境，那个朝她一路奔来的孩子，看不清楚的幼童的面目。那天晚上，碧君在湿淋淋的迷蒙和巨大的恐惧中做了一个果断的决定。

她口干舌燥地倒了一杯水，在深夜的寂静和浮想联翩里暗暗鼓励自己——又有什么呢，总归孩子是自己的。

对于吴阿友，日子久了也就淡然，全不像刚开始吃贤记鲍翅那会儿新鲜可爱，宛若四月份海岛刚刚泛红的荔枝和渔网下去捞起的收获。他看起来也并不多么热烈，在一起或者不在一起也都没那么多意思和阻碍。

碧君觉得，自己应该去一趟岛上。怎么说呢，目前看来他是最适合做孩子父亲的人，热情，开朗，喜爱运动，温文尔雅，知书达理，也不见丝毫暴躁和粗鲁。她想起有个朋友去国外冻卵，还有个人不知道找谁生了个娃，孩子长得颇似混血儿，卷曲的睫毛和透亮的大眼睛勾人魂魄。碧君要求做了小孩儿的干妈，在他生日那天送了一款儿童奔驰车和一架能飞得很高的直升机。她有些不可思议地看着车和飞机越走越远，落日映在她的脸上，发出有些耀眼夺目的光辉。

又是下雨，暴风带着愤怒呼啸而来，简直要把一切卷走。吴阿友坐在临海落地玻璃窗的沙发上注视着外面的雨帘，手里的热茶温暖了他此刻的寒意。碧君说要来投奔他，他明白又不明白，他大概知道她在想什么，心里还是来来回回奔波，好像怎么都行，反正她也是那种不太会打扰自己太多的女人。

碧君隔了两个月来到岛上，这次她没什么公事可办，但也没心思排队去吃贤记了。之前她一直努力克制着自己不来见吴阿友，却会在脑海里一遍遍回想起那些细节。他总有那么多匪夷所思的说法让她无从反驳，他在她身边会让人觉得空气都通透了许多。她无可名状地迷恋着他，却渐渐习惯了保持着一种微妙的距离。

世间的事情终归脱不掉时间和空间的经验，眼下发生的也没比昨天新鲜多少。碧君选了个阳光灿烂的日子，和吴阿友去教堂，牧师把手放在《圣经》上问他们两个："你们是不是决定结为夫妻，一辈子都彼此不相离？"

"当然。"吴阿友赶在她前面回答。"是呀，不然呢？"她嘻嘻笑起来。

碧君抚摸着她的肚子，仿佛那里面已经孕育着一个不曾问世的小小的生命。她每天每天测着体温，仿佛实验室里努力攻关钻研的科学家，今天是排卵期了……嗯嗯，这样好像更容易怀孕……也就那么回事，还是养精蓄锐吧……她陷入一种摆弄魔方的困境中，自己竭力打乱格局却一遍遍试图恢复最初的样貌。

吴阿友有些厌倦，他不喜欢自己被当成某种工具，所有的一切都在按部就班，科学饲养。他不大明白，却也不好拂了碧君的心意。孩子还是要跟我姓的，他这么安慰着自己，也就坦然地任由她来回来去。

那个孩子最终出生在这个岛上。碧君抱着他的时候完全不相信是真的，他从她的身体里分娩出来，软软乎乎的肉体躺在她的怀抱里激烈地发出一种前所未有的啼哭。他几乎是透明的，撇着嘴在仍然保留着她的体液的时候就无法抗拒的把小小的脑袋投进她怀里。和碧君一样他也是单眼皮，鼻梁矮趴趴地躺在一张面孔的中央，但那嘴唇之间依然有一个浅浅的暗色的小小的痣，她无比欢欣鼓舞地把他捧在乳房之前，什么也没有，他烦躁不安地继续啼哭，她的心碎成了数不清的一片一片。

吴阿友还不能琢磨过来发生了什么。他还不大明白该怎么做一个好的父亲，以及不去继续和女人们谈情说爱，但他又隐隐约约地觉得，过去的生活有些对不住这个新鲜的娇小的生命。他不知道如何是好，父与子的关系大概要慢慢培育，像种植一棵格外珍惜而脆弱的植物，得日日夜夜地小心看护，但又怕离得太近伤及彼此。

他想了想，还是走去贤记安安稳稳地排队，此刻他很有几分感激这长长的一直拐到街角还看不到尽头的队伍，终于有一件特别重要的事情需要花费足够的时间才能做好。他只是这队伍里特别普通的一分子，一个喜爱鲍翅的有些嘴馋的男人。

等待的时间有些腻味和无聊，他抬起头望着澄明碧蓝的天空，几个黑点从远处飞过来再朝遥远的大海飞去，它们从头顶迅速划过的片刻，这才看清楚原来是每天都能从落地窗前目睹的红嘴的海鸥。他有些想不明白，又带着几分犹豫和困惑，队伍缓缓地向前移动了不长的几米。

"要不要给碧君带一个小份的鲍翅呢？"他想了又想，心里也没有什么确凿的答案。

南湖街

一

南湖街早就是个有又没有的地方。

说有,因为原先这条街的痕迹还隐隐约约留在南湖公园里。说没有,但凡问问附近的新住户,基本都没什么人知道这个名头了。

从这条街辐散开去,过去有一个个响当当的名字——贡院墙根,芙蓉里,王府池子,省府前街,曲水亭,珍珠巷……人踩在石板路上,脚下冒出一股股清澈的水流。水从地底下永无止息地涌出,形成溪流蜿蜒、池塘湖泊,流出一条又一条护城河。在这里住了几十年的人早就见怪不怪,担水洗米,涮衣擦脸,无不依赖着源源不断的水流。有调皮的孩子走过故意使劲踩几下,便可以多看几眼青石板里的清泉。

"凉吗?"陶李抬头问。

"凉着咧!"回话的龇牙咧嘴,吓得她缩手缩脚,不敢上前。

几年以后,她才敢壮着胆子走进长满水草的泉池。水没到大腿根,泉眼像语文课本里写的一样一刻不停地"冒,冒,冒",陶李起先有点儿害怕,但看几个小伙伴都很淡然,就鼓励自己不能输了阵势。先是被一群河虾吸引了注意力,然后又游来几条泥鳅,她兴奋地扑过去,不料只得了一头一脸的水珠。抬眼看去,离她不远的江米条半条腿没在水里,张开笼网,一上一下,再一上一下,很快网子里便有各种扑棱乱动的声音,收获颇丰。

陶李把羡慕的目光投向江米条,盼望他能馈赠给自己一点收获,比如一尾鱼、几只虾,哪怕几条蝌蚪也行,江米条却提着桶往家的方向跑去。于是她只能擦干腿上的水滴,一路走着编个抓了鱼又逃脱的故事打算回家讲给母亲听。

当然最重要的,是讲给于老师听。

于老师早已经不算是真正的老师,但住在南湖街的人还喜欢这么称呼他。关于他的传说有不少版本,但比较接近事实的是,他早年是个正儿八经的高中语文老师,课教得不错,还会唱歌拉琴演话剧,但后来妻子嫌教书赚不到钱逼他停薪留职做生意,一路折腾下来钱没赚到,妻子却带着女儿不知跑到哪儿去了。据说那会儿小女儿才三岁,胖乎乎粉嫩嫩正是健壮可爱,下巴上还有一小块青色胎记,他常开玩笑说这是女儿投胎时防止走丢的记号。不过,女儿还是走丢了。那以后于老师得了癔症似的,落魄潦倒地住进父母留在南湖街的老屋里打零工谋生。

眼见着他沉默寡言下去，独独看见小孩才会兴致勃勃逗弄几下。特别每次看到陶李，不管手里忙什么都要给她点好吃的——她实在有几分像自己的女儿，圆嘟嘟的脸庞一副贪吃的模样，下巴上也有一块差不多大小的青灰色的胎记。也因为这样，每逢寒暑假，周围几家邻居就把自家小孩子送到于老师这里看顾。相比其他工作，这自然是他更喜欢的。

说来也怪，陶李和他格外投缘，多半因为于老师从没瞠目结舌地注视过她的那块胎记。从很小开始，她就意识到这是与生俱来的耻辱，那块小小的胎记青黑中泛着红丝，还时常长出一层凹凸不平的白皮。因为这块从娘胎里带来的痕迹，她领受过许多人异样的目光和议论，好多调皮的孩子冲她扔石子和死虫子，嘲笑她是被怪物咬过一口的丑八怪，以至于她拼命想把自己藏起来，恨不能永远都躲在房间里不见天光。

没事的，等你长大了它就看不见了，母亲劝道。

于老师也这样告诉她，还给她讲丑小鸭的故事。"和别人不一样有什么不好？只有仙女才有这样的记号。"他怜惜地看着这个小女孩儿，有一瞬间甚至觉得那个小小的女儿回来了。

从陶李家通往于老师家的路"渊远深长"，越过两条街还得拐几个弯。他住在大杂院的最深处，乳白色的石头墙后叠着三进院落。他教娃娃们背《三字经》，读古诗词，讲不知道哪个朝代的故事，娃娃们的父母凑些钱给他算作学费。于老师还有几个绝活，其中一个人们见过的是在黑板前用肩膀当圆心抡圆胳膊画大圆圈，还有一个只有附近少数人领略过，那就是小提琴拉得相当可以。

陶李不知道多少次听他拉起过《梁祝》，琴弦拨弄得心里一扯一扯的。附近还有几个孩子也是雷打不动的听众，秀青秀蕾这对双胞胎算一拨，陶李保姆家的儿子江米条也整天跟着他们，几个人仿佛从来没注意到她脸上的胎记，打打闹闹玩成一团。也只有在这里，陶李的呼吸和跳跃顺畅而通达，不必缩手缩脚，谨言慎行。当然一个人算一份学费，江米条跟着她折算了半价。保姆每个周末帮忙打扫下屋子算是补足剩下的费用——说是保姆，其实不过帮着带带孩子煮煮饭赚点零钱罢了，母亲一个人带着陶李还要上班，怎么也得有个人帮忙。

陶李喜欢听的多半都是鬼神传说，脸红头发长的妖怪吃了赶考的书生，山底下穷困潦倒的老姑婆挖土掘地时得了意外之财。她最喜欢听的故事说的是一个长得奇丑无比的小丫头不小心掉进湖里，等被救上岸变成了美丽的公主，听得入了迷，晚上回家在漆黑的房间里再自己讲一遍，花床单披上就是斗篷，枕头边站着高大威武的公子。她爬上摞了几摞的被子的最高处，透过雕满铁绫花的窗口依稀看见肃白的月光，整个人就站在皇宫最高远的石阶上，全世界的亮光都披挂在身上。

有很多次，她躺在床上，假装和于老师一起站在月亮下的山坡上。

"我脸上的脏东西能变没吗？丑死了。"她问。

"肯定会的。"

"什么时候能没有呢?死了是不是就没有了?"

"不用等那么久的,也许明天就看不到了。"

"人要是死了会闷吗?"

"应该不会吧,死了就没有感觉了。"

"可是埋在土里,埋得那么深难道不憋得慌不会喘不过气吗?"

"我也不知道,谁知道人死了在底下想什么呢。"

"再过很长很长的时间,咱们是不是就把他们忘了?"她又问。

"也不一定,有些人可能一辈子都不会忘吧。"

"那也挺不容易的,给他们多带点东西吧。"

"好啊,等七月十五咱们去庙里。"

她从床上爬起来坐在枕头上,看着空气一本正经地说:"说话算数啊。"又伸出小拇指比画了一下,之后躺倒在软和的被子里睡去,发出一起一落的呼吸声。

二

七月十五还很远。

孩子们每天来大杂院嬉闹,于老师讲《山海经》《千字文》,带着他们玩好玩的把戏,比如拿放大镜在太阳底下点燃一根火柴,用醋把鸡蛋泡得软软和和……这些在陶李心里久久难以忘却,存放到夜晚就变成了一个人的独角大戏。

这样的情形持续了几年,直到很多年以后,陶李还会记起那个最初的启蒙者。有很多次她莫名其妙记起于老师,最近的一回她开车在大雨滂沱的路上束手无策,前方白茫茫一片,手握方向盘不知该往哪打。对于这场暴雨,她异常熟悉,和当年的那次如出一辙。

应该是个周末,天阴得厚实,看上去随时会降下一场不知深浅的雨。江米条和秀青秀蕾在院子里掐石榴花刨西瓜虫。于老师打算做一桌好吃的款待大家。

"有什么好吃的?"秀青捻着一条蚯蚓问。

"红烧鱼,煎牛肉,炒鸡丁,八宝饭,还有酸奶,巧克力呢……"于老师报了几个真真假假的菜名。

几个人正打算跟去,陶李用眼神喝止住两姐妹。做客怎么能不穿上整齐的衣衫?

在她的提醒下,伙伴们选了最满意的外套和衣裙。秀青和秀蕾依旧连体婴一般不分你我,穿上绣着老虎的红色毛衣。江米条脱下沾了酱油点子的套头衫,胡乱套上刚晾干的裤子。

她呢?则穿上了舅公寄来的湖蓝色连衣裙,还配上一双乳白色的小皮鞋。又带去一只竹编的蜻蜓和三只熟透的秋柿当礼物,是母亲特意冻在冰柜里留到冬天的零食,平日里隔几天才允许她吃一个。在镜子前转了两圈,那块胎记好像轻浅了许多。

几个孩子围桌坐好,先吃一点盛好的黄桃罐头,再尝几颗果脯。即便反复提醒自己要矜持,陶李还是忍不住迅速吃完黄桃块,喝光碗里甜滋滋的糖水。

还吃了些什么？

一盘炸花生米，金灿灿咬下去粉碎，鲤鱼早早杀好拿白糖和香醋滚上面糊，还有红亮冒油的卤猪蹄，没等上桌就香味扑鼻，软烂鲜香。

其他的还有什么？不知道别人记不记得，反正她是记不大清楚了。

菜一道道摆上桌，噼里啪啦的雨声和玻璃上树枝的摩擦声混合在一起，汇成惊心动魄的音响。于老师朝外张望几回，桌上的电话也响了几次。先是陶李的父母问要不要来接她，此后是秀青秀蕾家，最后一个电话来自江米条的父母。孩子们起先十分淡定，但很快都开始惦记回家，于老师有些犯难，他打算挨个把孩子们送回家，但又不放心将谁单独留在家里。

"先到一个人家，再去送另一个好不好？"他试探地问。

几个孩子没什么意见，只有江米条不大乐意。他看看几个缩成一团的女孩子，觉得这几步路根本不值一提，反而是个绝好的机会能证明自己是个铁打的男人，一种真正的长大成人的感觉发自肺腑地澎湃起来。

思忖几分，于老师还是制止了江米条的计划。事后秀青秀蕾回忆起来，都记得江米条把胸脯拍得像个猩猩，还有对几个女孩子掩盖不住的轻视。

"谁能想到呢？"几个人有次视频聊天说到江米条依然忍不住唏嘘——不过就隔着两条街，愣没走回去。

谁都没有想到,那场雨后来被深刻地载入了南湖街的历史。提起那一年八月二十六号的水灾几乎无人不晓,即便人们完全忘记了陶李下巴上的胎记,也无法忘记那天的大雨。

雨开始下得没有半点特殊,却越来越豪放诡异,不带丝毫结束的意思。水不止从天上瓢泼下来,还从地上不断向上喷涌,风也顺势凑起热闹,一时间鼓瑟喧嚣,天地大乱,先是密密麻麻砸倒一些枝丫,然后从四面八方朝最低洼处的南湖街集结。雨水很快没过脚腕、膝盖,涨势远远超过人们的预计。

电话又响几回,于老师逐一应答,几家父母都嘱咐少安毋躁。

他先是带孩子们玩五子棋,又拿纸牌摞长长的火车,还声情并茂念了好几个童话故事,起先大家还兴致盎然,可很快就耐不住性子。于老师不得不带着四个孩子规划起来,最先打算带几个人一起出去,把住最近的秀青秀蕾送下,再依次把陶李和江米条分别送回家。可门一打开,这个方案立刻宣告破产,暴风雨从门槛那里猛兽一般奔涌进来,仿佛要吃人一样。

几个孩子忍不住哭闹起来,于老师赶紧打开窗户让他们吃下几口冷风,孩子们就又在恐惧中停止哭闹,一个一个盯着墙上的钟表和神龛上的神像发愣。

对陶李而言,她其实不怎么害怕,夜晚里假想的一幕幕此刻就在眼前。"给我们拉个曲子吧。"她说。于老师把琴匣从柜子高处拿下,琴是几十年前爷爷从外地带回来的,琴身通体呈深红褐色,四根弦闪闪发亮。随意拨动琴弦,《小熊和洋娃娃跳舞》就在雨夜里委婉流转,孩子们也很快平静下来。

然而,当下的终极问题还是怎么回家。

趁雨点略微疏落,于老师决定先送秀青秀蕾回家,再把陶李和江米条一同带回去。双胞胎一个被抱在怀里,另一个被牵在手里,三个人挤在雨衣下迎着风雨奋勇向前。秀蕾吓得头都不敢抬,秀青只记得水没过膝盖,一脚踩进去冰凉刺骨,还缠着泥巴和水草,但总归安全回去了,于老师赶紧折返回家,却只看见陶李一个人呆愣愣地倒在沙发上。

"江米条呢?"他问。

"跑了。"陶李哇地哭出来。根据她的说法,江米条用尽全身力气推开她冲进雨里,尽管她全力拉扯终于还是宣告失败,只能眼睁睁看他英雄一样奔跑进大雨之中。

那张泪痕斑驳的脸在时断时续的哭声里融成一团,同窗外的雨一样扰人心致。于老师的心里猝然开裂出许多纹路,女儿当年找不到妈妈时也这般号哭得撕心裂肺,让他心里一揪一揪的。他赶忙拿湿毛巾帮她擦拭干净,再打电话去问,江米条居然还没到家。于老师意识到问题的严重性,他一把抱起陶李,出门沿路寻找。

水开始从一个成年人的大腿向腰部漫延。在南湖街住久的人都隐隐意识到有些不太对劲,街上已经可以看见半米长的大鱼游来游去,鱼的种类不少,有花鲢、青鱼、鲤鱼,还有几斤沉的老鳖晃着四肢来来回回划水。几个精壮的汉子已经抄着渔网站在门口打算顺水捞些鱼虾螺蟹,还有人光着膀子站在门口指指点点,指点别人怎样才能多捞几把。淤泥开始向上翻滚,于老师艰难地涉水向前,四肢不时被水草和大鱼缠腻住,一个瞬间,他猛然意识到,是南湖的水流过来了,只有湖水倒灌过来,这些虾兵蟹将才能顺流而下。

"湖水倒灌了!"他歇斯底里地号叫起来,"快跑啊!发水了!发水了!"整条街上空都回荡着他凄厉的尖叫,那声音高亢而细长,像丢了孩子的母亲在雨夜里发疯崩溃。

这喊叫声起先没怎么引人注意,但很快就惊醒了整条街的住户。他一边抱着陶李往前走,一边发现越来越多人冲出门开始乱跑,水流中漂来一只结实的塑料盆,中间端坐个不晓得害怕的娃娃,后面有人推着盆向前移动。还有不知谁家的猫狗逃窜出来在水里扑腾,全不明白眼前到底发生了什么。

不知道是谁先跳进浊流里,很快就有了第二个第三个第四个……游泳的人越来越多,扑腾扑腾。住在南湖街的人大多都是游泳高手,在水边生活这么多年,人们基本上都学会了游泳这项基本技能,一旦意识到游水比走路更方便,他们就会自然而然选择前者。于老师当然也是游泳的高手,想当年和几个小伙伴比赛憋气沉到水里许久没露面,人家还以为他被活活憋死,直到实在忍不住从荷叶里冒出,头上还顶着荷花残留的枝蔓。

这个时候他突然忆起这项绝技,背上陶李朝两条街开外的方向游过去。于是,人们在大雨里发现了一个十分奇特的物种，它并不宽阔的脊背上驮着个瘦小的女孩儿，一沉一浮，再一沉一浮。水汹涌地朝南湖街最低处流去，冲刷出一条莫测的道路，路上遇到的所有人都同他相向而行。

三

十几天后，一层厚厚的淤泥暴晒在南湖街上发出阵阵酸臭，水已经全部退下，整条街死蛇一样一览无余地晾在太阳底下。

在这场雨中，南湖街一共死了五个人，其中一个就是江米条。

邻居们凑到一起很默契地从不涉及这个话题，尤其是江米条的父母。

最开始的一个星期，参加那顿晚餐的孩子们都觉得江米条一定会回来，只是现在不知道藏在哪和他们捉迷藏。又过了一周，每当他们问起江米条到底去了哪里，得到的答案几乎一致，说碰上来探亲的婶婶去外地上学了。

"去哪儿上学了？我们还能一起玩吗？"秀清秀蕾向父母提问，随后一碗水泼到脚面上不敢再多说什么。尽管将信将疑，可孩子们事后聊起来倒是都异口同声赞扬于老师，说多亏他顶风冒雨不要命送自己回家才能顺利和父母团聚，无论哪个人从哪个角度回忆起来，于老师当天的举止都堪称英雄。

小刘主任这阵子几乎跑遍了每家每户，统计损失，调查数据，填表慰问，整个人忙得顾头不顾脚，直到接到电话问这次抗洪抢险有没有什么英模人物。

什么叫英模人物？听到这个词他不禁愣了一下。在他从小到大的经验里，英模应该属于邱少云、黄继光、雷锋、草原小姐妹这样的，南湖街在这场洪灾里显然缺少这样的人物和故事。穷极无策，只能挨家挨户去打听看看能不能获得一星半点的线索。

第一个提起于老师的是秀青秀蕾家。双胞胎的父母描述起当时他怎么夹着抱着俩孩子给送回来——雨大得吓人，嘱咐少安毋躁，可人还是不顾一切给送回家。"我们家这俩是最先给送回来的，要是再耽误久了，可不好说能不能送回来。"

"江米条呢？"小刘主任不禁发问。

"那就不知道了，人家豁出性命救了我们孩子，反正我们是感激人一辈子的。"双胞胎的父母这样认为。

又说到于老师的可就不止几家几户，毕竟，他背着陶李在水里逆流而上的一幕给很多人留下了深刻的印象。

话传来传去总变化了模样增添了色彩，每一个提到于老师的人都稍微添加进一点不至于损害大局的想象——呛了一口水也不肯抬头，把伞全盖在孩子身上自己淋得精光，差点儿淹死还拍门让人赶快逃跑。

于老师就这样成了洪水中最闪亮的标志，在这场几十年不遇的水灾里，他不顾个人安危逆流而上，把三个孩子送回父母身边，更难得的是还凭借一己之力及时预警，否则整条街都会陷入万劫不复。

奖金和锦旗一起送来，他迟疑着接过来，发作了许多天的头痛在潮湿腐朽的味道里越发明显。家里刚从寄居处搬回来还没来得及收拾，整个屋子像被抢劫过一样乱七八糟，空气里飘荡着臭鱼烂虾的味道，牵连起肠胃都跟着翻腾搅动。

也有很多人没法认可这个英雄的加冕。打头的自然是江米条的父母，但除了心里嘴上偶尔隐隐约约发难，很难找到正当的理由明确表达否定意见。儿子没死，只是不知道去哪儿了，他们坚信。

再后来有人听说这个英雄居然有五千块钱奖金，于老师顿时看上去就没那么高大威武了。五千！这基本够得上一个家庭整个月的收入，足够一家大小四口人吃喝拉撒。

一些话在南湖街酝酿升腾起来，直到变成一团团浓得化不开的雾气笼罩在四周围。"他凭什么呢？游泳我们不比他差，只是家里当时没小孩子罢了。""可不是，谁在乎钱？落到咱们身上也一样。还能见死不救嘛！""没了一个小孩儿，这就不说了？人家父母怎么办？"……

很快，一张张寻人启事贴满了南湖街附近，那个男孩儿的脸贴在墙上渐渐深入人心——板寸头，缺俩门牙，炯炯有神的眼光，短袖，拖拉板儿……路过的邻居忍不住一次次念完启事，直到再不愿意多看一眼——墙上的目光不容回避半分，凭借坚定的质疑和询问让来来往往的人们心怀歉疚。

对于江米条的父母——修鞋匠和他的妻子来说，就算踏过几千个日日夜夜，也没法假装什么都没有发生。他们几乎踏破了南湖街所有人家的门槛，一坐下便不肯起来。

"到底是怎么回事儿？"对话往往以这样非常礼貌和克制的问句开始新一轮。

"雨下得特别特别大，江米条说他是男子汉，要一个人走。""使劲拉他衣服没拉住，江米条跑了，我很害怕，外面一直打雷。""我们先走了，江米条和陶李在屋里呢。"

"陶李没拦住吗？"又问。

"不知道，我已经走了。"

又到陶李家，开门时母亲有些迟疑："别再问了好不好，毕竟也是个孩子，不好老回答这些问题。"

"要是她拉住江米条就好了，对吧？"他们没听见似的，"怎么就没拦住呢？"

门一把摔过去，发出重重的声响。

修鞋匠出摊时总忘不了这些问题，儿子的脸总在眼前浮现。他把寻人启事贴在车身四周，可以骑上到处逡巡。人们很难在固定的修车点看到他，有时三点钟在南湖北岸出现，五点可能就抵达了南面的文庙，等再过两个小时妻子去给他送饭，人已经出现在几条街外的林荫道上。他想让更多人看见那张脸庞——笑得格外灿烂，透着聪明茁壮的样子。

询问像太阳一样每天密密麻麻照耀着南湖街上的人们，答话的起先还劝几句，很快就觉得索然无味以至于无话可讲。问答总有终结，转盘最后也会转到该结束的地方。每一轮的最后，肯定要到他那儿——

就算没有江米条的父母一次次上门，于老师也会无数次回忆起那个夜晚发生的一切。

时间刚刚开始。他觉得自己肯定做错了些什么，但仔细理清思路又没法弄清楚到底哪里出了岔子。于老师固执地和自己搏斗着，但人生的荒谬却在于，即便每一个环节都毫无问题，还是发生了什么。

在雨后的那些个夜晚，陶李常常做噩梦，有时她清晰地看见江米条被人刮花了脸庞，有时觉得大雨变成长尾巴长舌头的怪兽使劲拖走她，最恐怖的一次，一群人齐心协力扑来说她在菜里下药害得江米条吃完无影无踪。

自己做错了什么吗？她觉得没有。再摸摸脸上，那块胎记边界清晰地从四周隆起，她害怕极了，躲在被子里颤巍巍地抖动，直到又一轮梦魇袭来。

在相当长的一段时间里，吃过那顿晚饭的孩子被禁止再进入院子。

最先回到那儿的是陶李。她胆怯又欣欣然地推开那扇大门，屋里传来收音机的声音，应该是下午时段的评书联播。旁边的人听得入神，完全意识不到有客人来访。

初秋的暖阳里，一个人斜卧在床上，破旧的毯子百无聊赖地搭在床沿。陶李依稀看到一道白光倏然晃过，随即转瞬即逝，仿佛在哪本画册看到过类似的场景，此后她猛然意识到那道光来自那个人的身体——是于老师，眼前的这个男人根本没穿衣服，那片白光闪闪刺眼，剑插骨缝，刻骨铭心。

收音机戛然而止，等缓过神来，面前的人已经穿戴整齐，扑簌簌立在地上。

"你怎么来了？"他问。

"我……路过……路过。那……我们老师说想请你去讲讲救人的故事。"说完赶紧把头低下。

"讲什么？"

"救人。下雨救人那天，老师说，大家都该向你学习，你很勇敢，不怕困难。"

"我吗？"于老师挺直了身子，"是我害了江米条，你不觉得吗？"

"不！没有！"她大声喊起来。

对面那张脸上浮现出一丝如释重负的笑意，顺手拨拉掉桌子和墙面之间结成的一簇簇蛛网。

四

"我现在还老是想起江米条，还有于老师站在讲台上。"陶李有天和朋友又说起这个话题——拜先进的美容科技所赐，她脸上的胎记早已不见踪影。

"没想到他真去我们学校了。"

"小提琴拉得真好，可惜我也没学得多好。"

"要不是他，我可能会一直自卑吧，他从没觉得我丑。"

"这里挺好，下大雪的时候尤其好，雪齐腰深，出门都相当困难，不过那时候我就觉得一切都是新的，过去都不算数了……"

照这么说下去，她可以絮叨一下午加一晚上，视频那头的朋友听一会儿就各忙各的，任由她一个人循环往复。

二十几年后，那条街愈加清晰地从四面八方浮现出来。即便她身在看不见垂柳清泉的异乡，也始终没办法忘记。

你是从哪里来的？她问自己。南湖街还是闽扬？陶李好像没办法捋清线索——从哪里来的？要到哪去？朋友说这是个伟大的哲学家在海边提出的经典问题——经典问题就是放你身上也合适，也会发生这样的事情，朋友继续解释。

于老师出现在教室前那天有点儿出其不意。天下小雨，地上坑坑洼洼泥泞不堪。学生们没想到他会出现在自习课上。

毕竟当过老师，一站在讲台上很多死去的声音和颜色突然复活，明晃晃的灯形成了一顶硕大坚韧的保护罩，把他和外边的风雨全部隔开。孩子们脸上透着期待，他起先有点眩晕，但迅速站稳找到了坐标系原点——坐在第三排偏左的陶李。他强打精神地望向她，看她笑嘻嘻点点头，还暗暗比画了几下含义不明的手势。

"你们知道八月二十六下了一场大雨吗？"他问。

"知道不知道都没关系，接着说，那天雨下得特别特别大，说实话我长这么大都没见过那么大的雨点儿，也没见过南湖街有那么凶的水。后来大水退下去，泥巴都到了脚脖子，又过了阵子，坐在屋里都能洗脚了，这我倒不害怕，我游泳游得好，一个猛子扎下去不喘气能好长时间。我就觉得，要是那天没请几个同学吃饭就好了，我挺喜欢他们的，要不是吃那顿饭，王玉新同学怎么也不会找不着吧……"说到这里，他低下头，没看见最后排的老师直冲他打手势，意思是这段完全可以跳过去不讲。

于老师又朝陶李望过去，那女孩子的眼圈儿又红又鼓，心里就萌生出些羞愧和抱歉。

一种无法克制的感觉猛然袭来，于老师本能地夹紧肛门的两侧，却无比清晰地预计到这一举动注定毫无效果。不知怎么，他竟然当众放了个响亮绵延的臭屁，声音接连响成一串，此起彼伏似乎海浪涌来。从一瞥的余光里，他感到这股力量也波及坐在第三排的陶李，可又不得不承认，真是畅快。

这瞬间的效果同样也让陶李瞠目结舌，她被一种难以名状的感觉震撼。"我想去厕所，"——她举起右手，"老师，我想上厕所！"

雪下得没有丝毫征兆，第二天大晴。学校操场在背阴面，积雪还没有融化，新的主席台正在紧张搭建，大红色条幅挂在正中，一切都为了迎接第二天的演讲，主角当然还是于老师。不同的是这次有领导专门来听，整个学校迅速行动起来，等着一场大戏拉开帷幕。

正式开始了，陶李又忍不住想去厕所，回来的路上被秀青秀蕾姐妹拦住。"说到你了，说到你了。说雨下得超级大，背着你划水呢。"还有呢？"还有，还有说你拼死拦着江米条往外跑，还被他推了个跟头……"

陶李隐隐约约变了脸色，丢下双胞胎姐妹加快朝座位走去。她的座位在队伍最后排，因此得以避开许多探寻的目光，那块青黑色的胎记又开始突突地跳动起来，无论怎么躲避还是无所遁形。她忍不住抬头望向于老师，只有他能安慰她紧张的心脏，说话声从讲台上传来，她随手捡起一块小石头仔细摩挲着。一串细微的响声从身后传来，有种淡淡的异味在周围的空气里随风扩散，抵达鼻尖时味道已经渐淡——毫无疑问，是从她身体里散发出来的。她又一次轻松下来，艰难地恢复如常。

于老师恢复了过去的习惯，给孩子们讲些有的没的。和孩子们在一起的时候有一种轻松感，这种轻松愉快多少钱也换不来。

"你靠什么生活？"陶李的母亲问过他。"我们单位不错，每个月都给我发工资，少是少，生活差不多够了。"几个小孩子又出现在他的院子里，特别陶李的样子总让他想起自己的女儿。女儿小时候他一直想教她小提琴，把家传的琴和手艺一代代传下去。没有这样的机会，总归有些遗憾，他希望陶李愿意学上几曲。

作为一个早慧的孩子，陶李再也没在于老师面前提过江米条和大雨，也欣欣然接受了拉小提琴的提议。不得不承认，她内心深处喜欢这种四根弦的乐器奏出的曲子，带着金属和木材的质感，每每这时，她就会忘了那块胎记带来的烦恼，跑到无穷无尽的梦里。

学琴毕竟不如想象中快乐，于老师实在有些严厉苛刻。

最开始光练习把琴夹稳就要每天练至少两个钟头，等能不用手扶稳稳夹住琴才再开始练习空弦，这一来至少又是一个月时间。有那么一阵子，陶李有些害怕去他那里学琴，那个善良可爱会讲故事的于老师变得恶魔一般令人憎恶。

"哪有人能随随便便成功？"母亲说，"你要坚持下去，至少能学会几首曲子，当初，可是你非要学小提琴的，我才买了。"

话说得句句确凿，完全没法反驳。陶李也就听进去，埋头继续挽弓夹琴去了。

五

离开南湖街的前后，人人都知道陶李要跟母亲去南方发大财，母亲很满意街坊四邻的祝福，坚信不疑一定能在南方发家致富。

于老师登门来访，拎着蛋糕茶叶玩具。母女惶惶不知所措，看他从大门口一直走进来坐在椅子上，一样一样摆在红木方桌上逐一介绍。陶李耳朵里听得似是而非，觉得这些东西着实贵重，母亲推搡半天，可于老师的执拗坚固不可阻挡，非把一切悉数留下才肯罢休。他只有一个小小的请求，希望农历七月十五那天，陶李能和他一起去文庙里拜拜。

太阳晒得人憔悴不堪，他拐两条街来接她。小女孩儿刚从外面抓蝴蝶回来，额头涔涔的汗珠细细密密，依然顺从地换上衣衫往文庙方向走。于老师跪在浓眉大眼的孔子像前说些琐事，随后一声声接连不断地叹气。说到八月二十六那天，陶李听得明白，对不起他们，要是锁上门就好了。还有什么没听清。

接下来又一句分明冲她说的："陶陶，你长大了要去闯世界了，希望先生保佑你聪明智慧，清清楚楚，一辈子前程似锦。像，像仙女们一样漂亮有本事。"

"仙女长什么样啊？"她没忍住笑起来。周围的人投射来严厉的眼神，怪她破坏了一份肃静。陶李不自觉被某种力量吸引跪下去盯着神像出神。她心里憋了好多话想好好说说，很多事情别人不明白，神仙大概一定能理解，那些话像种子一样扎根在松软的土壤里，等待着早早晚晚蓬勃而出的一刻。

阳光洒得均匀，周遭一片和颜悦色。折完一大玻璃瓶彩色纸鹤，母亲刚好把一切收拾停当喊她出发。陶李猛然想到一件很重要的事，抱起瓶子一口气跑到于老师家门口。

"我们要走了，去很远的地方，再见了啊！"

"我走了！再见啊！"

门后没有一丝响动，她等了一小会儿把那支玻璃瓶放在门口，转身奔回母亲那里。

母亲喊她靠到身边，又牵着陶李出门，从客厅到走廊再走到大院门口，脚步没停顿往远处拐去，昂首挺胸地，步子越发急切。

风吹来几声鸽哨，母亲的腿怎么这么长，步子这么大。南湖街从来都没这么悠长得走不到尽头，但一转眼又触到边界。

除了夏天格外湿热,其他也没什么不习惯。

闽扬和南湖街一样,有水,人多。陶李和母亲刚来时住在城中村边缘,离市中心最繁华的地界不过十五分钟,租金却只有三分之一。街上鳞次栉比开满饭馆、理发店、小吃摊,各种功能一应俱全,路上从早到晚都是人,嘴也不闲,嗓音尖厉,她从旁边路过总以为人们在吵架。

印象最深刻的是有天傍晚走过,路旁的所有灯盏一下子同时点亮,两边灯箱次第散发出斑驳陆离的光,陶李被这个盛大的时刻吸引住,再仔细端详,隔着玻璃能看见店铺里几个人在沙发上抱成一团卿卿我我,再往前还有类似场景接连出现。

美容院开在几条街外的地方,里面没有这样的景观,收费并不昂贵,购置了些美容器械和产品,又请上几个皮肤白净会修眉捏脚的小姑娘就算开了张。其中最受欢迎的是足疗,母亲设计了名目繁多的泡脚汤水,据说每一种都有神奇的功效。广告一打出去就吸引了许多客人,更有甚者也不捏脚拎个盆打了汤水在店里坐上个把钟头。当然,这并不妨碍美容院的名声渐渐鼓噪到更远的地方。

陶李很少去美容院,再过半年就要参加中考,她打定主意要考上个好的寄宿高中奋发图强冲击一流大学。闽扬太小,来来回回熟得闭着眼都能摸到想去的地方。更要命的是,同老师同学交流起来相当困难,他们喜欢用方言快速聊天,那些话说起来像连成串的气泡，把她和其他人厚重地隔离开来。

这么一比较，就还是南湖街更胜一筹。

说起学音乐教育的经历，多少还是和于老师有关。陶李想从艺术类考试入手，开始选了小提琴，一把流线优美的琴买来，想起小时候的基本功，把琴夹在肩颈之间竟然能坚持一个多钟头。可拉小提琴绝非一日之功，别看只有四根弦，难度基本是弦乐里的最高等级。先是杀鸡一样拉了几个月，单调到隔壁邻居忍不住对她怒目相视，好容易拉会几首曲子，时间已经过去半年，把位间的挪换还不能熟练自如。她还是放弃了，选来选去打算读音乐教育，这一科更看重理论和乐理知识，专业技能大概掌握一种就好。

嗓音这东西怎么说呢？可能有很大部分归功于遗传，陶李属于那种一扎马步就能看出领先在起跑线上的，虽然开始专业训练比较晚，但声线生下来就比很多人宽阔辽远，中音唱起来宽厚深沉，轻轻松松就能唱《灰姑娘》和《叶甫盖尼·奥涅金》。

一起学声乐的几个朋友迷上了综艺选秀，她跟着看了几期节目，发现很多人压根不怎么懂音乐和表演，有的可能连五线谱都不认识，最后都能出道。好多同学眼馋这种一炮而红，煽动她一起去参加选秀节目，可她不愿意掺和。不知道为什么，对一切速成的东西陶李总持有一些怀疑——速成的反面大概就是速朽，就像人与人相遇后终究也要分离。

回北方去。她想回南湖街附近的那所师范大学去读书。

学校最高的教学楼以一个本地捐赠者的名字命名，顶层是音乐厅，再往上有个平坦开阔的天台，一侧立着高耸入云的大钟。小时候她常戴着口罩溜进去看排练，分不清到底是什么乐器，一群人看起来年纪大不了多少，操练起乐器全不在话下。每到春秋季节天台上格外热闹，民乐的西洋乐的摇滚的各路人马抱着"武器"爬到楼顶抢占最佳位置，很快，这种小范围的训练逐渐就变成了几支队伍之间的比拼或者说聚会。

母亲没那么多精力操心她到底要干什么，最后一次郑重其事的对话意思明确清晰，只要有所好大学，哪怕太平洋大西洋都不用担心，学什么也无所谓，将来如果嫁个外国人也不在话下。原话是这么说的："如果你觉得开心，找个女孩儿在一起也没什么，自在快活比什么都重要。"

话说到这份儿上，陶李豁然开朗，也松下口气。她大着胆子顶着学姐的名字去参加艺考，纯为练兵。唱念做打没什么问题，但基础乐理和教育理论完全不行，成绩稀汤寡水直接被淘汰到九霄云外。

还是得找个专业老师一对一指点下。有人建议，母女俩也就都听了进去。

可老师去哪里找呢？关键时候美容院一个客人介绍了音乐专业出身的比利时人，从汉诺威音乐学院毕业，白天在法语联盟教法语，业余时间招募了一批喜欢音乐的学生。闵扬这个地方声乐老师本来就不多，再加上比利时人更少见，居然变成了加分项，怎么琢磨怎么值得。

比利时人叫萨里，个头明显比周围人高出一头多，冷白皮上雀斑点点，鼻子明显是欧洲人的棱角。第一次上课，他介绍中文名字叫刘一天，因为前一个中国女朋友说每周七天至少要留一天陪她。说完又想起什么，世界大同，各个国家的人一样也不一样，不过音乐都差不多，让人幸福也能让人难受。

刘一天还是刘两天都不重要，不过音乐确实让人幸福也能让人难受，陶李觉得这话有意思。

六

每周总有一天得去找萨里。萨里从来没问过她脸上的痕迹，课上得格外认真，有时同学们放空走神，他就怒目圆睁瞪着他们。除了上课，大家也利用不长的休息时间教对方语言，纠正一些口语和写作里的错误，讲讲各自文化里的俚语风俗。后来，萨里建议大家每天用英语发几条微信聊天来提高英语表达能力。

有什么不行呢？

收到那条微信时她手上沾满肥皂，日落的光晕挣扎着从窗户中挤进来。萨里说白天爬山扭伤了腰，问陶李可不可以帮他做个 massage（按摩），说完迅速补上一条"It's a joke"。她一时眼花把那个词看成了 message（消息），赶忙随口答应。然后便是一个巨大的嘴巴，代表打开到最大限度的笑脸，等到萨里问"你是认真的吗",她这才发现原来自己忽略了一个最关键的字母,赶紧解释刚才一时眼花。之后几天,萨里都没有什么确凿的动静,似乎忘了每天发微信提高英语的提议。

等又过去一周,萨里开始用中文跟她发语音。不难发现,他的中文有些磕磕绊绊,但却在很努力地表达自己。他说起她脸上的青黑色疤痕,说和母亲脸上的一样,带着几分他乡遇故知的惊喜。"我喜欢这样的痕迹,"萨里告诉她,"你不知道它长在你的面孔上有多么美丽。"

虽然不太能理解,陶李还是接受了这样的喜欢。自从开始跟萨里学习声乐,像是打开了众妙之门。陶李以前不懂的很多知识和原理迅速融会贯通,人变得勇敢坚强开朗了很多。

"你的声音很动人,像神话里的夜莺,"萨里告诉她,还说如果有可能她可以去演音乐剧,"你的眼神非常非常迷人,如果你去演《巴黎圣母院》,我一定要一动不动地盯着你。那肯定是这个世界上最美好的一件事情。"

陶李没把这话当真,那时候她都没看过现场的音乐剧。"音乐剧好难弄,"她说,"有个大学上就很不错了,我想回到出生的那个地方上大学。"

无论从语言还是表情上,萨里都得以准确无误地接受到来自她的信息,陶李对于闽扬其实没有太多留恋,她心里应该惦念着什么。房间里光线逐渐暗淡,对面的五官边界模糊不清,他眯起眼睛努力调整焦距,只看到一个人的脸庞像极了他非要留在奥斯坦德不肯来中国的女朋友,以至于额头纤细的毛发都散发着不像亚洲人的金色。

陶李像只玫瑰花苞，没等到盛开就吧嗒掉在地上，她懂得萨里的热切，却总想着等一等，再等一等。

到大学录取通知书终于寄到手里，一颗心才稳稳落下。萨里喊了几个关系要好的朋友和学生热热闹闹摆了一桌菜，不过大部分都是外卖，只有牛排是他在厨房里煎制的。她三番五次被要求端上酒杯讲几句，无非好好练习吃苦耐劳只要持之以恒一定能实现梦想之类的，不过，这些句子在这样的场合显得格外妥帖。萨里擎起着香槟冲她致意微笑，心里忽而生出一种淡淡的遗憾。

第一个看见陶李和白皮老外手牵手逛街的是美容院的客人。两个人依偎着从这头逛到那头，再逛回去又是一圈，完成一次S形路线的蜜月。萨里还有辆摩托车，偶尔驮上她去环海公路兜风吃海鲜。母亲不怎么干涉，只一再强调要保护好自己注意安全，里面也包括务必戴好头盔别从车上栽下去。

有一点必须承认，闽扬的海鲜是南湖街完全没法比的，水土和烹饪手法发挥了巨大作用，使得海洋生物们一旦离开闽扬就失去了鲜美的味道。鲍鱼捞上来焯水切片沾芥末酱油，螃蟹一劈几块混合葱姜蒜爆炒，小蟹小虾活着灌满高度白酒和调料做成生腌，更多品种外地人根本不知道名字，有一种骨头绿油油的细细长长的小鱼，在本地才能放开肚皮吃到满足。陶李对此心满意足，可很多吃法却令萨里觉得不可理喻，比如本地最负盛名的鱼头汤。

"它老在看我，怎么能吃到嘴里呢？"萨里说。

"如果没有眼睛呢？"她半开玩笑问。

"那也不行，为什么要吃一个动物的头？"

陶李停下筷子，幸亏没在他面前展示吃鱼眼睛的绝技，据说吃鱼眼可以让眼睛明亮，还会带来一年的好运气。

"好吃的。"她一边说一边伸出筷子从鱼头后半部选了块嫩白无刺的肉期待地盯着他。没办法，他也就一口吞下去，和着芥末搅拌着海鲜酱油的浓烈气味。

七

母亲隆重地送陶李回故地读大学。一切早步入正轨，去南湖街走走也好。

飞机外的云朵层次分明地聚合成皑皑的一簇簇，陶李的眼前飘散出一张张幼年时异常熟悉的脸庞。

去学校报到后距离正式开学还有段时间，母亲带着陶李一起住进了南湖旅社。

旧时的南湖街早就完成了一番大张旗鼓地改造，原先的青石板不见踪迹，被压得细密紧实的水泥沥青取代，路两旁的绦柳砍得七七八八，重新栽种了树干细嫩的梧桐。大杂院的格局基本没什么变化，地面、厕所、水电全被整饬一新，显出一种振奋人心的面貌。但凡看得上眼的院落门口都挂上了木头牌子，说明这个地方以前是某某人的故居或者旧时候的餐馆驿站邮局，名目繁多到左邻右舍都未曾听说过。

八二六水灾以后，南湖四周开掘出好几个粗壮绵延的排水管道，管道埋在地下，湖水可以直接淌进不远处的水处理中心，倒灌的一幕不可能再上演。可也有一条，无论孩子们再怎么跺脚，都看不见汩汩的水流了。

倒是游客比先前多了许多，街上先是开了家咖啡馆，很快又建起个绿皮火车样的餐厅，陶李家附近的粮店基本保留下原有格局，翻建装修成前店后房的民宿叫作南湖旅社，旁边是街上最有名的饭馆，专门做海鲜，每到饭点鱼缸前的队伍就排得长了又长。

仿佛完全变了样子，但细看又什么都没变，随便走到一处都能看见当年刻着标语的石雕，还有小伙伴吵架互相扔碎石子的四合院。宽敞的大屋顶上，他们和猫一起翻滚着跑过，踩漏几粒碎石被骂得狗血淋头。文庙的砖墙垒得高了许多，中间地面却还是泥巴，小时集体翻墙进去，碰见曲曲弯弯的蛇蜕被吓得魂飞魄散。

母亲不知道从哪里得到一众旧邻居的新地址，非要一个一个上门拜访，说这次不见怕是一辈子都难得再见了。陶李起初觉得厌烦，可看到原先住在后院的孃孃躺在床上已经爬不起来，心下也就松软了许多。

最让人窒息的还是住进南湖旅社里，明明四周再没有人声车声的鼎沸，整个世界却像个针扎不透油泼不进的笼网，把陶李困住寸步难行。无论朝哪个方向看去，仿佛抬眼都能看见江米条的影子。

许多年前，她就明白江米条去亲戚家读书是个彻头彻尾的谎言，有时候看电视剧里演谁家丢了小孩子，母亲还会提起于老师，多少和他有关系的，要依现在的人，肯定要告到法院才罢休，听到这些她就本能地躲开。还有时剧集里死去丢失的小孩儿忽然莫名其妙地活着跑回来，一家人鼻涕一把泪一把哭成一团，她反而会被这完全不符合逻辑的剧情吸引，心里涌起浓度颇高的阵阵暖意。

母亲在许多方面都很麻木愚钝，但从来没有主动问过女儿那个雨夜到底发生过什么。相反，却时不时重复起电视机前的那句话："多少是和他有关系的。"石头总归压在别人头上更加好些。

怎么都要见一见他。在这一点上，她们心照不宣地达成了共识。

这一日不知道拜访完哪位故人，母亲如被夸赞的归国侨眷似的高贵大方今时不同往日，不禁喜上眉梢非要去买只有当地才产的油炸豆腐和炒泥鳅，陶李一听肠胃即刻拧成各种花样，这种浓油赤酱的东西实在太刺激，她早就看中了南湖街中央的海鲜店，看母亲眉眼嘴角都写着顺风顺水万事如意，就郑重提出去海鲜酒楼吃饭。

店面装修得很有南方腔调，三面墙做成渔船和海浪的样子，一面铺满整张渔网，蓝色天花板垂下来鱼虾蟹贝的模型，一只只垂下来扮成在海里自由自在的样子，母女俩走进去就被一股熟悉的咸湿味道包围。

菜品上齐正要享用，远远从街心拥过一群穿着古装的男男女女，有的打扮成和尚的样子，有的提着银光闪闪的砍刀脸带血痕，还有的把长衫扎进腰带顶着破帽。

人群涌进店里，立刻有服务员迎上前领进包间，原来是长期在这里包饭住宿的剧组。城市变化迅急，南湖街慢半拍一样落在大部队后面，不管交通还是建筑都来不及赶上最新潮流，反倒成了优势，有远山近水、人来人往，成为影视剧的绝佳取景之处。

陶李小时见过很多类似的场景，但搬走后已经很久没见过，再多看几眼竟发现其中一个粘着长胡须的男人分外眼熟，头戴褐色软帽，被肥肥大大的青蓝色袍罩住，整个人专心致志努力支撑起衣服前进，可怎么都似龟速，力不从心。

"你看那个人像谁？好像在哪里见过。"她问。

"邋里邋遢的，也不知道从哪里来，这种剧拍了谁会看？"母亲说。

"那谁整晚上盯着电视机没完没了，猜得出结局还要看。"她说着又指了一下，"我说那个穿肥袍子的男的，在哪儿见过？"

母亲这才上下左右地打量，似乎真的眉眼嘴角透着故人的味道，她几步上前拦住那人，然后直截了当地问："你以前也住在这条街上吗？"

对方愣了一下却没耽误回话："是啊，南湖街二十七号大院里最后头那间房。"

隔着几张桌子，陶李也听得分明确切，她像一条鱼突然被海浪卷上沙滩，挣扎半天直到无法动弹。

再回到旧屋就都变成了普通人。于老师脱了戏服卸下胡子，一对母女带着礼品故地重游。屋子基本没有太多打理，散发出油烟浸渍的味道。正对门墙上挂着落满灰尘的锦旗，红丝绒布上写着"见义勇为先进个人"，日久失修，"个"字的最后一个笔画早不知跑到哪里，成了"先进人人"。于老师和一只灰白色间杂的猫住在一起，白天这家伙不知去谁家逗留，晚上快开饭才跑回来，让人疑心这猫说不定同时占有两个主人。

母女俩来时是白天，那猫一反常态蹲在屋角，陶李从一堆礼品里抽出零碎的小鱼干喂它。于老师的脸上簇着苍老和局促，看着摆满茶几的礼物并不自在，其中还醒目地掺杂海参干鲍，个头比大半个拳头还大。客套之后开始聊天，说到这些年的经历，基本都是母亲在说，另外两人安安静静听她南北混杂的口音滔滔不绝。

风来了，雨来了，荣华富贵了，偶遇良人了，改天换地了……又说到女儿这些年很争气发奋图强考上了小有名气的师范大学音乐教育专业，将来怎么都是个前途无量的音乐老师，聊到这里口气突然软绵下来，开始感谢他当年熏陶的扎实的音乐底子。陶李左耳朵进右耳朵出，分辨其中有多少水分需要沥净。其间于老师手机震动了几回，先是剧组要他明早五点穿好服装到南湖公园集合演个车夫，然后是居委会通知他这个月五十块的卫生费该交了，还有海鲜店的人打来通知又有鱼虾罹难，如果需要趁早来可以便宜。

"您还拉小提琴吗?"陶李想知道。

"偶尔,有时候拍戏的时候也还用得上。"

"还能给我拉支曲子吗?"陶李有些羞涩。

琴盒一打开散发出松香的气味,琴板油亮温润现出微红微黄的光泽。于老师拿琴弓在弦上蹭了几下,那弓疲软得发出并不振奋的声音,于是拧紧琴弓底端仔细拿捏分寸,再抬手搭弓,熟悉的旋律就流淌出来了。

在浩浩荡荡的诉说之后,母亲突然发现自己怎么都插不上嘴,她和另外两个人变成了并行不悖的线条。

八

有一段时间,从南湖街搬走的人越来越多,但其中并不包括于老师和江米条父母。

修车匠夫妻本来签好拆迁协议,后来却改了主意,继续满街贴寻人启事。隔三岔五总有人送来不太确凿的消息,说在哪里看到一个类似的男孩儿,还有流浪的孩子找上门讨些吃喝,这些信息如火如荼撩拨起夫妻俩的念想,然而很快就被事实浇灭。

于老师虽有动摇却没走,大部分时间规范有度,可也添了新内容:比如每到一年里的八月二十六一定要出去买些巧克力、黄桃罐头,然后从衣柜深处取出张纸端端放好。如果你仔细观察就会发现,这张纸上印满小字,背面写着乱七八糟的电话号码,其间有一张男孩儿的面孔。

很多人早晚要回来，他笃定。

日子怎么都得过。朋友介绍他去一所中学兼职教语文，每周一三五上一节训练课，负责带着学生复习头一天主讲老师的教学重点。其余大部分时间去附近剧组当临时演员。这个职业开启得纯属偶然，他有回在南湖公园散步被一个剧组临时抓壮丁，问有没有兴趣客串个逛街的闲人，很快于老师就发现当临时演员没什么难的，穿上戏服跟着别人瞎转就好。

渐渐地，居然有了三五句台词，再往后多了十几二十句。这个职业其实收入一般，和当老师完全没法比，但他颇为专注，觉得偷来不同的人生和时间很是过瘾，每当穿上戏服化好妆，另一个人就从身体里茁壮地走出来，志得意满，气壮山河。

让人格外心烦意乱的是，修车匠夫妻经常来找他，而且总喜欢问同一个问题："如果不是你和陶李，江米条怎么会不见呢？"

起先还有足够的耐心原原本本地解释，但这个思路一旦如此设定也就没法提出异议，毕竟人家没了儿子已经足够可怜。可时间久了也抵挡不住厌倦，当年陶李早就作证这场祸事基本和他无关，而且自己曾经尽力施救。

最心烦的一阵身后总有人跟随，从喊喊喳喳的脚步声可以判断出应该是江米条的父母，再回头却一无所获。不仅如此，家门口还接连出现过刀片、绳子、死老鼠、臭鱼烂虾、鸡血鸭毛……于老师实在气愤不过跟邻居诉苦，但少有人能给出切实的建议，无非安慰几句不了了之。

  闹鬼的传闻流传了几个月，之前各种小道消息多集中在邻里纠纷、桃色故事上，就在盛夏到来前的半个月，这一类传说超过现实八卦成为人们热议的话题，这回不是老妇人挖金子，也不是书生被妖怪偷走五脏六腑，而是南湖公园的照壁上出现了奇形怪状的黄纸字符，每天清洁工人收拾干净又会铺满，半夜还响起小男孩儿持续不断的哭闹。

  本来都是不作数的瞎说八道，但时间长了就吸引了人们的话头。刚巧一个剧组去公园拍大夜戏，几个演员穿好古装行头正从照壁左右两侧缓缓走出，远处天空和湖水交接处一个纸人忽而翩翩起舞，在树影斑驳的暗夜里来回来去，再然后就听到抓心挠肝如猫叫春般的声响此起彼伏，吓得演员们既不能动弹又不敢撤离。

  不得已剧组只得请个神婆前来参看，哪知刚套好衣袍点上香烛老婆子就几步退出来，嘴里念念有词说此地不宜久留，看热闹的人们匆忙四散而去。之后，总有人在刚入夜时听到孩子的哭声，不知道夹杂着什么方言的说话声，看见四处逃窜的爬虫飞蛾，还有频频出现的纸扎人偶和冥币。

  于老师专门去探过，白天好端端安然无恙，天色一变暗就有怪声响起，蛇虫鼠蚁的东西乱爬。于是就慢慢传开，说这地方有冤死鬼不肯投胎，到处流连打算寻找亲人，之所以总在深夜出现，是因为大半夜拍戏冒犯了南湖的真正主人。南湖有鬼的消息就这样通过口口相传和亲眼所见逐渐深入人心，如此一来，哪还有剧组敢来取景拍戏？附近的群众演员们不得不齐齐丢了工作。

不光这样，来南湖公园的游客数量也大不如前，径直连累了附近的餐饮、摄影、旅行社等一众产业，靠湖吃湖的人们就攒起许多怨气。再说不信鬼神这么多年，还真能闹了鬼？

就有以前几个骑三轮车拉客的大爷偏不信邪，非要把南湖的鬼揪出来示众。这几位差不多一直住在南湖街附近，活人死人的事见怪不怪，到现在还没搬走住进高楼，一是把在这儿骑车拉客当解闷也当营生，再就是琢磨着好好当回钉子户，日后可以多落些拆迁款。

大爷侦察队不等不靠，制定了严格的巡逻方案，每天二十四小时分班骑车在南湖公园里巡游，并且以照壁附近的瑕园为重点区域紧盯可疑人口。

夜晚细风拂面，湖面上各种动物植物交融混杂的味道不断升腾，要是以前这时刻肯定游人如织。忽然一个影子脚后跟拖地沿着路走来，没等人看清又一人影紧跟上来。大爷们停稳车子蹑手蹑脚，急簇簇跟去沿着墙根盯死，然后趁两个人往墙壁上贴东西时一击即中，双双反手扣在地上。

待拖拽到光亮处才发现，这两个人竟然是江米条的父母——修车匠和他的妻子揣着几管修补车胎的材料和刷子暗夜潜行，提兜里装满鬼画符一样的黄纸。几个人虽然恨不能当即拳脚相加，可也明白不能私自动作，就提溜鸡仔一样给送到派出所。

几句话问下来，夫妻俩也没怎么否认，一一承认之前故弄玄虚地吓唬人，再问原因，说主要想断了于老师的营生，不想让他过得这么痛快。

"还成个人？人模狗样的，"男的说，"要不是他，我们儿子怎么能丢了？""就是，怎么他还拿上红旗奖金，演电视剧？"女的附和。

于老师听说了整件事的原委，没有多说什么。倒是几个大爷费尽心思破了大案忍不住到处讲述这段故事，说着说着就捎带骂起了夫妻俩，说他们小肚鸡肠对大家都怀恨在心，指不定哪天给人投毒下药。

刻薄话就像夏天的蚊蝇，一窝一窝接连不断地四散开来，最开始说俩人故意往路面上撒碎玻璃碴，到后来竟然被传说儿子不是亲生的，所以早早离开投奔另一个世界去了。

修车匠夫妻起初有些羞愧，但过了段时间，脸皮磨炼得厚实起来，胆子也越来越大，再加上心里有怨恨打底，就更认为整条街的人都亏欠他们太多。流言无形，刀口滴血，两个人更坚信这些肯定是于老师怀恨在心刻意编造。

九

大学和高中完全不一样，军训前有半月闲散供新学生们联络感情熟悉住宿生活。虽都是外地学生，陶李却足以充当大半个主人角色，带同学们探访附近早就消失的泉眼，也去过几次小商品市场淘换时兴的衣服化妆品，自然这地方的东西买来用不了几回就抛掷到九霄云外。

除了正常上课和排练,陶李经常找理由请假离开校园出门。

去的最多的自然是南湖街。她把周围转悠得通透明白,还结识了几个高人。有个五十多岁的女人每天六点准时起床铺开摊子钻研剪纸花样,陶李从她手上买过不少剪纸作品,价格并不便宜,一来二去也就成了朋友。

可能艺术真有相通的部分,起初一拿起剪刀笨手笨脚,但过了一阵熟手的气质就浮现出来,除了跟着已有的范式剪出花鸟鱼虫,她还想当然创作出很多以前没有的玩意。剪纸这门手艺一个重要的法宝就是传统花纹样式,一路层层叠叠从祖奶奶的奶奶的奶奶传下来,讲究循规蹈矩、按部就班。在掌握了足够多的传统纹饰图案之后,才有可能拥有更多自由剪出以前未有的图案形制。她学了一段时间就觉得掌握了基本规则,可以操控更广大的世界。

陶李剪出过一幅得意之作,欢天喜地拿给女师父看被一笑了之。作品叫《半生缘》,其中大概能看出三个人,一个站立的女人在唱歌,背对她是个拉琴的,最角落有个短头发奔跑的小孩儿,右上角飞着一只鸟,据说这是南湖附近常见的雨燕,小时候于老师喊他们几个娃娃看过。他讲过,每年最暖和时,这种鸟就从遥远的国度飞来,别看身型纤细并不起眼,却基本是世界上飞得最快的,据说在希腊语里它们名字的意思是"没有脚的鸟"。

"没有脚的鸟"被送给于老师贴在锦旗旁,因为这只鸟的不期而遇,那面锦旗还得到了掸净灰尘的待遇。于老师尽管平日里说话还算利落,可看到这作品竟一时无话。

如果在路上遇见,他肯定不敢同眼前这个女孩子相认,整个像一颗刚摘下的青柠檬,下巴上的青黑色早就不见踪影,个头比他还高几分,发丝散发着树叶花草的清香。如果女儿站在面前,现在差不多也是这个样子了吧。他记得有回陶李参加完演出来和他讨论一段旋律的唱法,满脸浓妆居然也能和年轻的气息调和在一起,鼓荡在牛仔连衣裙里上下跳跃——的确,像只没有脚的鸟一样。女儿也一样飞得远远的。他不知道说什么才得体周全,记起许多年前在孔子像前说的那些话,应该算是成真了吧。

送下剪纸之后礼尚往来就慢慢多起来。陶李选择小提琴作为第二专业,学会了不少名曲,每学会一首新曲子便欣欣然跑去他家发起挑战。

没错,就是挑战,可她拉出的每一段旋律于他而言都不算难题,他只要练上几次那旋律就能自如地流淌出来。院子里经常传出丝滑而有节奏感的和声,以及女声的唱腔,每当此时,邻居们就知道肯定是陶李来了。

被这声音吸引的还有修车匠夫妻,一直以来,两人心里横着一条深不见底的沟壑。南湖闹鬼之后,来自他人的怨恨开始压倒以往的同情,两个人已经很久不跟任何人说话,除非谁聊起和儿子有关的事情。他们沉浸在自己的世界里无法脱身,互相拉扯着沉入更深的泥沼。

江米条的模样永远停留在九岁那一年，身高一米二二，体重八十八斤，微胖。家里到处都是他的影子，连床都原封不动保留着原来的面目，四周摆满汽车、飞机、轨道、坦克，不管多忙，他们每天总要进来坐一会儿，和儿子聊聊，有天说起他那些童年的伙伴，便想起来早就亭亭玉立的陶李。

　　母亲愤愤对着儿子诅咒，一张大饼脸还带着黑疤，丑得吓人，现在学会描眉画眼还以为自己变成金凤凰，这孩子眼里心里带着花花肠子，将来肯定孤老一生无儿无女。说着说着竟然趴在儿子床上哭起来，泪水浸湿了一大片被子。丈夫拉起她连声劝，说儿子一定会回来，只要一直住在这里不搬走，就一定能找着回来的路。女人的哭声终于不再期期艾艾，在宽阔伟岸的胸口上浩然壮大起来。

　　被子散开又叠起，夫妻俩带着淋漓尽致的仇恨滚作一团。江米条的目光从各个方向投射而来，似乎带着几分捉摸不透的笑意，让他们心里顿生安慰，坚信儿子一定会回来。不然怎么还有这样的精神和力气呢？

　　"要是回不来呢？"女人化作一摊泥。

　　"不可能，他舍不得咱们。"

　　"还能认路吗？走的时候才那么丁点儿。"

　　"一定能，你忘了他五岁那年就可以去买早餐。"

　　"要是回不来呢？"

　　"回不来，就都别回来了！"女人在黑夜里终于看见一盏亮光，她需要这样的答案，转身又跌跌撞撞地伏在男的身上，"要么回来，要么都他妈的去死吧……"

十

作为一个情意深重的人，萨里的名字最开始经常出现在聊天中，几个室友都知道陶李有个巧克力般甜腻的比利时男友，性格温和还精通音乐。两个人时不时发信息问候，她再没犯过打错关键字母的错误。有回萨里租船去海钓专门发来一张和鱼的合影，抱着条头大身胖的鱼乐乐呵呵，但看来看去也发现不了思念的意思。她又从手机里找出和母亲以及于老师站在月季花墙前的合影，两相对照，第二张照片里的她显得神采奕奕，波光流转。

他抱着一大束花出现在师范大学的门口时，师生们刚完成上午的课程，多半步子急切地奔赴食堂填饱肠胃，猛然间看到这一幕许多人就忘记了吃饭这头等大事，意欲八卦到底是什么人的罗曼蒂克。人群逐渐围成团团的圆圈，下沉广场地面几乎被填满，只在斜角处留出一条窄缝，供不看热闹的人进出。

双肩包重重地卸在地上，萨里抱起陶李转了几个圈，然后一大捧各种颜色的玫瑰绣球天堂鸟径直怼在眼前。按说应该惊喜万分，可她即便千方百计地调动情绪也没办法感受到那种突如其来的幸福。甚至有一会儿她冷静地问自己：他是谁，为什么捧着一束花？

不得不承认，陶李早就差不多把这人封印在历史中了，那张曾经一遍遍吻过的脸显得异常陌生，所以他无论抱着花还是鱼都没有太大关系。但作为一个土象星座的人，青睐稳定的惯性压倒了一切。她抬起头勇敢地朝那个热烈的唇迎过去，这是她应该给予的回应，此时此刻，她鼓励自己一定要有足够的能力应付自如。

半年多没见，萨里晒黑了不少，据说是因为这些日子疯狂迷恋海钓。

钓鱼的乐趣在哪儿？陶李很好奇，一个人坐在船上不敢大声说话也不能随便走动，单单等着不知道大小和品种的鱼上钩，更何况这人连被鱼眼睛直视都害怕。

"你不懂。"萨里坐在她对面试图从热气腾腾的火锅里捞出一片毛肚，以前他从来不吃这东西，说透着一股腥臭。

"怎么说呢？和几个朋友一起租条船随便开到什么地方，然后行家告诉你这片海域应该有鱼。但就像寻宝一样既需要经验又不能完全依赖经验，他说的也不一定对，你还可以突发奇想，比如我就要去那边深蓝和浅蓝的地方，或者飞鱼特别多的地方。总之太神奇了，那天我还钓上来一条真鲷几条红石斑，你知道鲷鱼有多难得吗？很多时候，我喜欢这种出其不意的过程，而不是非要钓上来什么。"

天色渐渐暗下来，空中飘起或明或暗的雨丝，雨从四面八方袭来，即便打起伞也没办法抵挡，雨丝沾染着灯光，抛下长长短短的鱼线，好像人在垂钓一样。

他又从锅子里特意挑出一条黄骨鱼，鱼头正对着她的眼睛，鱼尾对着萨里的胸口。"现在你不怕那些鱼瞪着眼睛看你了吗?"她赌气地问,可又不知道跟谁。

"还好,鱼和人终归不一样,生下来就注定了这样的命运。"他说。

再把鼻尖抵到离萨里只剩几厘米处,便嗅到一股与往日大不相同的气息,如果非要分析逻辑因果,她也拿不出足够的证据。陶李只是以独属于女性的敏感觉察到他正在发生某种变化,虽然一直在说钓鱼的事情,但听着又不像是在说钓鱼。

火锅吃到此时已经进入谁点的菜谁要负责吃掉的环节,两个人对待多余的食物明显都有些厌倦和力不从心。萨里夹起一条煮到泛黄的贡菜勉强咽下,喉咙里发出含混不清的声音,大概意思要她一起走去酒店休息。

一顿饭从开始到结束,终于出现了最关键的这个句子。她一直等待着又自欺欺人地希望没有这一句。可还是来了。火锅店外人来人往,行色匆匆,没有人比她更希望加入其中,甚至如果这时候接到老师勒令她返回学校的电话,都不啻莫大的福音。

陶李被牵起左手,右手负责抱起一大束鲜花,然后朝酒店走去,就像结婚典礼中走红毯的环节。那会儿的新娘也都像自己这么心绪复杂吗?她想着,然后鼓励自己好歹是登台演出过的——最喜欢的那出歌剧叫什么来着?嗯,《卡门》。

忘了什么人说过,女人要是彻底忘掉一个男人,基本上就是细砂流入大海,再也不见踪迹。其他人不知道,陶李反正是这样,她无比抗拒萨里的拥抱和亲吻,在床上闷声不响,以至于萨里举起她打算换个方向都无比沉重。她变成了一块沉默的磁铁,牢牢被吸在床上,两个人闷声不响,所有的举动都开始变成一种角力,一种厮打,最后各自无可奈何地败下阵来。

"怎么了?"萨里抱起她。

"没有。"她缓缓拉出被他压住的长发,却并不知道自己已经开始泛出油光,一脸倦容。

其他时候,萨里陪她去见了很多同学、朋友,送给他们各种来自闽扬的礼物,比如在太阳底下会变色的贝壳工艺品,巨大的一个,摆在那里占据了几本书的空间,更昂贵的有盛在不同盒子里的珍珠手链、项链,这里很少有人能区分珍珠的质地,每个收到的人都感动不已。

十一

去于老师家那会儿,礼物早都送得干干净净,陶李起意打算带萨里去他家拉琴——见个老朋友,小时候人家救过我呢。他自然没什么意见,只是提醒礼物早就发光,只能两手空空。

本来还有些期待,见到却失望透顶。那样一个人看上去个头不高,大部分头发早早脱落,旧衫应该几天没洗过,从眼睛到嘴巴没有一点帅气俊朗的神态。萨里虽看不大明白中国人的年纪样貌,却也分辨出他不是那类常见的有吸引力的人士,再看陶李和他格外亲近自然,两人一起拉琴唱歌,像极了当年自己教她专业课的情形。

大概对于一个外国人来说，想全面理解中国人之间的关系实在难度太大。陶李以前讲过，她小时候他们一块儿去寺庙祈祷，于老师还在神仙面前许愿为她祝福。

"祝你什么？"

"聪明美丽，飞黄腾达吧。"她说。

"真的管用吗？"

"随便说说的，那你在上帝面前许愿能不能实现呢？"

"不知道，但我信啊。你们的神和我们的一样吗？"

"可能不大一样吧，我们的神合理分工，各司其职。我和于老师去的那座庙里的神管着聪明智慧，写文章考大学之类的。"

这样的话题很难继续讨论下去，当然萨里对这些也没有十分浓厚的兴趣，这次来南湖街寻陶李自有他的目的。

当年陶李彻底告别闽扬，萨里就知道自己和她不再可能有太多交集，也不算太大遗憾，人这辈子就是这样。他跟陶李在一起的时间不长不短，之前有过数不清的女朋友，连起来国籍几乎可以占满地球上十分之一的国家，拉丁裔热情爽朗，日韩的看似紧张实际张弛有度，非洲朋友嘴唇浑厚，屁股紧俏，晚上关了灯只能看见白森森的牙齿。

有次他和现在的女朋友谈起陶李，用法语说出来的句子抑扬顿挫充满魅惑："你看，音乐没有国籍的区别，也没有年龄的不同，爱情也是这样的。"说这话时他斜斜歪在沙发里，对方是一对一的法语学生，年龄大他十七八岁，非让他交代和前任的故事。于是只能从刘一天讲到陶李，连那女人饲养的法国斗牛犬都围拢过来似乎很感兴趣。感情史一直说到白昼与黑夜交接，两个人相拥着沉入梦乡，挤在床毯上的狗鼾声迭起，赛过一个成年男子。

这段感情持续的时间短得超过了萨里的预计，他不得不承认自己确实低估了某些女性的彪悍。在他厌倦之前，大他很多的女人丢手绢似的丢弃了他，全无半点儿心软。然后就是账目清晰地理清来回，房租、礼物、租车、机票……一路算下来居然欠了人家十万人民币。

对此萨里完全无从招架，这些钱基本没办法抵赖，但眼下去哪儿弄这些钱呢？他根本没有储蓄的习惯，每个月还要透支信用卡吃喝玩乐。有人回忆起来，形容那半个多月他完全没有以前那样风姿绰约，像小视频里被卡住的主角一样无法动弹。没办法逃混过去，他只能紧闭房门，谢绝客人，从过往记忆里搜寻解决的方法。

再见陶李，就是带着这样的希望。萨里清晰记得陶李的母亲在闽扬有一盘不大不小的生意，几万块钱估计不算什么大数字，但自己不好直接出面求助，于是想出这么个法子曲线救国，衡量几回更觉得是上上等的良策。

诡异的是，换了城市和居住的地方，萨里的千万种浪漫和理直气壮竟然怎么都发挥不出来，舌头涂抹上黄连一样苦涩紧实，一听就觉得话里有话。

"所以到底怎么了？出大事了吗？"陶李忍不住问。

"没有啊，不让我想你吗？还记不记得，咱们一起骑摩托车去海边，还去渔船上买很多新鲜的海鲜，你说虾子没熟……"

"是的，没错。"她笑起来，咬紧嘴唇，"我得回去了，学校规矩特别多，不让学生随便离开校园。"

萨里仿佛撞到了一堵密不透风的墙上，以往专门针对女性的特长丝毫发挥不了作用。现在唯一能做的就是拉住陶李，央求她陪自己到处转转。

最近便的当然是南湖公园，先去看了瑕园里的照壁，上面用篆书刻写着一首诗词，园子左侧坐落着某位著名女诗人的衣冠冢，陶李不小心讲起她的一生，还说到她颠沛流离嫁了几个丈夫，最后晚景萧疏，一个人隐居在此。萨里好像不太能理解，在他看来，随便找个人陪着都比孤独终老好，于是两个人又开始辩论起自由和爱情的界限之类莫名其妙的话题。

"这里闹过鬼，你知道吗？"她实在不想继续讨论这些似是而非的东西，灵机一动想起发生在这里的传说。萨里脸色一变迅速用双手护住心脏的位置。

就知道，这人一向怕鬼胜过一切。

在鬼影的笼罩下，两个人敷衍地绕着湖边走了一会儿就匆忙离开，萨里非要送她回学校，走到门口却又抓住她的手一脸楚楚可怜。让她不得不答应第二天一起吃午饭，陶李甩开已经满是汗水的左手，快步走回宿舍去。

在打出各种牌之后，萨里意识到他必须和盘托出此行的最终目的，否则绕来绕去只能耽误时间，陶李的心已经不在自己这儿了，他很清楚，但这不是最重要的。中国人应该都很重情义吧，他想起遇到的一个又一个男的女的朋友，顿时觉得她愿意帮他的可能性极大。

出乎意料，陶李完全不同意让母亲借钱给他暂时渡过难关——是的，他是这么说的，暂时借给我渡过难关。

"你的事情和我母亲有什么关系？"她质问他，"而且还是借钱投资生意赔了本？"

萨里没敢明说那十万块钱到底如何欠下，只得支吾道："我，赚回来就还给你。"

"这和我母亲没什么关系，"她继续坚持，"我手底下还有一万块，是可以借给你的最大额度。"萨里有些失落，但此时此刻他的确没资格嫌弃什么，只得悻悻留下新的银行账号和开户行地址。

在这些没有见过面的时光里，陶李显然变成了另外一个人，一个健康、自如的女人，不再是当年颤巍巍的娇弱的不相信自己的和他缠腻在一起的那个。

北方的风吹过，太阳晒过，闽扬的湿润全都不见了踪影。

十二

收到信息的时候，樱花落了一地，层层叠叠铺满初夏。

陶李坐在于老师住的大杂院里喝茶看天，仿佛又回到小时候，她提议今年两个人一起去文庙烧香。

好，庙倒是在，就是和以前不大一样了。于老师给她看文庙的照片，告诉她屋顶坍塌的一角怎么仔细修缮一新，墙也推倒重新翻建。新倒是新了，以前的味道就不太浓郁。

信息是萨里发来的，约她晚上一起出去走走。

本来想跟于老师多说几句这事，但终究也没开口，单单想想整件事的来龙去脉就让她心烦意乱，更别提说明白。她还念着萨里的好，救急不救穷，急事儿说什么还是能帮则帮上一把，但又怕被纠缠，好多影视剧里都有这样的情节，主人公好心帮人，结果反而被纠缠不清丢了性命。

见她不似从前，于老师问到底有什么不如意，既然没问出一二三四也就知趣地不继续追问，感觉和那天跟随她来过一次的外国人有直接关系。

萨里非跟在她身后又去了一次于老师家。那天他们本来约好一起练习《拉德斯基进行曲》，作为一个专业人士，萨里怎么都要看看于老师的专业功夫到底如何。陶李也不好阻拦，买了水果拎上琴，两人沿着码头、饭店和两旁的柳树一路走过去。

尽管不是特别精通小提琴，他多多少少也懂得一些基本常识，一看于老师打开琴盒，自然而然被吸引过去。那把琴斑驳陆离，浅棕色泛红的琴身历经时间的浸润散发着无与伦比的气息，几条需要仔细辨别才能看出的细纹并没有浸入琴身，反倒是隐隐说明了琴的年纪。琴弓往手上一拿一捏就知道是上等马毛制作，虽然毛色不似新琴那般光鲜洁白，但透出一股历经沧桑的饱熟感。萨里稍微掂量了几下，立马判断出应该是欧洲老琴师手工打造，再翻到琴的背后，居然还刻着一行小字，应该是制造这把琴的工匠的姓名。他认得这个名字，以前在音乐学院读书时见过这个字样，于是心里暗暗吃了一惊，盘算下这把琴现在市面上至少能卖到四五十万人民币。

"这把琴是爷爷送给我的。"于老师告诉他。陶李也是头一次听他讲起身世，爷爷活着时是当地小有名气的音乐家，看孙子颇有音乐才华心里很是高兴，就在十三岁生日那年送给他这把有些价值的小提琴，别的没多说，只是嘱咐他好好练琴，将来没准能继承他的志业变成家族之光。可惜的是没等他变成家族之光，祖父就得了肺癌离开人世。当然，于老师没能变成家族之光，这把琴却跟在身边从没离开他。

萨里眼里闪过一丝光亮，但转瞬即逝。

夏至那天他们又一起去于老师家吃凉面。

本地有一种习俗，但凡遇到重要的节气都要吃固定的食物，夏日白昼最长这天按理要吃凉面，做法其实很简单，但面条讲究用手擀，菜码配料须得齐全，因此餐馆里做得始终没法和家里的相比。但母亲向来不擅此道，再加上客居闽扬，就更想不起夏至凉面的说法。

好多年没吃过这么一顿酣畅淋漓的凉面。土豆、豆角丁加肉末卤制了油亮闪光的一碗，再配上秘制麻酱汁、蒜泥、香葱、陈醋、白糖、青红萝卜丝各式生切菜丝，一大盘混合在一起青红碧绿，不知不觉吃到胃肠发胀，几个人决定今晚不再弹琴唱歌，商量着去南湖散步消食。

最后只去了两个人。萨里用复杂痛苦的表情告诉他们，他的肠胃没办法适应这种食物，凉水淋过，蒜泥拌着，青红萝卜丝生冷粗壮，酸甜苦辣搅和在一只碗里。于老师翻箱倒柜找药给他，萨里坚持自己歇会儿就能走回酒店，一个劲儿鼓动于老师和陶李别耽误出门散步。

为了让南湖变成更多人的南湖，几个月前公园拆除了围墙，翻新游船画舫，形制不一的石桥也焕然一新，往常隔在湖水和人之间的铁丝栏杆不见踪影，人走在岸上，便是走在水边，走在杂花生树、野鸭鹡鸰之间。

泉水真是一种奇特的存在，本来干涩的北方城市因为水的存在竟增添了诸多灵气和活气，人也一个一个透着滋润的色彩不那么笨拙单调。夏天的湖面无疑是属于荷叶的，一片片硕大的碧叶上滚着清亮亮的水滴，散发出独有的清香。陶李大口大口呼吸着荷叶的味道，小时候她特别喜欢来莲藕池玩，只不过那时莲藕池不是什么景点，而是靠水吃水的人们一年年的收获，莲藕、荷花、莲子，还有藕池四周的菱角果子和芦苇荡，从春到秋，荡漾着无穷无尽的劳动和收获。

两个人从荷花聊到莲藕做的食物，又说到隔着南湖两岸遥相呼应的诗人，一个是衣冠冢，另一个据说是本人的坟墓，当年都是写词的高手，冠绝几代一直到现在还被人吟诵。陶李说起女词人的一生不禁颇多唏嘘，爱是爱，可最后好多人都不是因为爱情结婚。她神采飞扬地宣布着关于爱情的看法，于老师只是咿咿哦哦表示听到而已。

走着走着渐渐看不到天际线的尽头，雨随着几块云飘落下来，倒也没造成太大困扰，直到荷叶被雨点打得高高低低，两人才打开伞商量沿湖往回走，远远近近之中，一道闪电从高空劈到湖中。陶李不自觉被这一幕所吸引，还没回过神身边猛然响起巨大的声音，湖面现出一个不小的洞口，水流随之旋转开来形成一个漩涡。身边人影一掠而过，因为披着雨衣并不能看清到底是谁，等她反应过来于老师早已经在闪电落下之前掉进了湖里。

雨越下越大，旁边的遮雨棚被击打得溃不成军。花腔女高音在南湖公园上空不断回荡："救命啊，救命！有人落水了！有人掉湖里了！"她浑身上下几乎都已经湿透，这么多年来，陶李从来没像现在这样被巨大的恐惧支配。

多亏了南湖近几个月一直在清理淤泥，湖底平坦清澈，之前传说中缠人手足的水藻淤泥多半都已经被清理干净。于老师毕竟在水边长大，呛了几口水之后就镇定自若地开始换气、划水，意识逐渐恢复正常状态：他掉进水里了，落水之前有人推了他一把。

真不是个普通女孩儿啊！——事后，很多人都不得不这么称赞她，英勇果断，不慌不乱，在人命关天的时刻头脑清晰，挽救了于老师的性命。在于老师奋力朝岸边游过去之前，被喊叫声吸引过来的三个保安驾着捞垃圾的小船从水里救起了他,人湿透之后竟然比平时沉那么多,几个人一起用力气才把他拖上来。

即便把画面一帧一帧地反复回放,定格,陶李也没办法确定到底在大雨里的那个晚上发生了什么。

"是被人推下去的吗?"警察问。

"应该是的,好像有两个人从我身边跑过去。"

"看清楚样子了吗?"

回忆起那个片段,两个人从身边一闪而过再也没踪影,等回过神来,自己已经开始大声呼救。

"两个人是高是矮,穿什么颜色衣服?"

她陷入沉思,好像是土黄色的。作为一个粗枝大叶的女孩子,这样的问题着实有点儿困难,再问,便陷入一圈又一圈的死循环。

于老师也无从得知谁从背后推他下水,但他无意间提及一个不算线索的线索。问他有没有和人有什么过节,突然记起来江米条的父母,讲完一遍自己都觉得乏味到不可思议。

等接到电话,陶李整个人待在原地,此时的于老师也几乎是一模一样的反应。

找到嫌疑人的速度太快,警察说两个人一起策划完成了这个案件,他们本来还带着粗布麻袋打算套在于老师身上,但没想到旁边还有个人,来不及套上麻袋就给推进湖里。

一看摄像头就发现了线索,警察说起来就像往锅里放进一勺盐那么随意简单:"家里还放着没来得及扔的雨衣麻袋,没见过这么笨的。"是江米条的父母。"他们觉得,要不是你当年没看好,人家儿子也送不了性命。"警察又告诉他。

"这个案子能不能到此为止?"于老师问。

"开什么玩笑,"他们笑笑,"这个案子现在已经算刑事案件了,不是你自己能决定怎么处理的。"

听完整个案件的来龙去脉,陶李和于老师默默无言一路朝家走去,路过改造一新的儿童乐园——这里以前是著名的省立图书馆,后来年久失修整个被拆掉并进南湖公园里,只保留下两处明清时的亭台。

又走了一会儿就到了文庙门口,两个人本来应该分道扬镳朝两个方向走去,陶李突然拉住于老师的衣角,她闻到一股男性的混合着油渍和汗水的味道,即便如此,却完全没有生出厌恶,只想抱着他放肆地大哭一场。他似乎不得不像父亲一样摸摸头安慰下她,但终究也没这样做。毕竟,在于老师的人生经验中实在太缺乏这样的经历,半晌他才慢慢回过神来,轻声询问到底发生了什么。

有一个场景陶李当时一直拒绝回忆,但在离开后却一再地重复着,告诉每一个有耐心倾听的人。

那张地图在她的记忆中复活:一条街连着一汪大湖,中心有小岛石碑供游人停留,对岸还有名人墓地故居,这张地图总包围在水汽之中,街在水中,人在水中,连日复一日的光景也在水里荡漾,而她只想捋清楚一个谜团,那个关于江米条和于老师的谜团。

此时此刻,站在这里回忆起当年的证词,陶李有些吃惊于大脑的修复和调整功能,某些片段被自动模糊化处理,而愿意相信的部分则更加清晰鲜明。为难之处在于,她既不想承认江米条的事故和于老师有关,更不愿意相信这件事同自己脱不了干系。

是日雾气弥漫,厚云薄日,地上弥散开一股潮湿,几个中学生样的男孩儿舍不得离开,在阴霾里唱歌奔跑,大声咒骂着即将到来的又一场厚雨。这场景一下子触动了陶李——要是江米条现在还活着,肯定也会这么不管不顾的,就像当年他非要冲进大雨之中然后无影无踪……

"你说咱们自己走好不好?又没有多远。"江米条玩着纸牌同她商量。

"不好。那么大雨,万一感冒了怎么办?还得吃药,药可是太苦了。"她皱皱眉头。

"这么大人还怕吃药?我先把你送到家,行吗?"他又劝。

"我不敢,外面那么大雨,连个伞也找不着。"她说。

"女孩子都是胆小鬼,怕什么?几步就到家了。真不咋样!"他有些恼怒地嘲笑她,眼里泛起不可一世的光芒,"胆小鬼,羞羞羞!"

这么一激陶李变得气急败坏:"你才是胆小鬼,你才是!有本事你自己走啊,叫我干吗?不和我一起走你也不敢是不是?"说完情急之下推了他一个趔趄,然后心跳得怦怦。

江米条目光炯炯地看着她:"绝交!再也不是朋友了!"说完人却还在屋里逡巡,又气呼呼躺在地上不肯起来,活像只撒泼耍赖的小狗。

有些话一旦出口绝没有办法挽回,就算日后再肝肠寸断也于事无补——

"你要是胆子大就自己走啊,躺在这儿不动弹算什么英雄?!还不是不敢?"

"怎么?不是男子汉吗?"她又逼问一句。

等江米条从地上站起来,却发现退路已经被陶李彻底堵住,又气又急将她扯到门口想吓唬几句。不管怎么说,潜意识里还知道应该让着她,毕竟一个娇滴滴的小姑娘,再发狠也不敢认真揍她一下。

陶李大哭起来,趁其不备迅速打开门又关上。插销锁好,江米条已经整个人站在门外屋檐下了。他只得咬咬牙冲进繁复雄壮的雨声里。没过多久,雷声响彻云霄,炸弹似的突然在头顶爆炸开来,把屋顶震得颤颤巍巍。她捂住双眼,在电闪雷鸣里又号啕大哭,仿佛刚刚结束一场激烈的战斗。直到于老师从门口进来才缓过神来,告诉他江米条执意要一个人回家,自己竭尽全力也没有拦住。

这段往事埋藏了十几年,日复一日膨胀成没法遏制的一大团棉絮,如果沾染上雨水就更加没办法收场。积攒了这么长久的勇气和胆量,她终于决定将一切不掺杂任何虚构地和盘托出,等待一场最后的审判。

于老师一动不动地听完，没有太多表情，松开有些僵硬的胳膊。在南湖街住得久了，他每日简单运行的大脑似乎没办法处理这么复杂的情节，甚至有一会儿，他不光觉得面前这个女孩儿说的话不存在，连带她本人都不存在。

一想就坦然许多，不料手指碰到陶李脖颈处的柔软的皮肤，立刻被烫伤一样收缩回来。他低头调整了一下手表的位置，不言不语地瞟见指针停在 22 点 15 分那一刻，表盘的大小肆意地超过手腕的宽度，几根指针仿佛比以前走得慢了些许。到底发生了什么？他无从得知，一座山猛然在心里崩塌粉碎。

"不然我去跟江米条的爸爸妈妈说一下，这样他们也就不会再烦你了。"陶李讲完顿生虚脱之感，不得已又补充了这一句。

空气里一片沉默，没有人的声响，只能听见湖里青蛙聒噪的叫喊和不知从哪里传来的虫鸣，以往从这里路过不太能听清这些生灵的叫唤，此刻一声连着一声，一句跟着一句，让人心烦意乱。

那倒也不必。面前的于老师呆愣过许久才回答："你要记住一件事情，江米条被水冲走和你没有关系，没有一点关系。你一定要记得，任何人问起来都要这么回答。记住了吗？"

陶李胡乱点点头，两只手紧紧揉搓在一起，手心漫出湿嗒嗒的汗珠。

"如果你选择相信，那么许多事情就会和你愿意相信的一样。"于老师又说，他用力按住她的肩膀，希望传递给她足够多的力量，其实也试图给自己。那双手从肩膀慢慢移动到陶李的脸颊，又再次移动到原先的位置，犹如挂在天平上的一只沉甸甸的砝码，最后沉重地离开了她的身体。

那个晚上还发生了一件日后没有被大肆宣扬的事情——萨里走了，走得无声无息，无影无踪，离开时还带走了于老师那把拉了许多年的小提琴。他离开得没有声响，就像没出现在陶李生命中一样。

她估计萨里肯定在他们散步的那个漫长的夜晚完成了这次偷盗。他一定是筹谋已久，打算拿那把小提琴卖了抵债。

陶李觉得格外对不起于老师，打给萨里的电话始终无人接听，微信也被拉黑。在此后相当长的日子里，她经常回忆起三个人共同度过的时光，试图将残存在记忆中的字句和对话连缀成一幅完整的地图，发现其中埋藏的线索，可偏偏一旦进入正轨就精神紧张，思维单调，无论如何都无法识别出半点蛛丝马迹。

十三

不管怎样，陶李终究要彻底离开南湖街了。

足足耗费八年时间，她才拿下音乐教育专业的硕士学位，中间有一年还因为论文没写完选择延期答辩。按照和母亲的约定，她最好回南方找一所不错的大学当老师，母亲年事已高又习惯了闽扬的季节气候，离近些更方便相互照顾。

陶李有些留恋这里。南湖街变了又没变，云淡风轻里有很多她舍不得的人和事。

还有小提琴呢,她打算赚钱买一把好琴还给于老师,可他却不肯,说所有东西最终都有自己的归宿。

回去吧,他劝她,和母亲在一起,对你们来说都是好事,可能是好事,也可能不好,但如果你不去试试怎么知道究竟怎样呢?他这样劝说着犹豫不定的陶李,说话时声音犹如灯光,照见了她心里最想被照亮的地方。就像解除了孙悟空的紧箍咒,土地上长出嫩绿的莲叶,粉嫩的荷花,鲜甜的菱角,在陶李那里,只剩下一片坦途。

陶李终于下定决心回闵扬去了,她明白了一个道理,很多时候,人终归没法完全按自己的设计沿着既定轨道运转。

南湖街早就是个有又没有的地方了。

如果有人诚心诚意想来寻访这个地方,也只能在当地的档案馆里才能获得这条街的零星线索。除了几十年前的那场大雨,这条街只剩下支离破碎的片段和数字了。

其实,也没什么人有兴趣专门来查看。

唯一令人感到意外的,是一个从闵扬来的艺术家非要颇费周章前来探访,又是实地考察又是查询资料,甚至还专门找到当年住在这里的一些老住户打探究竟,说要搞一个项目复原以前的布局和规制。

都搬家不知道多少回了,你去哪里找?附近的人笑嘻嘻地回她,不知道这个穿着藕荷色衣衫的女人为什么会对一条街这么感兴趣——早就没了,全在公园里了。也有人告诉她,如果真感兴趣可以去公园走走。

陶李怎么会不知道南湖公园,她站在焕然一新的城市新地标处茫然四顾,一只三花色流浪猫从身旁经过,看她的眼神仿佛似曾相识。

"是你吗?"她热切而真挚地问它,心下觉得如果带点猫粮也许它真的会给出想要的答案。

此时此刻站在这里,陶李知道,她确实什么都找不到了,除了那只猫。

风从湖面吹来,是积雨云发出的信号,她打了个冷战,注视着四周围没办法收回思路。她也无从得知于老师去了哪里。

谁知道呢?有些人注定是要彻底消失吧,和这条街一样。

她久久地站在湖边,任凭极烈的风把头发吹得四散飘扬。时光拉回到当年那个面对着于老师的夜晚,月光下的陶李一动也不动,远远地望去恍若一尊尚未完工的雕像。

寻找倪小好

一

丽君姑妈一进来,地上刮起阵小旋风,灰霾随裙摆飘荡到半空,填满了人和物之外的大片空白。甚嚣尘上的还有她通过胸腹部呼吸发出的声音,很快,活动室里跳伦巴的伙伴就都知道了,她的女儿倪小好刚刚从广州寄来了几件合适跳舞穿的连衣裙,那件湖蓝色胸前缀满珠片的还是手工定制。

欢喜突如其来,料峭清寒里似一股暖阳从头到脚笼罩下来。我去给丽君姑妈送笋衣烧肉的时候,她正在穿衣镜前一件一件试穿。

"黄色是不是特别显白?"她捋着裙边欣欣然问。

"真白,再涂个唇膏可以上舞台了。"我说。听完,她转了两个圈,裙摆画出更大的上下起伏的圆,然后伸展手臂轻俯上身,这便是谢幕了。

对镜许久,眼见该准备烧饭,她轻掀起裙外的罩衫露出穿过脊背的拉链,示意我帮她脱下。许是常年练舞的原因,姑妈的肌肉线条结实挺拔,肩部齐展展的没有半点赘肉,再加上皮肤白皙汗毛稀疏，穿什么都神采奕奕，丝毫看不出年过六旬。

等转过身来，一条深棕色的疤痕却赫然跃入眼中，被肚皮的暖白衬得格外明显，似伸展腿脚的蜈蚣按兵不动，但又随时会雀跃而起。她低头抚摸，顺势扫过日渐下坠的肚皮，脸上的笑却绽放开来："当年生小好留下的，刀口特别深，年轻时觉得丑得要命，现在倒不觉得了。"

严格来说，丽君姑妈和我家没什么实在的亲戚关系，但两家人比血亲来往得还密切。我妈从小就和她认识，后来在同一个公司上班，中间她辞职创业几经辗转最后两人把房子买在同一个小区。

我们住相邻的两栋楼，不过她的房子更宽敞些。小时候我经常分不清周末到底该在谁家过，直到倪小好读高三功课太紧张，这样的聚会才告一段落。

在亲密的来往之外，我妈偶尔也抱怨，包括但不限于，丽君姑妈总喜欢操着娇嗔的南方普通话和人聊天，这样的口音回响在北方方言里，特别容易成为人群的焦点。另一个不满主要针对倪小好，或者说是丽君姑妈对小好的溢美之词——人美，心善，聪明伶俐，事业有成，嫁得如意郎君……这么一比，我就不知道矮下去多少，不过这倒不会从根本上妨碍她们，毕竟，女人之间的情谊就是如此绵绵不绝又暗藏玄机。

从我记事起，倪小好就是别人家的孩子。

怎么说呢？一样的田地长出来的庄稼完全不同。我和她一块儿学小提琴，可最后只会几首奏鸣曲，人家却成了交响乐团年纪最小的提琴手。上英语辅导班，等我好容易才掌握了第一册的单词，她已经能用第二册里的句子写信了。小好很小就立下远大志向，那种必须去远方甚至奔赴外太空之类的理想，尽管大人们对此不置可否，可我坚信不疑，只要倪小好想做的事儿，天塌下来她都能做成。

到我上大学那年，倪小好获得了他们母校外语系的保研资格，继续留下攻读硕士学位。那会儿我正在一所没什么人知道的大学读一年级，要到两年半以后才开始琢磨将来能干什么。等她研究生毕业留校，我才茫然无措地发现，找个像样的工作可太难了，如我这般普通的毕业生满大街都是，还不如超市里卖的散装黄豆值钱。

关键时刻，还是我妈试探着问丽君姑妈有没有可能给我找个满足温饱还有余的活儿，据说对方一口答应。大概过了半个月，丽君姑妈告诉我下星期就可以去一所学校上班，一年两个假期，但因为没有编制收入只有正式员工的三分之二。她一点儿没透露中间的曲折，只淡淡地说，小早很有前途，学校一看简历立刻就定下要我。

我妈和我都有点儿蒙，完全没做好迎接新生活的准备。还是在丽君姑妈的提醒下，才想起去服装店买了身正装。不过，这衣服没过多久就穿不进去了。

我们都算是大人了，原来真正的长大成人不是从十八岁开始，而是从你有稳定收入算起。

我和倪小好经常发微信聊天，大部分情况都是我遇到事儿问她该怎么办。

有一次我和一个男的恋爱被伤得体无完肤还舍不得分手，那会儿她马上要跟一个王教授结婚，一眼洞穿那男的纯属无聊拿我消遣。除此之外，她空闲时也和我分享生活细节，参加比赛啦，学生送来鲜花啦，和朋友聚餐啦……当然偶尔联系不上丽君姑妈也会让我去家里看看。

可有一点不好，倪小好总是看不见摸不着的，除了每年过年能回来待几天，其余基本都活在远程聊天里，就算寒暑假也有各种各样的课题和交流项目。如果赶上出国做项目，就连聊天都要颠倒着时差约好才行。不过，我们对她的一切都很熟悉，甚至连她和王教授的生活进展都了如指掌。丽君姑妈对这个女婿赞赏有加，他比倪小好小五岁，事事言听计从，当然自己的事情做得也不假思索地风生水起。偶有空闲，这小伙子也不愿浪费灵光的脑袋，在网上开了个视频号专门给人讲物理课——那可是物理哎，力学分析小木块水桶定律之类我上中学时就死活学不明白，可人家深入浅出根本没当回事儿，讲故事似的把物理课讲得明明白白。他因此还在网上拥有了大批拥趸，被人叫作"王懂懂"，意思是说什么都明白。

大概聪明的脑袋的确很难茂密，王懂懂这几年头发明显稀疏了下来，看上去比我和小好都老迈很多。丽君姑妈和我妈不怎么在乎，一心觉得男人只要有本事其他都不重要，再加上人家对小好体贴百依百顺。

我也没多说什么，除了不喜欢头发少的男人，另外一点让我喜欢不起来的就是，小好跟我说起过两人过日子一般AA制，但也无妨，她说的时候口吻轻松幽默，像说起在动物园看见老猴子给小猴子捉虱子一样平常而有趣。

可能在我上班的第三年，倪小好评上了副教授，即将去曼彻斯特大学做两年访问学者。我之所以对这一切了如指掌，因为每次去丽君姑妈家，她都要一遍遍讲，顺便给我看手机里存的视频和照片，每一次聊起来说的都是倪小好和她的王教授。

二

丽君姑妈家墙上有张照片，是几年前倪小好冲洗出来自己挂上的，一家三口喜欢得要命。照片正中间一只骆驼抬头挺胸，她骑着骆驼站在沙漠深处，丽君姑妈和丈夫坐在骆驼前笑得意气风发。那一年倪小好还没像现在这么忙，暑假里带上爸妈去大西北旅行，从敦煌到乌鲁木齐又玩到哈密，一路走下来拍了好多好多照片。

"小好说，月牙泉可以不去，莫高窟是一定要看一看的，还得多去几次。"

"小好说，我们在石窟门口看见的老太太是敦煌研究院的院长，守着壁画待了一辈子。"

"小好说，人活着要多见见世面，不能老在家窝着死在锅前埋在屋后的……"

小好说了好多好多话，而且还有更多更密的趋势。

我发现，这几年丽君姑妈几乎把倪小好的话奉为至理名言，吃饭买菜打针吃药概莫能外，以前将近六十年的生活经验远远不能指引方向，取而代之的是千里之外的最高指示。比如小好说老年人要多吃肉蛋奶增强抵抗力，老两口立马采购了鲜牛乳和鸡蛋，照着女儿开出的用量每天悉数吞下，就连以前不怎么吃鸡蛋的丽君姑妈也一天两个雷打不动。他们皈依了某种宗教——凡是女儿说的绝对是真理，凡是女儿说的坚决服从。

我妈有次酸酸地说，你看小好多么见多识广啊，人家孩子怎么这么厉害。后面的话咽回去了，我知道她是觉得我没什么大出息，对这个家庭缺少足够的贡献和存在价值。和丽君姑妈对小好的态度截然不同，她经常觉得我拎不起来也不体贴，唯一的优点就是顺溜，再加上能做点家务，所以看起来还有点价值，但是不多。

可我心态稳当啊，不会为别人的话着急上火，不缺胳膊不少腿的，我活得一点儿也不比人差。至于我妈的抱怨更是不值一提，我还不是她生的，我需要高人指点的时候也没能站在巨人肩膀上不是？

对于这一点，我妈秉持了实事求是的精神，接受了我的普通大半是因为继承了她和我爸的平凡基因。

一切是从什么时候起了变化呢？后来想，要从一个电话说起。

小好怕丽君姑妈两口子在家憋闷，特意买了最新款的平板电脑，还买了可以监测心率、睡眠的手表。但说明书是没有的，要从APP客户端下载，还得专门注册一个用户账号和密码。

电话那边传来轻轻地叹气，丽君姑妈让我妈把手机递给我，请我有空帮忙弄一下。

这以后，我去丽君姑妈家的次数越来越多，有时候是升级电脑系统式更新APP，有时候是手机银行罢工需要重置信息。她对着小小的屏幕畏畏缩缩，不过还是本能地发扬了不肯认输的精神，报了数码产品的线上辅导课。

有时也不灵。

最近一回我接上我妈开车回家，刚巧碰见丽君姑妈从超市买了一小车菜慢慢往前，一只蓝色的钱包从口袋里滑出来落在地上。她全没意识到发生了什么，我赶紧停车捡起钱包追上她，拎起小推车放进后备厢里，这次她没有拒绝的意思，只是顺从地坐在我妈旁边的位置。

小好最近怎么也不爱发朋友圈了，她喃喃自语，微信朋友圈是可以分组的，小好不会把我分到不让看她的组里吧，也不至于啊，她没那么多心眼儿……等这自言自语又循环一轮，就到达了目的地。

几个人寂然无声，等到家打开车门的瞬间，丽君姑妈平展展的肩膀居然有些佝偻萎缩，脖颈处平添了许多条纹路，像白杨树在这个秋冬积累起来的褶皱。

一进家门，我妈问："小好最近跟你联系多吗？"

"不太多，英国和咱们这也不一个时间哪。"我以为她有什么事情。谁知道她只是让我劝小好有空多给家里打电话，说丽君姑妈身子有些不好。我答应下来，帮她把菠菜捋顺放到盆里，再用报纸全须全尾包起来，这些菜是前天我开车去买的，过会儿再给丽君姑妈送一点去。

母亲大人的话就是圣旨，我赶紧给倪小好留言。过了二十四小时她依旧没有回复，通常情况下，等她回复得五六天以后，更多时候就没了动静。

三

每年一次的例行体检对年轻人来说大多应付自如，可对好多上年纪的却是个关口。我妈和丽君姑妈选了同一家体检机构，其实是我花半天工夫选的，医生服务相当到位，能按不同要求提供套餐——当然只要花钱到位，你想查什么都行。

让人没想到的是，丽君姑妈还要求加了个心理测试。

"我老觉得不高兴。"她以前说过，就想躲在屋里躺在床上，不高兴，干什么都没意思。

"我也经常这么觉得。"我说。

"咱俩不一样，"她回答，"我知道。"

话传到我妈耳朵里，她一边难以置信，一边又雀跃着告诉我她也要加个心理测试。

从医院出来那天刚好赶上降温，外面微凉。我妈递给我一摞病例。路上偷空看几眼，发现那上面写着脑部可见腔梗灶，另外一张心理科的诊断书是重度抑郁。

腔梗灶，是老年痴呆吗？下车时我偷偷问。好像是，但怎么可能呢？我妈表示很难相信，但示意我别再继续问下去。她和丽君姑妈一起上楼，说中午在我家涮锅子。

火锅咕嘟咕嘟煮开，喷香的羊肉牛肉和蔬菜在里面翻腾，再喝上几口小酒，暖乎乎热腾腾的让每个人都比刚才好看鲜亮了许多。丽君姑妈忍不住自拍了好几张照片，而后迅速点开倪小好的头像——那边必然不可能有任何回复，现在英国应该是凌晨四点钟。

那以后我发觉丽君姑妈变得不太爱出门，连唱歌跳舞也提不起兴致，这实在有些一反常态，以至于好多年后我还能记得那张郁郁寡欢的面孔。她的身形越发清瘦，身体还显得棱角分明，只是从人身旁经过时总悄无声息。

她总在专心等待什么，而且一直把最亲密的手机挂在脖子上，须臾不能离开。

那年春节来得比往年要早，农历纪年里没有立春，很多人说这样的年份不吉利。年前趁着医院还上班的最后一个工作日，我妈陪丽君姑妈去开了足够撑过节日的药片。

倪小好没有春节的假期，她在曼彻斯特和老公一如既往地忙忙碌碌，她要在那儿做两年访问学者，老公申请去了另外一所大学，两人隔一周见一面倒也相安无事。不过，农历新年即将到来的时候，她让我帮忙给丽君姑妈买了羊绒衫和空气净化器送过去当礼物。

除夕夜零点，我们两家人聚在一起，倪小好打来视频电话祝大家新春快乐。摄像头里的家宽敞明亮，桌子上摆着丽君姑妈最喜欢的天堂鸟还有从海里捞的大贝壳，这审美继承得不要太明显。一屋子人叽叽喳喳，我从屏幕里跑出来到厨房端饺子，少不了被我妈嘟囔几句，又从厨房逃回客厅。

"倪小好你个没良心的还不回来？"我问。"快了快了，今年中秋争取回去看你们。"她拉来正开视频会议的王教授和我们见面。空气一下子陷入静谧，教授礼貌地招呼几句，心思明显还留在会上。

这边电视机里的春晚歌声咿咿呀呀，接下来，在李老师唱响《难忘今宵》的瞬间倪小好挂掉了电话，真受不了这歌儿啊，就不带变变的，她后来这样告诉我，你们的日子怎么千年不变似的，真没劲透了。其实，以前她也跟我抱怨过，不知道这种只知道聚餐走亲戚的节日有什么意思！那会儿我和倪小好想法差不多，觉得一些平时全不来往的亲戚吃吃喝喝在一起到底没什么大意思，但这几年我慢慢地不这么认为了，中国人对家始终有种执念，尤其是岁末年初就更是如此。

视频通话生出了一点枝节，丽君姑妈偷偷问我妈和小好住一起的是谁。

"你女婿嘛，结婚时候哪哪看着都好，现在头发白了一半就装不认识了？"我妈揶揄道。

《难忘今宵》之前，大家又和倪小好说了十几分钟，她正计划着去非洲做项目顺带看角马大迁徙。我发现她喜欢的大波浪发型变成了纯粹的黑长直，眼睛画得细长带风，嘴角上扬到几个雀斑要起飞一样。许久没见她这么兴奋，说起角马过河像发现了新行星，其实吧，我们这边听得稀里糊涂，只有喜欢《动物世界》的我爸能和她一块儿为角马欢呼雀跃。她还群发给我们一部纪录片说就是讲这种动物的，不过后来也没什么人记得看。

对于她的发言，丽君姑妈一直听得耐心却很少回答，只是像个粉丝一样星星眼看着女儿，在一个个角马和曼彻斯特的空隙，左右逢源地试图提出让倪小好早点儿回来。也不知道那边听见没有，整个晚上实在混乱。等这次通话将要结束，丽君姑妈冲我招招手说要换双新筷子。我递给她，迅速把包了硬币的饺子埋进她碗里。

四

春天就这么来了。阳光照出一片片嫩芽芽，草地上零星散布着各色不知名的野花。春分日的下午，公司通知我从即日起每个月工资上涨一千八，我妈眉开眼笑的，跟迎风招展的柳树差不多。

去森林公园踏青是丽君姑妈提议的。仔细问才知道，前几天晚上她梦见带倪小好去森林公园，结果上厕所的工夫就被人抢走了，这个梦一连出现了几天，最后一次她眼睁睁看人从怀里抢走小好，自己被按在地上毫无招架之力。更糟糕的是，从最后那个晚上的梦开始，倪小好的模样开始模糊不清。

踏青定在一个周六，丽君姑妈开车载我们出门，她家早早换了辆六人座越野车，这样如果小好拖家带口回来也有足够的空间。

春日真是个好词儿啊，从悄悄变绿的树尖就可以看得出，柔风习习，簌簌吹动耳郭，像茶壶里微滚的水。放风筝的孩子大呼小叫，浓缩成剪影的人们正在挖掘勘探。想起我和倪小好小时候跟着大人们一起捉蝴蝶捕蝗虫，网笼上下左右扫来扫去。那是庄稼的清香，泥土的颗粒，大人孩子的尖叫，不幸送命的昆虫。那是真的春天。

谁能想到呢？眼下我宁可同倪小好一起变成两棵桃树杵在地里，起码这会儿能开出几朵粉嫩的小花，获得丽君姑妈几声大惊小怪的呼喊。

车程大概两个多小时。老同志们提议轮流唱歌助兴，唱的多是那个火热年代的歌曲，也有这几年流行的最炫民族风、小苹果之类。这么乱七八糟地唱了一会儿，我妈又提议一人一句歌词接龙，谁接不下去就去对方家里做家务，这下比赛就激烈了起来，很快进入白热化。丽君姑妈一边开车一边不屑地哂笑——要论记歌词，她基本无人能敌，之前参加社区合唱团被人称作中华曲库，一首歌听两三遍就能学会。

最先败下阵来的自然是我爸，他平时不怎么听歌，再加上五音不全。等轮到丽君姑妈接唱《心雨》，简直是妥妥的送分题。

本来顺风顺水的就在这里卡住了，好像湍流不息的瀑布一下子被人拦腰砍断，再没有半点声响，我小声哼了几句，然而她还是什么都没记起来，注意力全集中在方向盘上。

我妈把大伙儿从猝不及防的沉默中拉了出来，叮嘱丽君姑妈小心着开车，别被我们带偏。这时手机导航告诉我们前方应该走匝道准备进入辅路，越野车继续前行了十几分钟，这下轮到我爸开口："咱们是不是走错了？看路标要往宁城去的。"

"好像是，"我也鼓足勇气，"刚才导航说应该下辅路，咱们错了个路口。"丽君姑妈这下才反应过来，靠边停车查看地图。她看起来好像从没来过这里，也不知道要去哪里，两只手紧紧抱住肩膀，满是说不清道不明的疑惑。

我让她换到后排座椅，自己坐上驾驶位逐渐找回路线。歌儿又俏皮地唱起来，只是再没有歌词接龙的环节。

除了这段插曲，整个踏青相当尽兴。

森林公园好像有某种魔力，一到那里大家都轻松愉快起来。大致准备好吃的喝的，几个人开始在周围溜达。丽君姑妈显出远超平日几倍的记忆力。这地方原来是不是有棵特别粗的大杨树？她言之凿凿，现在怎么变成了石头墩子？

仔细想好像是，大杨树的确有一棵，以前每年秋天落叶时和倪小好来玩儿都得到树下一游，废寝忘食挑选出最粗壮的一批叶梗带回去埋进运动鞋熏几天，这样的梗子和别人较量绝对战无不胜。

"那边以前还有个儿童乐园？"她问，"小好上中学的时候我给她在这拍了好多照片，有个背网球拍的人家都说像小太妹呢。"

那张照片我也记得，另外还有张合影我和倪小好仰面朝天躺在绿草上，闭着眼睛矫情得要死，旁边是儿童乐园早已废弃的滑梯。她捡起一片树叶递给我，又拿起另外一片，到那时为止我已经明白了她的意思了。接下来，在我和丽君姑妈之间来了二十几回"拔根儿"，她赢得多。每当战胜我，她就像母狮子一样昂首挺胸，带着目空一切的自得："小早啊，你还是太嫩。"她又仔细捡起一根："我给小好的都是最结实最厉害的！"

一股混合的花香从远处吹来，我慢慢坐下又仰面躺在草地上。熟悉的气息扑面而来，这地方变了又没变，走到哪儿都是回忆，隐约记得倪小好还在这被一条小蛇咬过一口，就和我躺着一起拍照的那回，人哭到快抽搐了其实屁事儿没有。

"小好！小好！"

有人在晃我，但动作轻微到若有似无，紧接着一阵从肩膀开始的拍打正式启动，伴随着波浪般的摇晃。丽君姑妈睁大眼睛，刚做的半永久眼线勾勒出惊恐万状的神态。好像十几年前，她整个人抱住倪小好坐在救护车上哭得天昏地暗。

没事儿呀，蛇也有没毒的嘛，我一骨碌坐起来轻轻拍着她的脊背。她这才慢慢平静下来，打开手机上倪小好的头像，一对粉红色的火烈鸟正在戏水，小时候我和她可都没见过这种动物。

五

关于要不要把丽君姑妈生病的事情告诉倪小好，我们之间发生过不止一次的激烈争论，这里的我们包括我爸，我妈，丽君姑妈和她先生。除我妈以外的几个长辈显然和医院里大部分病人家属一样，除非万不得已都不愿意把事实告诉远在天边的亲人。理由也很简单，那么忙到崩溃的倪小好根本不应该为这点破事儿分心。

这怎么是破事儿呢？我妈很不理解，如果再过几年你连小好的模样都记不起来，那该怎么办？

我懂她。

那年外婆生病，阿尔茨海默发作起来谁都不认识，还相当有攻击性。一次我妈晕倒被送去急诊室吊水，外婆从七楼坐电梯跑到一楼找到她，拿着水果刀非要把针管拔了问我妈为什么把她一个人扔在病房。我和我妈对着个八十多岁的老太太束手无措。真不是夸张，如果不是外婆自己筋疲力尽，我和那三个护士怎么连哄带劝都不可能给她弄回去重新躺下。

在这个问题上，我表示出前所未有的坚持，一定要告诉倪小好。除了我妈的经历，还因为我和倪小好这几年一直断断续续谈起过这个问题，话题从外婆开始，她在最后的日子也没能见到外公。

"你们凭什么剥夺人家的知情权?"小好有些愤怒。

"可外公身体不好,怕他承受不了垮掉。"我说。

"那老爷子挺住了吗?他最后开心吗?"她质问。

这个问题我也不好回答。确实,外公最后几个月连吃喝拉撒睡都懒得配合,他假装什么都不清楚,三个月后就追随外婆离开了世界。记得他偷偷提起想去看外婆。"等过几天就去。"我抚摸着他手背上的青筋告诉他,外公就不再说什么,闭上眼睛任由我捋开一根根弯曲的手指。

奉亲妈之命,没事儿我经常去丽君姑妈家转转,一来陪她解解闷逗逗乐子,再就是看她有什么需要的可以立马解决。我教给她玩短视频发抖音,从网上选了质量好的三脚架送给她,起初她没什么兴趣,但我立马指出倪小好说不定在英国非洲或者北美洲睡觉之前能看到她的影子,她的兴致马上被刺激得高昂激动起来。

怎么跟一个意志坚定而又似懂非懂的母亲聊天呢?我既想鼓励丽君姑妈早点儿告诉倪小好她得病的事儿,又想煮上一杯热红酒给她灌醉了睡上沉沉的一大觉。这段日子她失眠得厉害,随之而来的第二天上午必然萎靡不振情绪低落,一天天如此循环,记忆力又差下去许多个等级。我载她去医院开了对神经伤害最小的安眠药,叮嘱她实在头疼到睡不着时可以来上半片。

眼前的一张脸有些拿不定主意,丽君姑妈从医院回来坐定许久才问我："小好，你说这药吃多了，妈会不会不记得你了？"她说完用力搓着双手，两只脚在地上划出一道道痕迹。

"不会的，"我一秒钟都没耽搁，"你不认识谁也会记得小好的。"

她放下心来，一股子拧巴劲儿从头顶排空，整个人都软下来，安安静静地吃下一大碗蛋炒饭。"小好第一次给我做饭就是蛋炒饭，特别香，葱花都烧焦了。"她说。

接下来的几个月里，我看见丽君姑妈的次数少了许多，当然主要原因在我。

人家谈恋爱了啊，终于有望如我妈所愿在三十岁之前把自个儿嫁出去。其实我好得很，根本不愁没人要，我男朋友张路就是这么说的。他在我们学校开超市，有一次来我这办手续碰上，死活要把我追到手。"当时我只有一个想法，你看起来和我认识的那些女的都不一样，和我妈也不一样。"他后来抱着我在耳边吹气儿，他那个妈早就不知跑哪儿去了，所以这话也没法全信。

我妈有些犹豫，她本来希望我能在学校里找个老师嫁了，而不是选个风里雨里的小业主。更暗戳戳的心思在于，这么一比倪小好不知道高出我多少个段位。丽君姑妈也见过他几回，每次一起吃饭他都主动定好位置，备齐送给各位长辈的礼物。

张路甚至还和我们一同去了趟森林公园。已经是夏天的尾巴，他开着丽君姑妈的车，不用导航精准到达，这回烧烤，我爸他们纯粹就是帮忙,张路格外擅长这些不怎么起眼的细枝末节,肉串腌制得喷香扑鼻,没等烤熟就引来一堆露营的同伙。再说到拍照,他更是无人能敌,总能把我妈他们的脸拍得巴掌大小,法令纹不见踪影。

野餐的照片发给倪小好,二十四小时以内,她照例没搭理我。几天后的一个傍晚,我收到来自她的一条微信:祝贺!!中秋回家见!

六

医生说丽君姑妈的大脑保持着和缓的退化速度,从CT上看腔梗灶的增长尚可控制,并没有超过医学常识的异常。这我信,毕竟,丽君姑妈还记得年轻时学的英文单词,我妈早忘得一干二净了。在跳舞买菜以外的空闲,她越来越喜欢待在房间里,从各个角落翻捡出能阅读的东西,甚至从地下室找出倪小好的小学课本一篇一篇朗读、背诵、默写,这也不错,她给我展示过抄得整整齐齐的笔记本,清秀的小字比我写得好看太多。第一页空着,第三页写满整张全是名字——各种字体的倪小好,有英文的还有花式的。

"这都写的啥啊?"张路有次疑惑地问她。

"我女儿,倪小好。"她斩钉截铁地回答,脸上带着骄傲。

"倪小好在哪儿呢?"他接着问。

"英国啊,两年以后她就从曼彻斯特回来了。"丽君姑妈指向家门口新装的记事白板,从我有印象起那上面的字儿就没改过：两年，曼彻斯特。

和张路谈了大半年，他早就从我口中知道了倪小好大概是个什么人，说起这个发小，他很真诚地希望将来我们也能有这么个孩子。张路吧，还有个好处，总能在最糟糕的时候幻想出一种特别理想的生活，用我妈的话来说就是非常能忽悠，比如他憧憬孩子的时候我们正焦头烂额地准备换房子，他已经把蓝图画到了孩子落地速成出人头地那一天。

医生的话给我们吃了定心丸，但丽君姑妈还是颇有前瞻性地在家里到处贴满了倪小好的照片，一旁细心地写清楚了时间地点。

照片墙本来不成规模只占据了一片，但没过多久就迅速辐散开去铺满整整一面墙，每一张都仔细配了相框。如果细看，你可以发现这些照片从低往高遵循着某种规律，从最下面一排往上，就能看出倪小好本来长得胖乎乎软糯糯的，到后来变成了棱角分明什么都不怕的高个女孩儿。最高处有一张她在非洲看角马的照片，远远看去角马比她清晰高大多了，如果不说根本看不出照片一角的小人儿到底是谁。

这一年的中秋还没到，倪小好终于要从英国回来了。我和张路的婚礼定在了双十二，好事成双嘛，本来希望她能来见证我的大日子，但她说不一定有空，可能要带学生去山区搞社会实践，还有一个新项目需要提交答辩材料。

这消息也第一时间同步推送给了丽君姑妈，她凭借药物维持的稀少睡眠更加少得可怜。我去给她送刚刚烙好的牛肉馅饼,一进屋就看见她哈欠打个不停。她递给我个盘子:"小早你本事挺大啊,现在都学会烙馅饼了。"

"我妈烙的。"我赶紧把饼腾挪到盘子里,看她似乎有什么话又不大好意思说。

"你吃一个?"她小心翼翼把饼递我。

"不吃了,还有好多,怎么?"我估摸着她肯定有什么事儿。

"想去超市买点好吃的,小好回来过中秋节呢,"她看人的眼神儿有些迷惑,"可小好你到底喜欢吃啥呢?喊上小早妈一块儿,多买点儿。"丽君姑妈又兴高采烈起来,放眼望去客厅的地板上堆放着新买的沙发布和床单。

大约隔了三四天,我终于有空带他们去超市采购,本来想着让张路拉些来就好,可丽君姑妈不同意。节前的超市人满为患,不管卖多贵的价钱都没人计较。丽君姑妈让我推好小车,西班牙火腿片,谷饲牛排,晴王葡萄,刚产的牛初乳,还有一个外国牌子的奶酪……通通装进车里。

走着走着她突然问:"小好你喜欢吃什么?"

"足够了,"我往下按了按满当当的推车,"这些东西吃俩月都绰绰有余。"她还买了一堆旺仔牛奶和旺旺仙贝,说小好就爱吃这个。那都多少年前的事儿了,我劝她大可不必。

"小好喜欢吃啊,这样的牛奶能连喝两罐。"她说。

"好嘞。"我立马服软,我妈说什么来着,咱有个优点就是顺溜。

正转身去结账，丽君姑妈一把拉住我朝水产区走去。她不知怎的想起要买帝王蟹，无论我怎么劝她海鲜要新鲜的才好吃都不管用，那架势似乎只有买到帝王蟹才能给倪小好做一顿一百分的晚餐。

不止她一个人这么想。等我反应过来，鱼缸里唯一的帝王蟹已经被另一个老太攥在手里，正张牙舞爪试图亡命天涯，没承想斜刺里又伸出另一只劳动妇女的胳膊卡住它半边身子。就这样，两个年龄相差无几的老太和一只帝王蟹定格在水产柜台前。我一时不知如何是好，赶紧问售货员能不能再调来一只。

还没等对方回应，丽君姑妈已经撒手放了帝王蟹，一头扑向势均力敌的竞争对手，两只手紧紧掐住对方的脖子，涨红脸让人不敢靠近。那老太像拳手一样挥出一记勾拳而后迅速掐住丽君姑妈，对方脖子上多了两只粗壮起皱的手臂。

帝王蟹应声落地，这么一折腾，估计也活不了几天，不得已，我和丽君姑妈斥巨资带着它回了家。

没等到正日子，那蟹早就被大卸八块，几条腿剥肉做了海鲜粥，蟹黄挖出来混着鸡蛋蒸熟，身子被砍成几块做了避风塘炒蟹。我和我妈去吃了炒蟹那一顿，啃起来的确过瘾。再到蟹壳都不剩的正日子，是一顿热热闹闹的聚餐，倪小好依旧没回来。

一天半夜，张路正汗津津地抱着我腻歪，语音电话突然响起来。他一脸愤怒和警觉地抢过手机，看了一眼闪动的粉红色火烈鸟头像，顿时平静下来。我意识到可能出了问题，不然倪小好绝不会这个点打来。她说王教授跑了，到现在已经半个月杳无音信。"跑了的意思是？"大半夜的我这脑袋一下子没反应过来她到底要说啥。

电话那边没再有声音，隔了一会儿响起断断续续的抽泣，继而如海水涨潮般肆意大哭。根据倪小好的说法，百依百顺的王教授七天前偷走了她住处所有值钱的东西，然后便泥牛入海死活都联系不上。她托当地的朋友帮忙找了许久，可谁都没有这人的消息。话说到这里，我下意识地点开视频，的确，王教授已经有很久没有更新视频了。

他到底去了哪儿？小好和我都百思不得其解。我只能听她哭诉，劝她一切等回来再说，那会儿说不定就都好了。偃旗息鼓了一阵儿，她又告诉我，有人好像看见那个王八蛋和一个女的去西班牙租房住了。"我先不回去了吧，这样我妈看见我该多难过。"没等我再说些什么，她就挂了电话，在以后相当长时间里再不和我联系。

几乎可以想象丽君姑妈听到这消息该多失落。不过，她可能也没这么伤感，因为我发现她把我和小好当成一个人了。

"小好，你啥时候回来啊？"她问我。

"小好什么时候回来啊？"她又问。

"小好你和小王挺好的吧，怎么没生个孩子？"她问我。

"小好，你什么时候结婚办事儿？"她又问。

我开始有些迷糊，后来也习惯了，怎么问就怎么回答。"双十二"结婚，俩礼拜以后回来，孩子以后再说……我们之间的对话大珠小珠落玉盘，嘈嘈切切大半是废话。

七

中秋节终于到了，张路和我拉了一车礼物在几家亲戚间来回转悠。新婚的快乐淹没了所有烦躁，而且张路这人和我不一样，平日里迎来送往地一点都不把走亲访友当成负担。如此一来，我只要跟在他后面微笑就行，整个人轻松下来。

生活如常，每个人都该干啥干啥。丽君姑妈提起倪小好的次数越来越少，倒是每回看见我都慈眉善目，欣喜若狂。有几天张路他爸生病，我白天陪着在医院看护了几天，等再敲门进去她一把抓住我死活不肯松手，絮絮地聊着倪小好的幼年。关于女儿在英国这事儿，她好像已经不太能了然于胸，家里依旧一尘不染，沙发巾连个褶皱都没有，厨房的蔬菜、案板各就各位，没有一丝凌乱。

我去时她正在做饭，厨房里青红辣椒和葱姜蒜在案板上滚动，醋从桌子上流进水盆，一条鱼正奋力挣扎试图蹦到地上，天然气灶上不知煎的什么肉，能闻到丝丝缕缕的焦煳。我赶紧走进厨房帮忙关了炉火，那块牛排样的东西已经颜色发暗，看上去黑炭一般。丽君姑妈倒是喜欢我在厨房陪她，她开始嘈嘈切切地说些什么，我基本都是听着，偶尔应答几句。

不知道过了多久,她终于答应进客厅休息一会儿。我们坐在沙发的两侧,她盯着我看了一会儿,再抬起头看看照片墙,开口问道:"你什么时候回去啊,这次打算待几天?"

不走了,我支支吾吾地告诉她,这回不走了,就一直在这儿,说完我分给她从张路那儿带回来的食物。她犹豫地看看我,突然欢快地双手鼓掌大笑起来,像油画里的圣母一样带着明亮的光辉。

我还是选择发微信告诉了倪小好丽君姑妈生病的消息,她有些愤怒,像当初和我讨论外公外婆的事儿一样:"这是我妈,我有权利知道,你们为什么不告诉我?"

无言以对,我只好问她什么时候能回来。她听到这儿,沉默不语。又过了一会儿,发来一张自拍的照片——这是倪小好?我愣在那儿一杯水泼在脚上。她的头发依然茂密,但肉眼可见的银白覆盖了发丝表面,眼睛肿得只剩下两条细缝,看不清是睡着还是醒着,在镜头更广阔的视线里放着一盒熟悉的药片,我以前带丽君姑妈一起开过,那玩意儿专门用来治疗成年人的抑郁症。

"我不高兴。"她说,这话好像听谁说过。

"不高兴我陪着你,等你想回家再回来。"我发给她一个拥抱的表情,赶紧把脸扭到摄像头之外,这真的是我的小好吗?

再后来一次是早上五点,微信突然响起,我赶紧接起来。一个男声在电话那边冲我嚷嚷,没等我听清又换了个人说话,那边的声音如鞭炮齐鸣,在一片混乱里分外响亮、亲切。我仔细辨别了一会儿,听出,竟然是丽君姑妈。

太阳初升的那会儿,我亲爱的丽君姑妈和她的车子正一遍遍游弋在二环路上,她看过初升的朝霞,经过刚翻新的广告牌,穿过起初稀少后来渐次稠密的车流。突然想起找人打给我:"小好,我开车在路上准备去接你呢,你在哪儿?我找不到路了。"

我们的困意顿时消散,先嘱咐她把车停在应急车道上,打好双闪灯,告诉她哪儿都别去,小好这就去找她。

等一路横冲直撞找到丽君姑妈,她围着车不知转悠了多少圈,人包裹在早上的阳光里闪闪发光,脸上露出了些神秘的微笑,似乎一切都在意料之中。就在我们喊她坐进车里时,她一个箭步冲到相邻的车道,挥舞双臂宛若一个挥斥方遒的将军在指引交通,手臂左摇右摆技术娴熟,也不知从哪里学来的要领。

起初,周围的车紧急停住躲避这个突如其来的女人,但她的力量和节奏明显震撼了车流。司机们又缓缓启动发动机,一台台汽车随着她的手势流动起来,拥堵竟然被这个女人缓缓疏解。丽君姑妈产生了某种巨大的满足感,她如同一颗钉子牢牢楔进路中央,直到我们几个人趁其不备把她拖了回来。

就这样,在汽车湍流不息的轰鸣声里,她自己创造出了一个愉快的新天地。

想 吃

我奶奶病了有些日子了。

初春的时候，她还能从家里溜达出来，穿过狭窄悠长的胡同一直逛到大槐树下的过街天桥，但到了深冬，就只能走到离家几十米远的菜摊子那了。她走上几步就开始气喘吁吁，只能随手捡起一块儿不知哪来的白泡沫板子垫在屁股底下，仔细打量着那些红的辣椒绿的菠菜黄的生姜，忍不住一个个顺着摩挲过去，"多好啊，要是再便宜点儿就好了"，她心里暗暗地想着，一口浓痰偏偏卡到了嗓子眼儿，于是就顾不得那些蔬菜和鸡蛋是不是新鲜便宜，不得不死命咳上几大口，地上就多了几口浓得化不开的痰。她以为，是同样浓得化不开的雾霾害得她咳嗽个不停。

其实，不是的。

她得了癌，是肺癌。大夫说到了这把年纪就不用化疗什么的了，活多长都够本儿了。也是的，我奶奶已经八十九了，她享了很多人间的富贵荣华，和比她大十来岁的老伴儿生了好几个孩子。不过就算这样，她也是不满足的——人总希望可以长命百岁，要不然当年秦始皇怎么会派那么多人奔瀛洲寻仙丹去呢。我奶奶也无非是个没什么文化的老太太，她那时只有两个诉求，一个是从医院搬回家住，另一个就是盼着老天爷救救她。

当然，这两个愿望最后都没能实现。

那会儿的我奶奶已经完全没有以前的英姿了。以前她完全李铁梅啊——我说一你不能二，我说东你敢往西？炒土豆丝还是扁豆丝都她决定，闺女头天晚上敢和她吵架第二天直接堵人家门口不让上班。但最后几年也还是低头了，人在屋檐下，老太太聪明了一辈子，是明白的。她和我爷爷在几个孩子家住了好几年，不雇保姆成了她最后的倔强：钱么，有的。脾气，有的。雇人，不行！这口气赌到最后，伤人一百自损八十，谁也不痛快谁也占不着便宜。

"想吃"，是我们那地方的一种说法，"吃"这个字是轻声，意思是说人挑三拣四，口味古怪，这个词应该是在食物不充足的年代才有的吧，我想，也只有在吃不饱的时候人才会把"想吃"当回事儿——都吃不饱呢，还想三想四？

我奶奶也受到了这样的指责，当然是暗戳戳的，谁也不敢当着她的面说什么，被牵连的还有一顿能吃一个肉夹馍一碗燕麦粥三只大虾的我爷爷。我奶奶吃得不比他少，甚至还更有几分挑剔。她像个骄傲的王后，就算落了难也还带着几分矜持和尊严，不像我打过仗的爷爷特别"识时务者为俊杰"。她老觉得孩子们舍不得给他们吃好的，老了老了，看在眼里的竟是几片牛肉一袋牛奶，还有那锅紫菜蛋花汤里到底放了几个海参。

要是早晨吃的鸡汤挂面加荷包蛋，中午一定得切上几片肥厚的酱牛肉再配上一盘青菜，吃过晚饭还得来半斤奶，如果连着两天只有白菜萝卜炖豆腐、红烧带鱼之类的，第三天就一定得去买一只德州扒鸡或是酱肘子切了放到桌上，不然，她一定会坐在楼下云淡风轻地跟一群老头老太太抱怨，说这几天没吃饱都没力气绕着小花园散步了。第二天，这样的传说就会蔓延开来，连那个只有每天天不亮才下来锻炼的美国老太太也大概知道了个所以然。

晌午的阳光明晃晃刺下来，毒辣得让人有些眼晕，一个白白胖胖的孩子蹲在树底下正等着蚂蚁爬出来，汗珠子一滴滴砸下来，我奶奶照旧坐在白色泡沫上看着这个胖孩子，心里突然有些难过。她的孩子们也都是从这么大长起来，然后风生水起，就算最不济也衣食很是无忧。

我奶奶越想越愤怒，她看着胖孩子手里那根圆而大的彩虹棒棒糖，不由得走上去劈手夺下。胖孩子倒是一副见过世面的样子，没哭没闹，愣了一下就跑回家去了。我奶奶很满足地拿着那根棒棒糖，一口接一口吃到只剩下一根光溜溜的塑料棍儿。天空青碧如洗，几朵飘来的云都现出了棒棒糖的样子。我奶奶吃着、望着，满足的笑堆满了脸上脖子上的每一道皱纹。

不过，她是有糖尿病的。她闺女赶紧给送到医院一阵忙乎。

"我就是吃个糖嘛。"她念叨着。

"妈,你疯了吗?"

"你们不让我吃饱。"

"我们怎么不让你吃饱了?"

"你们不让我吃饱。"

"早上不还吃了两片面包一个炸鸡蛋和一碗热牛奶吗?"

"我没吃!"

"你吃了。"

…………

我奶奶翻来覆去地絮叨着,时时刻刻都在憧憬着接下来吃些什么。在每个正常的一日三餐的饭桌上,她和我爷爷几乎能吃下三个成年人的食物,就算有时略有挑剔,那吞吞咽咽也分外努力和真诚。他们所有的热烈和安顿都来源于食物,一切看起来只关乎吃食,但似乎又不是。

他们把所剩无几的精力全用在吃上了,就像每天必须要攻下的三座堡垒。一日三餐,面前放着一格一格的塑料餐盘,上面笑嘻嘻地蹦跶着两个 Hello Kitty,一个粉色的,一个是黄色的。我奶奶细嚼慢咽偶尔嫌弃几句,我爷爷呢,一般不怎么吭气儿,吃完就去床上沙发上躺着。

"那黄瓜鸡蛋汤你也喝,我都不稀罕。"有一次,她这么说,"就得吃饱,我管他呢,吃慢了他们就端走了。"我爷爷聋得厉害的耳朵那会儿竟然好使得很。

那场最激烈的战役还是爆发了。直到他们死后我才知道还有这么一档子事儿。

凌晨一点多,他们在电话里哭得上气不接下气,完全听不清是谁。

"能不能好好说?"

"妈没了。"

我第一反应就是拍醒在另一个屋刚睡下的我爸,此时离我们从医院回来不过几个小时。我眼前全是她的脸,笑的,哭的,誓不罢休的,歇斯底里的,各种各样的脸不停地颠来倒去,像川剧里技艺高超的变脸表演。后来我有几次梦见过她,但都看不清楚她的表情,听不见她到底在说些什么,只记得有次影影绰绰的,她费劲地移动着肥胖的身子走到我跟前,在沙发上蹭来蹭去,就像一只在衣柜里待腻歪了来找人解闷儿的大猫。

大表姐呆呆地瘫倒在沙发上,老太太没了,她产生了一种很特殊的感觉,松了口气后却又涌上来一股很深很重的难过。我麻利地穿好衣服,还套上了一件从来不穿的羽绒背心。

十二月的北方温度低得让人痛不欲生,和过去一样,倘若有大事发生,我的大脑就会莫名其妙清晰起来,一反平日昏昏沉沉的常态。

出租车在夜里前行,路上空荡荡的,凄清白冷的光把两旁的梧桐树照得肃杀静默,像灾难发生的前一刻。这是灾难吗?我也不太清楚。回来的这个礼拜,我每天都去医院看她,但不知道她认不认得我。她本能地握着别人的手,指头就像快要死去的植物的藤蔓,一捋直又马上弹回去,它们强烈地盼着另一只手的触碰和抚摸,就像预感到要掉进水库里的孩子。

车开得很快,这个时候往医院赶基本没什么好事。司机听到我们的只言片语也大概明白了几分,用最快的速度在二十分钟就开到了医院。一辆黑色的中巴车停在住院楼的大厅门口,周围静得瘆人。我奶奶的几个孩子立在走廊里有些魂不守舍,一个一直守在病房,另外两个刚从家里赶来。病房里的白炽灯亮得刺人眼睛,惨白的灯光里是一间放了四张床的肿瘤科病房。

床的四周围挂着垂直到地面的浅蓝色布帘,被请来穿"老衣裳"的人正满头大汗地忙活着,他大概不到一米七,五官长得很开显得一张脸没什么重点,但手脚却是分外麻利,甚至比女人的手还白嫩细长,点到哪儿都是一片锦绣。他手边那套叠放得整齐干净的衣裳颜色质地很是讲究,红色缎面做底,上面绣着一对张开翅膀的仙鹤和一丛茂密的松柏,簇新的棉花打得均匀饱满。

在我的老家,人不管哪个季节离开一定要穿上一套棉衣裳,这样到了另一个世界才能不被饥饿和寒冷所威胁。房间里另三张病床上的人睡得很沉,连翻身和喘气声都听不见,蓦地,对面那个一直没人照顾的老太太突然坐了起来,还轻声细语地打问了句什么,但我一句也没听清,眼前依旧是一片明晃晃的红色。我姑说,她妈一辈子也没正儿八经穿过红色，就连结婚的时候也没穿上，所以最后一定得从里到外红彤彤地走。

躺在那儿的真的是她？我有点儿不大敢认，下午不还胖乎乎的很活泛吗？清醒的手指不停地抓我，现在怎么穿衣服都这么费劲。她那么讲究吃喝，真的吃饱了穿得劲儿了？

穿衣服的人很是熟练，人家挣的就是这个钱。戴好帽子，穿好鞋子，最后还很有仪式感地在她嘴里放了一个小小的金色元宝，然后郑重其事地嘱咐："一会儿到了要记住，小心，用力托一下下巴这里，老太太就能安心去另一个世界了。"我大伯点了点头。小个子男人又看了他一眼，确认他真的听懂了，然后四处打量了一下，短促有力地说："抬吧！"我奶奶就趁着一股猛力躺在不锈钢板子上，下面套着金黄得直刺眼睛的布袋。她似乎比平时重了好几十斤，四个男人抬起来都有点儿吃力。"千万不能落地上。"那人又嘱咐了一句，几个人就更加卖力和仔细了。

清晨两点是一天里最冷的时候，殡仪馆跟肉联厂的冰柜差不多冻得人哆哆嗦嗦。楼梯上响起一阵拖沓的脚步，一个一米八多的小伙子走下来，眼都还没睁开。他按程序看过证件，登记资料，然后懒洋洋地冲着楼上喊了一声："别睡了，来活儿了啊。"又几分钟过去，另一个小伙子慢吞吞下来了。是的，这是他的日常工作之一，接下来他要完成的一系列工作包括：登记，带家属抬尸体，打开冷藏柜，放进去，关上冷藏柜，锁门，再回去睡觉。

这地方几年前我来过一回,考察民政局推广的新型殡葬服务,一个穿着制服长相清秀的女人带着我们四处参观,走到一个工厂车间一样的地方告诉我们,这里是死者最后火化的地方,亲属可以从屏幕上看到整个过程,如此一来就完全实现了可视化人性化服务,绝对不会烧错。听到这儿我哇地就吐了,中午吃的殡仪馆的工作餐喷了一地,有人把我扶到外面的空地上坐下,晴日里的太阳很毒,就跟等我奶奶出来那天一模一样。

我奶奶是在她死后的第二天火化的。那会儿我爷爷还活着,没法让她按风俗在自己家停满三天再走。那天的日头一副要把人烤焦的劲儿,可不知怎的我还是觉得冷。旁人递过来一把黑色的大伞撑开,据说骨灰是不能直接晒太阳的。蓝天白云,绿树成荫,火葬车就像是现代工厂的流水线一样,一切井然有序。

我爷爷在我奶奶走后不到俩月也离开了,用老话说是"老死了"。他活到九十多岁,耳聋眼花,但身子骨硬朗结实,心脏一分钟跳四十几下,符合所有传说中的长寿指标。走前的几个月,他脾气暴躁了很多,扔碗摔盘子,拐杖杵得地板咣咣响,后来还学会了不吃不喝不吱声地示威。他想去医院看我奶奶,家里人拗不过还是带他去了,从医院出来的时候他高兴极了,谈天说地,纵横四海。

五天后,我奶奶走了。

我爷爷到最后也不知道这些,我们还讨论过要不要告诉他，说和不说，to be or not to be。最后那几个晚上他一直迷迷糊糊地咋呼，弄得一整层楼的病人大夫都睡不着，每天在梦里稀里糊涂地念叨："没时间了，你妈喊我呢。"

最后那天，我们给他穿上了一身干净整齐的西装，戴了一顶羊毛呢子的灰色帽子，据说是我奶奶快不行的时候嘱咐的："老头子一辈子没穿过西装，最后得穿西装。"

我爷爷最后也还是得听我奶奶的。

关于那场有些说不出口的战役，我也是七拼八凑听别人讲的，唯一的证据就是我奶奶在一张拇指宽的格子纸里留下的一行歪歪扭扭的字：

他们没给我荠菜饺子！！！

这句话的最后重重地画了三个感叹号，歪歪扭扭，深深浅浅，她大概是用尽了全身的力气和当年参加识字班的绝学才写下了这么一句，而这东西竟然成了她留给我们的遗嘱。谁也不知道，那个时候她到底受了什么刺激。

我父亲依稀记得，有一天他陪我奶奶坐在沙发上聊天，我奶奶在一顿东拉西扯中突然抓住他的袖子说："你前天是不是带了荠菜饺子馅儿？"他想了想我母亲好像说过荠菜弄起来多么费劲，就点了点头。我奶奶的脸马上阴沉得能拧出水来，她狠狠地朝着半敞开的落地窗外吐了口唾沫，几片云吞吞吐吐地飘了过来，丝瓜藤下的苍蝇不甘寂寞地飞来又飞去，在我奶奶眼里，这云和苍蝇都是来给她鸣不平的。

她的儿子没心没肺地笑了笑，继续看着当天报纸里的社会新闻，有一耳朵没一耳朵地听她继续念叨。说实在的，荠菜这东西实在算不上稀罕，也不是什么珍贵的东西，每年春天都有人提了篮子去菜市场卖，就是收拾起来麻烦得很，要把根掐了再把黄叶子剔干净。巧手能干的主妇们就会在春天时买一些处理干净冻到冰箱里，这样来年一整年就都有得吃了。荠菜的吃法很多，我们家最常吃的就是包荠菜馅儿饺子，我奶奶也好这一口。

这话当时也就是这么一听，可写在纸上就变得意义重大起来了。他们是谁？我父亲开始琢磨，但没敢吱声，这事儿已经到了事关亲妈生死存亡的份儿上了，一家之言就相当于胡说八道，而且他一贯很怂，怂得天马行空不问世事，于是也只能在心里翻来覆去地掂量，想等着万一有谁提供线索再把自己听到的供出去。

字条上没写时间。我奶奶毕竟不是真的在写遗嘱，所以就不可能像遗嘱似的那么严谨讲究。

我奶奶最后是住在二女儿家的，怀疑开始剑拔弩张地指向一个具体的人。我父亲也觉得那包馅儿似乎是带去二女儿家的，但又不怎么确定。他并不敢言语什么，只是暗暗埋怨几句，老太太到底是没吃上这口心心念念的荠菜饺子，他有些遗憾又有些释然：还好馅儿是他带去的，没吃到嘴里总归是别人的过错。

但架就这么吵起来了,互相怀疑,又彼此揣测,好像在玩一定得找出凶手的杀人游戏一样。我父亲看着另外几个兄弟姊妹惊天地泣鬼神地吵成一团,只能呆呆地立在地上手足无措,像看电视上的家庭矛盾调解节目一样恍惚又诡异。他不知道该信谁,觉得谁都不至于,谁又都有些嫌疑。

只是对我奶奶来说,那顿荠菜馅儿饺子终究没能吃进嘴里。

"百日"那天,一家人不得不聚得整整齐齐一块儿送她走,在她堂堂正正的三室一厅的家里。八仙桌上悠悠地燃着三根香,白檀的味道在一片乌漆麻黑的老旧物件里透着股沁人心脾的清净和明朗。偶有一阵风吹过,几缕青烟一哆嗦打几个弯又向上去了。按我们那里的习俗,这样的日子要摆很多供品,乌木做的八仙桌上层层叠叠摆了许多个碟子、盘子和碗,香蕉、火龙果、猕猴桃、老婆饼、长寿酥、烧鸡、佛手……这些新鲜的水果点心最后都会落到我们肚子里,据说吃了供品的人会得到祖宗的庇佑,不管死去的人有什么遗憾,反正对活着的人来说,谁都不会嫌弃这份好运气。

我的伯伯姑姑们终于不再吵闹了,只是彼此的目光相遇时带着几分鄙夷和轻蔑,也许还增添了些厌弃。他们喝茶抽烟,有的没的聊几句最近的时政新闻社会热点,每一个都特别"天下兴亡匹夫有责"。没有人再说起那场战争,屋子里安宁祥和得一如往常,好像什么都不曾发生过,但那道微小的裂痕始终是晒在日光下了，即便再怎么热闹也无法整饬得完好如初。

"奶奶，我饿了，我想吃饺子。"墙上的挂钟已经越过了十二点的坐标，我五岁的小外甥第一个扛不住了，率先发出了一声稚嫩的来自本能的呐喊。

空气一下子凝滞了。

那条微小的细痕陡然晾在了缠绵的白檀香和斜射进来的午后阳光里，洋洋洒洒的灰尘在这细痕里翩翩起舞，不肯罢休。那张满满当当的八仙桌在这灰尘里显得空落落的，即便是刚才热络得天南海北的我的姑姑伯伯们也都有些怅然若失，一个个慢动作似的停下了手里的活计。

"要不，包饺子吧。"不知道谁说了这么一句，所有人都仿佛得了最高统帅的命令一般迅速而有序地行动起来。

厨房里传来一阵窸窸窣窣的声响，三女儿翻腾十几分钟终于发现了一个写着"饺子粉"的白口袋，她小心翼翼地解开上头扎着的半截细麻绳子，好像捧着阿拉丁神灯一样。和面的事儿自然交给男人了，我的父亲头一回勤快地主动承包下来，用尽全身的力气和心血搅拌着那盆面粉，手腕一转砸出一个窝来，一下又一下，见不得一个面疙瘩从那面团上冒出来，直到揉出一个光洁圆滑饱满的面团，仿若剥了壳的鸡蛋一般安安静静地窝在搪瓷盆里。他终于长长地舒了一口气，整个人都不再咬牙切齿。

不知道什么时候，二女儿悄悄下楼去了菜市场，面和好的时候她已经买来了荠菜、小葱和七分瘦三分肥的猪肉馅。

春天来了,荠菜又下来了。水灵灵的荠菜扎着细细的黄色草绳青葱碧绿地躺在地板上,棵棵都透着春天的气息。在一道道复杂的工序以后,它们就会和红殷殷的五花肉躺在一起盛在一个光亮如新的碗里。它早就该变成饺子,只是生生错过了机会。

包饺子是北方人擅长的,擀皮儿,调馅儿,全都不在话下。我的姑姑伯伯们把饺子皮牢牢地放在手掌里,蒯小半勺放进皮儿里折成半圆,手指顺着一边捏过去,一个白胖白胖的饺子就立在那儿了。饺子皮在他们手里飞快地旋转,被捏成一个个带着花纹的骄傲地挺着大肚子的饺子,大女儿说这种元宝形状的饺子是我奶奶教的,就叫"元宝饺"。他们捏得煞是好看灵巧,手指在白色的面粉绿色褐色的馅儿里上下翻飞,像极了春天高高飞在天空里的风筝,不管长成金鱼样还是蜈蚣样,总有一刻是要落到地上来的,即便落得迟了一些。

锅里的水早就滚了好几滚很有些不耐烦了,煮饺子的人往锅里撒了小半勺盐,说这样煮出来的饺子才不容易破。在我看来,各家的主妇们都很有些生活的诀窍,懂得许多不知从哪里得到的偏方,就像握着无数通往密室的钥匙。他们很有几分隆重,小心翼翼不煮破半只,饺子也不是什么人都能煮得好的,倘若破了那就浪费了之前所有工序的心血,特别在老辈人那里是犯大忌讳的。这顿饺子,是无论如何都不能破的。

小外甥的饥饿已经变成忍不住的哭号，刚才塞进他嘴里的熊仔饼全都没逃掉被嚼碎了吐在地上的命运，把他宠上天的奶奶这回倒对哭声镇定自若，要搁以前她早就先下一盘给他填饱肚子了。

但是这次，她没有。

第一锅饺子开始冒白汽的时候，她悄无声息地去卧室里四处寻那只瓷碗去了。那只瓷碗是我奶奶八十五岁生日时自己挑的，说不上多么昂贵，无非是商场里打着景德镇名头促销的款式罢了，只是摆在显眼的柜台上冠了不中不洋的四个字的名头，又沾了租金高人工贵的光，身价自然比地摊上贵了不知多少倍。那是我奶奶这辈子差不多最后一次去逛商场，她从骨子里致命地热爱着那些星级饭店高档商场进口超市和一切华而不实的热闹高贵。在一堆绣金描银的花色里，她一眼看中了那只瓷碗——白底上游着几条青蓝色戏水的小鱼，瓷质均匀，釉色鲜亮，鱼儿活灵活现，打眼看上去还挺像那么回事儿。卖碗的人一个劲儿地忽悠这是出口转内销的紧俏货，一个八十两个一百五，我奶奶拿在手里怎么也舍不得放下，后来，她还给这只碗配了两双暗黄色的鸡翅木的筷子，她看重吃到嘴里的东西，也就连带着看重吃饭的家伙事儿。

那只碗就好好地锁在床头柜上层的小抽屉里，乱七八糟堆着的针头线脑和七零八碎丝毫不能掩饰它的光芒，它就那样在一片杂乱无章里分外妖娆，急不可耐地跳脱出来很有些英雄久无用武之地的意思。

我姑姑把那只碗里里外外擦洗得干净清爽，几条鱼活泼泼地游在沾着水珠的碗边儿上，一股久违的生气冒了出来。她从那热气腾腾的锅里盛了白莹莹冒尖的一碗饺子摆在八仙桌的正中央，于是，所有人都舒了一口气，每个毛孔的紧张都随着初春时的阵风一股脑地吹散了。再看上去，那本来隆重地肃立在供桌上的鲜花水果点心，在一碗饺子面前好像全都隐身了一般，反倒是饺子那元宝样的形状越发突兀和鲜明了，它们威而不骄，只在香烟和火烛间现出了更加丰满和可爱的样子。

身后有人

一

大年离梦寐以求的日子就差五十几米了,在肉眼可见的地方,张家的房子已经一尺一寸地测量完毕,登记造册,从前私搭乱建扩出去的小厨房也折半算了面积。

清早的小院被一夜细雨洒扫得清灵鲜亮,他端着一杯浓酽酽的茉莉花茶坐在石桌旁看天,花池子里的石榴树经过一夜风雨不见半点凋零,枝叶反倒越发招展起来。

自从拆迁的消息传来,往常的安宁就再也没了踪影,到穿着工作服的人开始每家每户发单子讲政策,一锅浓稠糊涂的汤子更是逐渐咕嘟得沸反盈天。每每发生什么大事,波折总不会太少,不然也不足以显示事情的至关重要。

对于拆迁来说,量房子几乎算得上最绞尽脑汁、斗智斗勇的事,尤其对那些在这条街上住了几十年的小门小户就更是如此,有钱的早早择了良处安置,懒得为一个半个平方跟人撕扯,偏偏这些熟头熟脸的老街坊在关键时刻还真能上演各种意想不到的戏码。也难怪,人们早也盼晚也盼,春也等秋也等，眼巴巴掐算着拆迁动土，谁也不愿把真金白银拱手让给别人。

大年没像有的人家那样忙活着在院子里垒厨房搭二层，在他看来，做人要本本分分，该怎么着就怎么着，就算邻居家的水泥砖头拉回来两三车，他也只当什么都看不见。一只野猫踩着青瓦上蹿下跳，他不由得暗生怜惜，猫身子下的杂草好像又比昨天长高了几寸，大年直愣愣地出着神，两只耳朵哮天犬一般支棱起来。

外面实在太吵！杨大妈嚷得肆无忌惮，嗓门比炮仗还喧闹，隔几道院墙都听得纹丝不乱。他从早晨九点一直听到十一点半，大致明白了她呼天抢地的缘由。

简单来说，这次拆迁安置既算人头又算面积，她的不满和面积没什么关系，主要在数人头上。按说这是最没合计的，户口本上写了几个人就算几个，但她偏不认这道理，不知从哪个犄角旮旯翻出个人口出生证明，说家里还有个刚出生没多久的小伢子户口没来得及落下。来人一脸无辜看她坐在地上，一张张往外倒腾各种白的黄的纸片，字正腔圆把条目清清白白念给她，说半年前没落户的都不能计算在内。杨大妈依然一副不管不顾的样子撒泼耍横，只认准一个死理：不按她说的办就坚决不签字，小娃娃也有平等的权利！这通道理气势磅礴，讲出了古今中外上下五千年，谁也没有足够的智慧和气力反驳。于是，只能绕过去先往下一家走。见人要散，杨大妈立即收了声势，决计要和再犯者战斗到底。

这场战役听上去已经接近尾声，茉莉花茶浓浓淡淡，大年的肚子叽里咕噜发出阵阵声响，早晨的肉饼白粥已经伴着刚才的慷慨激昂消失殆尽。看看表，是该出门买菜做午饭了，顺便还得绕到最头上看看二年的房子。

其实不是为了看房子，主要是受二年委托给房子里的租客打声招呼，告诉他们这地方马上就要拆迁，希望能赶紧另谋他处。二年哼哼唧唧在电话里说半天，大概意思就是希望大哥和气生财跟租客好好说说，自己能少赔或者最好不赔违约金。这并非大年所擅长，不过弟弟一家离得远，他又抹不开面子拒绝，只能硬着头皮赶上门去。

出门先朝着每天都要去的便民菜市场进发。小菜店开在街的三分之一处，老板一家几年前从南方小县城迁来盘下小店，三四年过去应该早赚得盆满钵满。之所以有这样的判断，因为大年眼见着店面从一间平房扩展到三间，卖菜的也从两个人变成四个。他心里一直佩服人家吃得苦耐得烦，却知道自己断然发不了这财，主要因为顶不住这辛劳。再说了，一人吃饱，全家不愁。想到这里，他麻利地翻出个布口袋，锁上大门往街巷深处去了。

菜市场比早上人少了许多，不用上班的大爷大妈们此时此刻即将做好一顿营养丰富的午饭。正午的阳光透过遮阳篷斜射进来，老板一家正忙着往瓜果蔬菜上喷洒清水，好让它们看上去像刚运来时那么水嫩青翠。

大年伸手拿起一把香椿打算回家淋上香油拌个白玉豆腐——以前老婆在时每到下香椿都喜欢买上几把尝尝新鲜。

再往前看是绿油油的菠菜和粗壮的东北粉条,他犹豫着要不要买上一小把回去烹炒。一个人吃饭总很麻烦,买多了浪费,少了又对不起搭配的油盐酱醋,就连米和水的分量都不好确定。

"来了啊,买条鱼吧,新鲜的,回去炖个汤补补,再添点苦瓜。"老板娘忙不迭地招呼。鱼看上去的确新鲜,银白的皮肤上裹着一层细密紧实的鳞片。从前二年最喜欢吃鱼,煎炸烹煮都喜欢,一吃鱼两眼就眯成缝,像海里湖里长大的孩子。浪里白条,大年喜欢胡乱给他起外号。这小子好几个月没回来吃饭了,也不知道天天在忙些什么。

"来两条小点的吧。"他胡乱指点几下,打算回去炖个鱼汤豆腐,香椿拿来炒鸡蛋,再买瓶小烧酒喝几口闷头睡下,这样一天的时光就会过得格外顺溜。一个人过了几年,大年已经能充分掌握独自轻松快活的诀窍,日子有时候过得特别快,有时候却又嫌慢,他已经能够按照自己的情绪和喜好调节其中的分寸和尺度。

走出小菜店,对面熟食铺子的香气扑面而来,蒜烧红肠的辛香,烧鸡的浓酱混合着麻辣羊蹄的孜然味儿喷薄而出,大年本来不想破费在额外的口腹之欲上,但又按捺不住肚子里馋虫的蠢蠢欲动。也罢,真要搬走恐怕这辈子都吃不上这一口了,他真诚地安慰着自己,称了六个烧得红通通香喷喷的凤爪。过几天再来买个猪肚炒辣椒,大年暗自规划着未来的美味,一颠一颠的小碎步顿时迈得汹涌澎湃,全然忘记了二年交给他的重要任务。

二

洗过的小香椿鲜嫩嫩地摊在桌上滴水，两条收拾干净的鱼放进葱姜热油里微微煎黄，几种食物的味道混合在一起让人不禁心旌荡漾，大年迫不及待拧开烧酒抿了一口，一股液体立刻沿着喉咙肠胃顺流而下，热火朝天地在身体里烧成一团。

正眯眼得意，有人恍恍惚惚走近，大年给鱼翻个身子又揉揉眼睛，才认出走来的是住在一个院子里的义武。都忘喊他来喝酒扯闲篇了，他心里责怪起自己，净惦记些有的没的，倒忘了三天两头互相串门的老伙计。他赶紧扒拉起自己脑子里不多的库存，竭尽全力组织成尽量显得通情达理的语言逻辑。

一小杯酒递过去，义武送到嘴边却又戛然而止，重新放在桌上。许是菜没整全，不好痛快喝，大年嘀咕着把火拧大一些，希望鱼汤赶紧沸腾奔涌然后冒出那股熟悉的味道。

进屋前，义武一直琢磨着该以什么样的腔调开口，他演练过好几种开头，不是觉得道貌岸然，假模假式，就是霸道无理，天地不容。

都是该死的拆迁闹的，一想到这事儿自己就脑袋发蒙。怎么大年那个小厨房的产权是自己的呢？要不是儿子翻腾出房子的老本本，他压根不知道还有这么一出。一个院子里住了二十几年，他看着大年成双成对又孤家寡人，二年独立门户远走他乡，两家从来没红过脸拌过嘴，还时不时送菜送饭喝酒解闷。他没法一本正经地和大年谈这八个平方米的归属问题，可老伴儿子也早就明明白白给他算过：一平方米三万五，八个平方米就是二十八万！想想自己几年也挣不了这么多，还有什么办法？就像儿子说的，要不就等于白送给别人二十八万，非亲非故的干吗不送给亲儿子？

是啊，爹亲娘亲都不如儿子亲，更何况是邻居。义武这么一想，就更加坚定果决了几分，打定主意今天死活不能再喝大年的酒，不然话头涌到嗓子眼肯定又得咽回去，长痛不如短痛，横也是死竖也是死，还不如痛痛快快。他要是死活不肯认非闹个你死我活，那也不怪自己计较，毕竟就算大家都不肯轻易便宜了别人。

"这么香啊。"义武说。

"煎个鱼打算炖汤，别走，给你盛一碗喝喝。"

"饱了饱了，闻着是真鲜，添什么佐料了？"

"哪有。葱姜盐，哪会玩巧的，饿不死就成。"

"拉倒吧，在家坐着都闻见了，是好吃的，绝顶好吃的东西。什么鱼？"这一问把大年问住了，买的时候就顾着听老板念叨，丝毫没留意到底是什么品种。

眼下，他把大部分精力都集中在鱼和豆腐上，无比渴望能炖出一锅喷香奶白的浓汤犒劳这个不约而至的食客。

义武坐下，说儿媳妇最近辞工在家生二胎，日子过得艰难，老婆腰椎病犯得厉害想找个神医推拿也舍不得，一次得一百块……这絮絮叨叨一点没冲淡烧酒带来的喜悦，大年记得谁说过炖鱼加个煎蛋汤会更浓稠，就赶紧从冰箱里拿个土鸡蛋煎好扔进锅里，又择了几根九层塔切碎，准备在最后的时刻一击即中。

四围的墙壁上招摇着蜘蛛经年累月吐出的丝网，它们朝着一处不断进发，似乎要在某个时候把桌边的两人吞噬包裹进去。酒和汤各摆了两份，香椿炒鸡蛋，老干妈拌黄瓜，昨天剩下的猪头肉占据了桌子的中间区域。义武想起自己在这屋子里吃满月酒的时候，可能是十几年前，又似乎没过去多久。

大年生的是头生子，但无非也才折腾出七八个菜，他们夫妻两边的老人都早早去世，朋友也数不出几个，只有正吃壮饭长身体的二年兴致勃勃从开始吃到最后。

自己也下小厨房帮忙炒了俩菜吧？他一边吸溜着鱼汤一边问大年："你记得吗，我是不是还给你搭把手来着？满月酒的时候。"

"谁的满月酒？哦，我儿子，大年突然来了精神，对啊，你做的红烧带鱼，香死了。二年鱼刺卡了嗓子还非得拿馒头把鱼汤擦干净，我就从来没见过那么干净的锅底。"

"是不是还拿来一斤白酒，一个收音机？"他又想起来，"那时候奉贤每天早上都要听一段收音机里的新闻再去上班，可惜后来被臭小子推到地上摔坏了。""太可惜了……"大年叹了一下，突如其来的精神同收音机一起掉在地上摔成八瓣。

奉贤扔下他跟人离开已经足足有五六年，到现在他也没搞明白这事儿是怎么发生的，反正之后儿子一直恨他恨得牙痒痒，好像是自己把奉贤打跑了一样。他有时候觉得委屈和无奈，但很多事情，不说就跟没发生过一样。

义武格外愿意讨论起那顿满月酒的每一个细节，一遍遍谈论自己怎么从家里偷偷拿报纸裹了几条带鱼上门，看白糖罐子空着执意出去买一袋等稍后做菜时用。他还提到买糖的时候顺手给二年带了盒男孩子爱玩的小画片，是和两盒烟一起买的，自己抽了一盒，留给大年一盒……

话头一旦开启，便绵绵不绝，细密如雨。坐在对面的大年甚至都无法插话纠正一些在他看来有偏差的地方，比如买糖买烟的钱后来自己硬塞进义武口袋里了，烟也只买了一盒，两个人共同耗尽了它们。但无所谓，过了这么多年，谁还记得怎么回事，义武不是连做的什么菜都记不清了？

菜吃得差不多，酒也没剩几口。义武在微微的眩晕中看见两张亲密无间的面孔，神情都不怎么轻松愉快，一个个张大嘴巴催他赶紧切入正题。他不得不漫不经心说到拆迁，和大年深入浅出地讲解着自己知道的所有政策和消息。其实，大年掌握的内容同义武没有太大差距，毕竟双方基本都是从同样的渠道得到这些。

"要房子，哪怕多花些钱也得要房子。"义武苦口婆心地劝道。"那是，不然住哪里去？"大年说，"贵也得要。""对啊，所以量房子必须看准喽，不能让别人白占了便宜是不是？"义武说。

两个人在酒菜营造出来的真情实意里满怀信心地设想未来——不管怎么样，铁定要继续当邻居，金不换银也不换。这时，义武的语气有些不似先前那么慷慨激昂了："大年，跟你说个事儿啊。"

"啥事儿？""还不就是小厨房。咱们这个小厨房呢，产权是我家的，有证明。"义武烫伤舌头似的迅速说完，赶紧咽下一大口酒，然后抬眼盯着另一张红通通的脸庞。眼前熟悉的五官开始夸张、变形，大年的两只眼睛从吃惊到迷茫再到错愕，那鼻孔本来是平视他的，忽而转了方向朝四面八方运动开去，最后定格在朝上倾斜四十五度的位置，连接成匪夷所思的不解和愤怒。义武索性把眼睛闭上一会儿，希望再睁开时一切能恢复如初。

"不可能，小厨房从我舅舅那会儿就在里边做饭，怎么是你的？"大年顿时产生了一种被侮辱和欺负的愤怒，"明明是我家的！三辈子数下来都是我们的！"他哗的一声把杯中的酒全泼洒到地上："真是可笑，一到关键时候就都变样了啊！"说完又掏出一根烟点燃，烟圈一个一个接连不断地冒出来，随之浮现出一张又一张活着的和死去的脸。大年恨不能施展法术，把那些在这里住过的人们全都召唤到眼前，让他们清清白白说明小厨房到底归谁所有。

义武也干脆扔下酒杯，早先的羞愧被大年的理直气壮顶得无影无踪，他冷冷拿出手机里儿子拍好的房本照片亮在面前："总之，怎么说都是没什么实际用处的，我们也不是要占你便宜，事情就是这么个事情，厨房就不是你的，用了这么多年不用再提。可现在怎么也要该谁的算谁的。"

他一面说给大年听，一面从桌旁撤身朝外走去。目光所及，一丛冬青刚刚从寒冬里缓过来冒出新嫩嫩的绿色，正昭示、等待着一个旺盛的明天。

三

明心正在晌午的日光里背着光线带女儿散步，忽听得一阵顿挫的脚步声响起便知道有人进来，她没法从中辨别出到底是谁，毕竟，自从搬到这院子以来她实在很少出门，更不用提和邻居串门打交道之类。一般来说，也很少有人找她，除非屋里水电暖厕坏了需要上门来修，可最近却添了件烦心事，房子眼见要拆，自己就算提前付下几个月房租也不得不服从大局安排。明心打算等房东上门来跟她谈谈后续的事情，可总也没见着人。她知道房东的哥哥住得不远，因此总盘算哪天跟他聊聊。但也没付诸行动，日子实在太过忙碌，全然腾不出整块时间出门谈判。

无妨，明心也不想胡搅蛮缠讹人钱财，只想要是房东的哥哥还有别的房子可以顺水推舟租给她，彼此都省下麻烦又能各得其所。她希望女儿在看得到天光踩得到土地的家里长大，知道星星月亮从哪个方向升起落下，种子怎么一点点发芽长大，变成一棵不容小觑的树木。

小菜店里的蔬菜水果一如既往地水嫩，大年已经从每天都去一回变成隔一天去一次。这阵子他一出门就觉得有人跟在后头,也没有什么确凿的证据,可一锁上门就有窸窸窣窣的脚步声在身后响起。

谁会跟踪他呢?不是千亿富翁,又或者妻妾成群。但大年很快又觉得自己的判断应该没错。有一次他走出几十米折回家,竟然在门口细细的土上看见两个不完整的鞋印,一望便知是男人的大脚,花纹也有点眼熟,其中一个踩得靠外只印了个脚后跟边边,另一个面积就大了许多,连脚前掌也全在土里。这下他几乎可以确定自己并没有捕风捉影地发癔症。

身后的人到底是谁?他想了又想,没有半点头绪。

二年的电话一个接一个,叮嘱他赶紧去明心那说和说和。大年心里一阵胆怯、厌倦,随口骂几句,都拿我当软柿子捏,这么厉害当面跟人说去啊,找我干吗呢?!他心里没有丁点动力迈进二年的院子,一个女人带着个娃娃好端端住了几年非给撵走,不管怎么说都有些不近人情。再说,那人好像一直跟着他,如果真要图谋不轨给引到明心家里去,不是实实在在坑害了无辜的人?大年虽然木讷,却断然无法接受发生这样的事情。

趁买早点的空,他踱着最慢的步子逛到二年的院子附近,以一种格外漫不经心的气势从门外经过。往常这时候,明心早就出门上班去了,家里只留下阿姨和女儿叽叽喳喳。可今天院子里分明传出不一样的动静,起先是小孩子扯直嗓子哭哭啼啼,然后有女人耐心地安抚和哄劝,其间还夹杂着另一个很少听到的细腻温和的嗓音。他基本上判断出院子里正在发生的一切，明心的女儿可能生病了，妈妈正忙着施展浑身解数试图从撒娇的小手里挣脱离开。

这时候怎么能正经八百谈事情？大年更加选定了前进的方向，去早点铺子买了一份油条豆浆。正要返身走开又想起什么，便多买了一份牛奶小笼包和卤蛋，专门套上两个袋子，不一会儿，那袋子就悄无声息荡漾在二年院子的门把手上了。弟弟的电话就这么巧合地响起来，他假装自己手脚全被占满，一任手机的曲子循环往复，直到哑然无声。

傍晚的风吹得人和月季骨朵一起得意扬扬，明心带上女儿来敲门。大年一时错愕不知该做何反应，他下意识接过递来的牛奶水果，又拿起几个糖块塞进小女孩儿手中。

眼前的这个女人原来是小学音乐老师，每天负责带着孩子们唱歌跳舞做游戏，许是职业的原因，看上去一点也不像实际的年龄，反倒更加青葱活泼，性子也很直爽真诚。明心手里拉着孩子并不妨碍说出此行的目的，二年说："一切都听你的就好，我就想麻烦大哥，有亲戚朋友想出租这种平房的话就租给我，房租差不多都可以。"说着又从钱包里用两根指头夹出几张钞票塞给大年，下巴不知为什么有些发抖，"给您的辛苦钱，喝喝茶买买早点，能帮我们安顿下可再好不过。"

小女孩儿一把猛地打翻了母亲伸过去的那只手，几张钞票在附近地上散落成七零八落的化，她又迅捷地把正玩的黄色鸭子狠狠摔到脚面，那鸭子冷不丁跌了一跤，猝不及防发出两声刺耳的喊叫。

明心赶忙把注意力移回女儿身上,温柔地拎起来抱进怀里亲亲捏捏,小人却中邪一般在母亲怀里踢打扑腾个没完,用尽全部力气发出不知是痛哭还是嚎叫的声响。大年感到分外尴尬,不知道说错做错什么惹得她这么哭闹一番,他已经想不起来儿子这样发脾气是多久以前。毕竟,儿子可能都不记得还有这么个爸爸。

"月光光,照地堂,虾仔你乖乖睡落床,今朝阿爸要捕鱼虾咯。阿嬷织网要织到天光啊啊——虾仔你快点长大,划艇撒网就更在行……"明心细细地抚摸着小女孩儿蓬松的鬈发,樱桃红的双唇一开一阖,吐出大年从来没听过的粤语儿歌。他又觉得有些似曾相识,忽然记起奉贤以前也喜欢听粤语老歌,那歌声婉转动听,随着密密的风吹进每一丝骨头缝里。躺在怀里的小女孩子分明格外享受这些,又过一会儿,早把刚才的不快彻底丢到脑后,扯着母亲的袖子啃来啃去,脸色竟然也比先前红润了一点,还拿胖胖的小手指头朝着大年一戳一戳的。

"我帮你到处问问,有房子马上告诉你。不用着急,不会没地方住,实在不行住到我新房子去。"大年开起自以为好笑的玩笑,明心却只低下头,没有丝毫言语。这一低头似乎无比沉重,让大年觉得是自己必须承担的责任了,无论怎样也得帮这一大一小找到合适的住处,多少还是跟自己有些关系的。

"吧嗒"轻微的响动声从门那边传过来,可能只有大年一个人听见了这声响,明心正哄劝着沉浸在歌谣里的小姑娘,两只弯月牙样的眼睛激起一圈圈涟漪。他的神经陡然绷成层层叠叠的高压线,随便一触就会火光四溅。那人又来了,像往常一样跟过来了。大年无比愤怒,他果决有力地走到门口向周围望去,一个人都没有,门外有树有鸟雀,还有零零散散的人的背影。

再回过神来,明心已经带着孩子打算离开,手里捧着一小把粉白相间的海棠花瓣。

四

拆迁的日程一天天摆在眼前,大年慢慢接受了一地鸡毛,还好,当时二年自作主张在这条街上买了一间屋子,不管怎的拆完也能换个大点的房子。他甚至都想过自己可以贴补弟弟几万块钱,反正一个人嘛,大点小点都无所谓。可每当想到小厨房气又不打一处来,怎么就白白吃了哑巴亏?当务之急要去房管局查查厨房到底是谁的,就算喝下再多顿大酒,也不能白白便宜这老小子。

义武再一次坐在大年家已经没有那么理直气壮,每天都生活在老婆儿子的嗡嗡嘤嘤中,听他们一遍遍说八个平方的事儿,以至于就算出门也环绕在那忽高忽低不太清楚的声音之中。往事历历在目,变成不堪一击的泡沫,他开始暗暗怨恨起大年的固执,要是不打折扣同意自己的诉求,两家不还能和和气气喝酒吃饭做邻居?

没办法。他一屁股坐下就不打算轻易起来。"你想明白了吗？"义武问。"明白什么？一直都是我家的啊，别人也可以证明。""那算借用吧，我们有房本儿。""到时候再说再合计吧，你说了不算，我说了也不算，看人家说啥。"

"那我可就跟这儿不走了！"义武使出最后的绝招，小时候听过的评书故事讲到这地方往往就且听下回分解了。然而，这致命一击却打在虚空之中，大年从上到下打量了他一遍，抱着胳膊转身出门，扬长而去，义武愣在原地，不知道该跟出去还是留在这里。

去哪儿呢？大年漫无目的地在街巷里溜达，想起这时候该给二年打个电话让他出出主意，一个人确实潇洒，但如果遇到麻烦就大概率歇菜，连个商量出主意的都没有。可按了几个数字又放下，怕他再纠缠明心搬家的事情。一想到明心，那粤语歌就又低回婉转地响在耳边，密布的阴雨都驱散几分。

隔着不远的一处院墙下，施工队的工人们匆匆忙忙搬运着一摞摞砖头和一袋袋水泥，据说这几天附近的瓦工和小工身价暴增，工钱翻上几倍还挑挑拣拣不肯痛痛快快出力气，一到吃饭时候早早开始心猿意马琢磨吃些什么美味佳肴才对得起自己辛苦的劳动。主人家断不敢显示出丝毫犹豫和不快，否则很可能几个人联合起来撂下工具扬长而去。

大年停在电线杆那儿看了一会儿，斜对面的大槐树下几个闲人正往前凑热闹，一个身上穿着不知道哪个孩子淘汰下来的中学校服，远远看过去辨不出上面的字是哪个学校的名号，还有个面黄肌瘦顶着一头杂草丛生的乱发，指指点点同旁人议论纷纷。义武也从后面赶来加入旁观者的队伍，手里不知什么时候多了把芹菜，等到再有一对坐轮椅的老太太和老头两个人停住，树下的空地居然挤挤挨挨满满当当。

大年假装没看见义武，人家再热闹，留给他的也只剩下或明或暗的脚步。他一边烦闷着义武把牢底坐穿的决心，又隐隐约约听得脚步喊喊喳喳，不是特别明显但却没办法忽视。他始终不知道跟在后边的人是谁，想干什么。甚至有一次，他感觉那种气息突然从身后袭来，但等再回头却还是一无所获。

每每走出家门，大年总会感到后背发紧，脖子上一股凉气，整个人就都缩手缩脚不再清爽舒展了。加快脚步，后面的动静就急促起来，而一旦故意放慢节奏，那声音似乎也一同消失在远方好像从不曾出现过一样。大年不得已减少出门的次数，在他看来，只有锁紧大门才是最安全的。

这几天问了好几个亲戚朋友，明心的房子也没什么结果，他很责怪自己对什么都无能为力的样子，打算买些蔬菜水果送上门去。义武除了吃喝拉撒睡每天跟着他，苍蝇粘着裂缝的鸡蛋一样死活都甩不开。另外一个跟在身后的也不消停，他有一天忍不住跑到院子当中大喊一声——出来！！！盼着那人像《西游记》里的妖怪一样立马现出真身。然而，视野里还是什么也没有出现。

总有必须要出门的时候，这当口脑子里就一帧一帧过着最近常看的悬疑片，墨镜、风衣、墙角、卖豆腐的、开药材铺子的，大年得了疑心病一样逡巡四周——近处没有一个可疑的身影，万事万物都暗淡无光。

几只鸽子从树梢轻轻掠过，全不明白他怀着怎样的苦楚，树下是窄窄的街巷，正中扯着横七竖八的电线，再往前立着几根电线杆子，其中一根横着挥舞出"斩钉截铁"的胳膊，几只黑洞洞的眼睛赫然出现，正聚精会神地注视着来来往往的每一个人。

是摄像头。

大年顿时被扎了命门一样开始萎靡颓废下去，脚底再也没有根脉，变得软弱无力，所有人都在不怀好意地看着他，就算人会歇下，那摄像头也断然不能放过他的一举一动。大年觉得自己陷入了一丛丛透明的怎么都挣脱不断的丝网，一点一点被无形的茧慢慢裹紧。

晚上，他又梦见了那个熟悉而逼仄的场景，就像同一个导演反复排练过的同一幕戏：开头略微模糊，然后吧嗒一声屋门锁上。空间越来越稀薄，他爬上桌子，整个人被潮水般的窒息感包围。泛黄的天花板逐渐扭曲，墙壁一点点柔软，变形，那个时刻就要来了——它最终会变成一枚巨大的白色的茧，吞噬掉大年并不高大的身体。

他只能眼睁睁等待着，什么都做不了。最精疲力竭的时候还是来了，在就要昏死过去的那一刻，他凭借强大的意志力告诉自己这不是真实的，然后便清醒过来，带着劫后余生的庆幸大口大口喘气。

四周围一片宁谧，深灰色的窗帘从高处披挂下来，院子里一丝响动都没有，人人都睡得酣畅，街灯橙黄色的光线从墙上照进来,把一草一木都照射得无比分明,确切。

大年病了。一种在旁人看起来毫发无损,没什么异样的病。

五

一个没头没尾的信封慵懒地躺在桌上,大年的地址和姓名从几道褶皱的缝隙里奋力钻出。这年头居然还有人写信,写给他?

他撕开信封的动作显得分外笨拙,信纸的一角随着信封一起撕下来,大年激动地拆开信封,展平没写几个字的信纸。

五张照片胡乱落在桌上。一个熟悉的背影跃然眼前,是他自己。还有另一个女人,定睛细看,一身汗毛"吱棱"一声肃立静默。

是明心。

那照片像几盘菜一样冷冷清清的散落在桌上:他往明心门上别早餐口袋,两个人相跟着送出门去在街口道别,递给小女孩子糖块儿和点心,在明心家附近散步溜达,一脸焦虑不知道给谁打电话……

大年倒吸了一口冷气,电影里的镜头都不是臆想,真的有一个人不紧不慢跟在他身后,这双眼睛在镜头背后纤毫毕现地观察他,跟踪他,就算吃饭上厕所睡觉脱衣服都不能躲避半刻。他的身体里有根弦突然崩裂,整个人也随着这根弦变成片片羽毛四散飘落。

信上只写着两行字：房子也有我的一份！看你干的叫什么事儿！！！

几个硕大粗黑的感叹号让人心惊肉跳，大年这辈子都没见到过这么刺眼的感叹号。

翻遍前后左右也没找到落款，可即便这样他也能认出奉贤的笔迹。这么多年过去，来自她的第一个消息居然是这封信，大年足足盯着这十几个字一两分钟，半晌才明白发生了什么：奉贤要同他分拆迁的房子！

那照片是什么意思？应该算把柄吧，如果达不到满意的效果她可能就会拿去告他。明白了这个意思，大年的五脏六腑都被硬生生撕开一道口子，又深又长。

以前大年和奉贤不住在这个院子里，这里其实是舅舅家。十几年前，他们一块儿从郊区的出租屋搬进来。舅舅七十多岁，无儿无女戎马半生，和他一样格外喜欢这个外甥媳妇。他们坐在石榴树底下喝茶，斗地主，闲扯，买菜，煮饭。舅舅喜欢肉末烧茄子，他喜欢葱烧蹄筋。奉贤呢？基本每次都没有太多要求，只要他们吃得心满意足就可以了，印象中这个陕西女人只有一点执念，就是不能没有一碗冒尖的浇满红辣椒油的臊子面。

还没生病的舅舅懂年轻人的意思，天一擦黑就大声宣布自己要出门遛弯儿让把门锁好。大年和奉贤就赶紧把屋门仔细别上又拉好垂到地面的窗帘，这时候一切空间就整全地属于两个人了，即便月亮也没法子偷空进来瞧上一眼，然后便在沙发上床上桌上地上搂抱揉捏成一团团,全不顾旁边的猫儿狗儿鸟儿,直到淌出一身透亮的汗珠子还舍不得分开,像两块面和在一个盆里,怎么都分不出一个和另一个。

大年从没觉得奉贤刁难或者苛待过自己和舅舅,她的脸上总荡漾着一副笑眯眯的模样,平时不太出声,不是在厨房里忙活就是在院子里打扫,要么就跟在舅舅后边出去散步。一家子的生活费都放在大衣柜下面的抽屉里,谁需要了就拿几张,倘若没有了就往里添一些,很像寺庙里供奉佛祖的香油果子。但奉贤很少打开抽屉拿钱,所以总是指使他出门买菜,"我可不动你家的钱,省得怀疑我图你们富贵",一旦大年希望她出门采买,奉贤就这么稀里糊涂打着哈哈,她确实不怎么在意这些,至少和他在一起的十几年里看不出有什么计较。

要分给奉贤吗?他心里也没什么主意。舅舅去世前就打定主意把房子留给他俩,最后躺在病床上还特意嘱咐要在房本上填上两个人的名字。他舍不得奉贤吃丁点儿苦头,跟不忍心外甥流落街头一样。他还恍惚想起奉贤一边掉眼泪一边抓着舅舅的手,告诉老人家自己不在乎这些,没必要添那些麻烦,一家人嘛,怎么都不会分开。

没有几天,舅舅死了。

再过几年,奉贤走了。

一根树枝子从房顶落下来打断了他的胡思乱想,不知道哪家的猫又到点儿出来觅食了,大年使劲把过期的面包捏成渣渣向上抛去,然后把照片也撕成碎片扔进垃圾桶中。

确凿无疑。有个男人一直跟在后面,可能还和奉贤有什么关系。这阵子大年一出门没走上几步就猛地停住或是回头瞟上几眼。渐渐地,耳边似乎老有声音响起,再仔细辨认又不能听得分明清楚。他一出门四肢和躯干就好比拖着无数个沉重的沙袋,那些人、摄像头、鸟雀,都全神贯注地盯着他,让他身心俱疲,不能自拔。就只能心灰意冷躺在床上,这时心里不由得涌起一股破罐子破摔的气愤,爱咋咋地吧,要分就拿去,堂堂正正来找我好了。老子无所谓!

六

门缝里塞进来的第二个信封连邮戳都没有,很明显根本不是通过邮局寄出来的,应该是有人特意送进来。大年虽然心里已经有些准备,能暗暗揣测出信里的内容,可看信时还是整个人僵在原地,一动也不能动。

语气比上回和缓温柔了许多,字数也比上一封多了几十行,随信还附上了照片——各种各样的同一个男孩子,带着泪珠大哭,撇嘴吃雪糕,骑在旋转木马上,双手绑起来牢牢系着栏杆,最后一张躺在医院的床上正打吊瓶,蜡黄的小脸看上去一点精神都没有。

儿子。丁丁。

大年以前管他叫丁丁,不知道现在改名叫什么了。男孩子的神情和他一模一样,就算五官再生长开阔也没法从根本上摆脱他的影子。

奉贤在信上写：

"儿子跟着我一切都很好，调皮但是机灵得很，能想出一万个主意偷懒打游戏不写作业……最近常常惦记爸爸，说本来就有个好爸爸，给弄丢了……"

"马上要上中学，没时间回来看你……"提到上中学，奉贤就开始说穷，意思是儿子要交一大笔择校费，他们怎么都拿不出这笔钱，所以希望大年能帮忙，倒也没讲明具体数额，只说附近中学的择校费怎么也得八万起步……

丁丁……八万，八万……丁丁。大年满脑子萦绕着这两个词语，奉贤的面孔和声音一遍遍出现，他不忍心让他们失望，万一丁丁真缺钱读不了好中学怎么办？儿子小时候他和奉贤一起板起脸骂他，再不好好学习就送你去糊纸盒子，累得你睁不开眼也没钱买冰棍！这时候丁丁老是不屑一顾地撇撇嘴瞪他一眼："没钱，没钱你养我！"

结婚证平平展展躺在抽屉的最底层，上面的两个名字依旧没改过，大年抖擞起精神一遍遍打量着有些发黄的照片还有最新收到的信，家的气息一点一点向着他奔涌而来。

街东头有个龙王庙，庙里供奉着四海龙王、龙王娘娘、日月星君、雷公电母风神雨伯各路神仙。庙门从早上五点开到傍晚，等待着三五成群的香客们前去烧香祈福。龙王的真身早在旺盛的香火里脱色掉漆，今年有刚刚发迹的人来花钱重塑一番，因此看上去活灵活现，怒目威严。

庙前的古树上挂满许愿专用的红色丝带，门口石匾上刻着：龟见则旱，蛇见则雨。正中间的龙王怒目圆睁身披红色带花斗篷，面前放着铜铸的香炉。虽说龙王本来专管求雨，但怎奈来求神拜佛的人们愿望越来越五花八门，就索性无所不包，兼容并蓄。

大年只去过龙王庙两三回，一次是舅舅重病卧床不起，另一次则因为奉贤带着丁丁无影无踪心里实在憋闷，还有一回已经记不大清楚，他也不知道这地方灵不灵验，但每次从庙里回来总能踏实平静很多。于是决定再去一趟，问问龙王这次到底该怎么办。

义武又跟上来，他假装没看见径直朝目的地走去。庙门口不知什么时候多了个解签的地方，大年心里一动，打算抽上一只问问吉凶。他虔诚无比地把签筒捧在胸前，心里念念有词，然后一只竹签就从那几十个里跳脱出来，大年火中取栗一般赶紧拿起来细细品读，上面写道："禅杖端头藏玄通，今朝富贵前世功。宽人律己好品性，来日安坐莲花中。"他又喃喃自语地念了一遍，还是不大能明白到底是什么意思。庙门口解签的人一眼辨出他的疑惑，大年不太愿意掏钱，但又琢磨着来都来了怎么也得求个明白。

解签根本不像电视剧里演得那样前后思量，那人捏过来一张嘴就道破天机:"签文的意思是说,这辈子啊如果能对别人宽容一些,再克制下自己的性格、欲望、脾气,最后就基本上能修得善果,获得一个不错的结局。所以怎么说呢?你得多做好事,多发善心,最后肯定没跑!就是别跟人太计较就好了。"

大年以为他说的的确有道理,不管对义武、明心、奉贤,如果自己能在心里存上一份善念和平常心,好像就都没什么过不去的。可之前也没使坏心眼儿坑别人,怎么就一桩桩一件件碰上这些事儿呢?他跪在龙王金身前软软的黄色垫子上,把刚刚点燃的三根香插进铜炉里,再学着别人的样双手贴在额头上重重地磕了三个响头,香烛燃起的烟不动声色朝高处飘去。

七

从龙王庙回来的三天时间里,大年把自己关在屋里哪儿都不去。冰箱里囤的蔬菜水果基本能维持一个星期,要是一天只吃一顿怎么也能撑过半个月。

"你说我该怎么办呢?"这已经是他第几百回提出同样的问题,也不知道问谁。毕竟,这屋子里除了长年累月驻扎的蜘蛛和夏天剩下的蚊子也没有其他活物。不是还有跟着他的人吗?他就又朝着空气问了一回。

也分不清白天还是黑夜,困得不行倒头就睡,迷糊不到三个小时就开始断断续续惊醒。大年无计可施地被梦里的憋闷和恐怖吓得瞠目结舌，总能梦见变形的要吞没他的墙壁和周围的摄像头，认识的不认识的人和动物都紧紧跟随在身后，有时还三个一群五个一伙聚在一起窃窃私语。他觉得浑身上下一点力气也没有，甚至连去厕所尿尿拉屎都相当困难，不想吃饭，不想走路，更不想知道杨大妈为什么又在吵吵嚷嚷，施工队今天进了哪一家。

第四天，太阳还是从东边升起来了。今天晚上据说能看见难得一见的红月亮。大年没什么兴趣，舅舅还活着的时候也有过这么一回，可他老人家迷信得很，一到晚上就早早关门闭户不准大家出去凑热闹，说这是血月，血月出现时准没什么好事儿发生，"月若变色，必有灾祸"，大年到现在都还能想起舅舅一直挂在嘴边的这句。"如果今天来一场地震或者龙卷风，这条街上的人不就都眼不见为净了，再不然几百米外的明水湖来一场大水倒灌给自己冲没了算了。"大年一睁眼没吃早饭，却点了根烟用力吸上几口。这地方上回闹灾是什么时候来着？他揪着几根不多的头发，费尽心思寻找这个问题的答案。

怎么义武没在门外探头探脑？往常这一天刚开始，大门的磨砂玻璃上就会映出一颗圆滚滚的脑袋，先是左摇右晃地探测一番，随后就定格在最靠近中间的地方，如果屋里没什么动静，那脑袋就换个角度把耳朵贴紧玻璃。但今天，直到下午四点多钟都没有丝毫响动，大年竟然心里生出些好奇和担忧，他打算吃个炒米饭就出门看看，莫不是真被龙卷风刮到九霄云外去了?

一打开门就被刺眼的光晃了几下,天空透亮碧蓝如洗,看不出有什么征兆。屋外的院子里石榴,鸽子,柳树,月季,还有人,都和四天前没太大区别。大年趔趄几步赶紧在石桌边坐稳当,才腾出工夫细细琢磨。

他从左到右又从上往下打量着小院,好像也没什么不一样,无非邻居家门前摆了几层的砖头不见了,外面没能听见往日工人的挑三拣四和咋咋呼呼。小院里静谧得像被清场一般,落下一个花瓣儿都能听到动静,于是赶忙站起来往外走,街上空空荡荡连个小娃娃都没有。大年心生疑惑,此时又听得很远处仿佛传来激烈的声响,这声音应该是从龙王庙那里传来的吧。他朝周围看看,确认没有一个人跟上,就顺着那条路加紧步子迫不及待地小跑过去。

突然就真的刮起一阵无来无由的狂风,雨点也噼里啪啦一路砸下来,街上房子的窗和门都被吹得滋哇乱叫,大年顶着风雨朝前一路狂奔,他坚信,只要到了龙王庙那地界就一定有遮风避雨的地方。

人们果然都围拢在龙王庙的棚子底下,大年了解他们,这群人一遇到大事都喜欢聚在这里打听商量。近处的几棵大树参天茂密,成了延伸出去避雨的好地方,那些红色的许愿绳早被淋得湿嗒嗒没有半点儿神采,当然,庙里的龙王和一众神仙依旧眉飞色舞,顶天立地。管事的一早就锁了朱红色的栅栏,以免不懂礼数的人闯进去怠慢了神仙。

怎么都挤不进去，只能站在人群的最外层，谁都没注意到他。半条街的人几乎都出现在眼前，义武坐在最里层的塑料椅上使劲拍手，杨大妈从外面挤到里层，坐轮椅的拄拐杖的都愤怒地抢白着什么，那个人还穿着一样破旧的校服，甚至连眉眼间的神情都没有太大变动。最让他吃惊的是，明心竟然也在这院子里，只不过她远远地站在一棵树下，大概因为手里牵着小女孩儿怕被人挤着。

龙王庙前的小片空地上黯然矗立着一架挖掘机和一个深陷的大坑，司机和工人早就不见踪影，坑上的砖头被翻得四分五裂，像极了过去盗墓小贼的所作所为。凄凄沥沥的雨点打在挖掘机和砖头上，坑底的泥和水搅和在一起污浊得让人不忍直视。

没有人知道一切都停止了。

究竟是什么意思，只知道他们搬新家住高楼赚银子的愿望就此打住暂时告一段落了，先前垒的二层小楼和多出去的厨房厕所，还有白花花雇人运砖头的工钱，已经都灰飞烟灭。

龙王和一众神仙的神情依旧肃穆狰狞，隔着低矮的栅栏望向门外。这个时间，他们早该下班了。

义武从人群里费了半天劲挤出来，想起该去买菜回家让老婆做饭了。这么径直扯着拉着往外走，却不料和大年碰了个满怀，竟然有几分不好意思，他低下头搓了搓手上的灰渍，这才又抬起头说："不拆迁了，也不知道打的什么鬼主意。"

"哦，真不拆了？"

"嗯,都贴出来了。那些人早上就撤了,单等回来收拾。"

"临时的办公室还留着?"

"说也锁上了,要紧的东西他们都带走了。"

"为什么?"

"不知道啊,咱们哪能知道这些……你说这折腾一通,唉……"义武本来直愣愣站在他面前,说着说着竟朝那挖掘机的方向退了几步,然后又朝后边退下去。大年眼睁睁看他走到那口挖好被遗弃的大坑的边边上即将跌落下去,于是想都没想伸出手拽住他的衣领子,又连上肩膀、胳膊一起给拽到面前。

义武没说什么,擦了几把额头上的雨回家去了。

大年的心猛地松下来,头上的紧箍咒好像也没有了踪影。轰隆隆隆,一块大石被打得粉身碎骨,从九霄云外落到脚边的地上。他感觉到周遭蔓延开来一种无法言说的轻松自在,先前的苦思冥想在此时此刻显得分外多余。大年循着义武刚刚走过的路的方向慢慢走去,一步步缓缓离开。

"离远一点好些。"他心下暗暗嘀咕着,一股很久以来都没有降临过的困倦和疲惫重重地袭来。先睡一觉,反正都是没有,他想着,加快步子朝家的方向走去。

远行

一

四海有好些天没见着老皮了，往常不刮风不下雨的日子，老皮常常端着一杯不知道是什么的东西来四海茶馆打几圈麻将，走起路来左脚比右脚踩得深些，杯子里的东西也跟着他一颠一颠的。

"老皮来了啊。今天输了可不许赖账啊。"

"就是，就是，上回说娃儿病了，今天要没好利索可没人和你玩儿啊！"一起打麻将的人早对彼此了如指掌，揶揄起有时候耍赖的人一点儿都不客气。

"哪有，哪有。娃儿真病了嘛……"

老皮不恼，早习惯了别人拿他开各种各样的玩笑，反正，只要不戳到最痛处总能笑嘻嘻地对付过去，每当这时候，他那张布满老年斑的脸也就跟着说话时肌肉的抖动挤成了一朵层层叠叠的花，看不出太多颜色的变化。"笑嘛，笑嘛，笑几下又不会少块肉"，活了快六十年，老皮暗自总结出一套没法系统归纳却又万用万灵的处世哲学，不吃真亏，无疑是他最奉若神明的一条。

四海没打算在老皮身上赚到多少银子，历史上老皮最辉煌的一次打了十六圈大杀四方还胡了把清一色，不过咬咬牙买了两包十块钱的烟散给牌友，然后接着电话忙不迭地走了，一深一浅的小碎步踩得兴致勃勃又急切努力。

每回来他都跟几个固定的牌友切磋，毕竟，水平差不多又能忍得了他这个厚脸皮的牌搭子才有打下去的乐子。

"老皮这几天消停啊。"

"是啊，有阵子没见他来了。"

"他老婆说不定真急了，前阵子输了回大发的，估计把脸挠花了。"

茶馆里老虎灶扑腾得热闹，一杯又一杯碎茶叶末子供不应求，麻将块子碰撞在一起熙熙攘攘，惹得路过的人探头探脑朝里面一直打望。有两次，四海好像听见了老皮那深深浅浅的脚步声，一次是他从拉煤的车上往下卸一百斤煤，还有回卖咸鱼的三子媳妇打门口走过，非要扔下条鱼抵账。以往，要是老皮遇上了，铁定搭把手帮上一把，当然，咸鱼也要扯去小半条。

然而，老皮还是没有出现，那个腌渍得看不出面目的杯子也许久没有出现在牌桌上了。

老皮是什么时候在这条街上住下的呢？没几个人说得清楚。这些年来来回回，今天这个走了，明天又有人搬进来，慢慢地谁也搞不清谁的底细。不像十一婆小时候，前后左右住的都是相熟的亲戚,东家串串西家走走,不用担心自己突然见了阎王都没人知道。

十一婆摩挲着胸前的珠子,眯眼望向西边一天天长高的房子。她从没见过这么好看的窗户和门柱,房顶尖尖的,玻璃窗透着各种颜色夹杂在一起形成彩色的光,尤其太阳要落下的时候,花花绿绿的玻璃闪着明亮的颜色,照得地上满是七彩的圈圈。十一婆盯着这些圈圈,眼珠都不想转一转。

"这光拿人呢!"她低声告诉身边好似睡着了的蔡老二。蔡老二没搭理她,偶尔抽一下早就不大中用的鼻子。

"没用东西!"十一婆恶狠狠瞪了他几眼,踩着碎步从四海茶馆大门的一边挪到另一边。她的身子有些肥胖,两条腿和胳膊摆动起来很吃力。半空里起了一阵尘,蔡老二闭着眼咳了几声。

"阿婆哟!"四海从里间迎出来,把一杯漂着碎末的茶水塞进十一婆手里。四海媳妇拿眼使劲横他。还能喝穷了?他一把给她推搡进去,还有几桌要结账哩,算明白啊。

十一婆吸溜了几口茶,一股热从嗓子眼儿直冲进肠胃,她摩挲起胸口那串黢黑的破珠子嘴里念念有词……捻到第四颗时,她停下来了。

一颗长满斑痕的泛着红色的珠子躺在她的手心里,浸润着意料之中的油渍和光亮,正中间裂开一道细细的纹路,不在太阳下仔细端详都看不出来。但是,十一婆一上手就知道。她心里咯噔一下子,裂开了一条更深长的缝隙。

这个珠子是老皮的，住在巷子东头时不常给她送吃送喝的老皮。

十一婆住在离老皮十几米开外的院子里，多多少少算半个邻居。她家本来人声鼎沸，后来老公死了，几个孩子都跑到外地，只剩下她一个人在这院子里飞扬跋扈，如果赶上头疼脑热或者自来水管子冻上，她就不得不到隔壁院子找人来帮手。老皮不是所有事儿都能弄明白，但对十一婆却很周到，老太太平日里不怎么好打交道，可一起急眉毛一挑一挑竟然很像自己的母亲。这时，老皮就像看到亲娘一般觉得多了几分亲切，于是，他特别愿意踱进十一婆的院子里待上一会儿，帮她归置好滚得遍地都是的大白菜，交上欠了几个月的煤气费。落日的微微的余热里，他坐在树下的石头墩子上喘着气，看十一婆盘着一串珠子走过来，越走越近，越走步子迈得越是带着几分急切……

她经常用这串珠子暗暗地帮人占卜吉凶，很多次都准得吓人。比如说前年，她摸到第一颗珠子时感觉到一种前所未有的圆润细腻，就赶紧打电话给儿子问最近是不是有什么好事发生。电话那头虽然不耐烦，可还是告诉她自己最近和一个姑娘领了证结了婚，把家安在一个靠山靠水的地方。那晚上，十一婆睡了一个比以往都绵延深长了许多的觉。她没和任何人说起过这事，只是走在路上腰板儿挺得直了许多。

十一婆信那珠子，她必须得信点儿什么。

最后一次看见老皮应该是一个月以前了，之所以能记得住这日子，是因为收水费的小王推门进来时，老皮正坐在石头上帮她修补挂了一层层锅巴的锅底，她进屋里头捡票子交水费，费劲巴拉拿了七零八碎正好的金额出来，人早就走远了。老皮补着锅底用手机扫了码，十一婆撇撇嘴，不过她信老皮，转身把一叠票子和钢镚都倒在了老皮布满掌纹的手里。

"皮哎，也不出去吗？好多都出门了呢。"她问。

老皮脸上漾起一层又一层皱纹："在家挺好啊，有吃有喝，钱嘛是少几个，孩子寄回来一些添补上。蛮好，蛮好。"

"皮哎，老婆高兴吗？"

"皮哎，儿子也不说啥？"

"皮哎，屋里头养的狗子长得壮吗？"

"皮哎……"

十一婆的问题实在太多太多，跟那串永远都捻不完的珠子一模一样。老皮索性不再答话，笑眯眯冲着她。树梢间几只不知道名字的鸟轻盈地飞过，他跟着那鸟一直向前飞过去，划出一道曲曲折折的痕迹。鸟群消失在彩色玻璃之中，他不自觉地被那些色彩吸引了。

那是什么地方？老皮想去看看。许久，他都没吭声，指间夹着烟卷沉默不语，他低下头想了又想，火光微微地抖动着，从指尖蔓延到更大的地方去了。

二

整整三天三夜，他躺在床上不管用什么办法都睡不着。

数羊，数星星，数鹌鹑，看天，看水滴从水龙头一滴一滴落下来，盯着怀表一针一针朝前奔走，听大海潮起潮落或是舒缓的放给婴儿听的音乐……无计可施，他从包里翻出玉吃剩下的最后一片安眠药塞进嘴里。

还是不行。

老皮从来没有体会过这样的感觉，以前玉一到晚上就开始因为睡觉紧张焦虑，先是打松床褥被套，然后摆好安神的燃香。有次他掀开她的枕头，下面赫然摆着许多个大小不一的锦囊——小茴香，决明子，炒山枣仁儿，桂圆干。一只黑色的虫子从这些锦囊间灵巧地一跃而起，不知所终。他有些迟疑，搞不清楚这虫子究竟是无意招来的客人，还是什么特殊的药引子。

"宁可住在房顶的屋角上，也不在宽阔的房屋与失眠的妇人同住。"他想起父亲天天念叨的祖训，抱起枕头悄悄退出门外住到另一间屋去了。玉睡不着的时候，自己喘气应该都是一个错误，这是老皮从生活里总结出的又一个颠扑不破的真理。

天好像要亮了，老皮深深打了个哈欠假装刚刚完成了一次圆满而深入的睡眠，头隐隐作痛，眼眶四周干燥紧绷，眼珠有种即将弹跳出来的冲动。一个盛着半杯水的保温杯靠在身旁，老皮腾出一只手按按自己的胸口，用另一只手探了探脉搏。

还活着！

四周空空如也，两只风尘仆仆的拉链布包窝窝囊囊蹲在地上，一只是玉的，另一只是他的，颜色都是深咖啡色带浅黄波点，一眼看过去并不能分辨出哪只是他的。

都刚买了没多久，都塞得鼓鼓囊囊。

停顿了一会儿，他才想起来这是哪里。即便是最清醒的时候，他也得全神贯注才能找到这个问题的答案。

就着白开水吞了半个烧饼，老皮影影绰绰想起这是看林子的人住的地方，季节更替，那人放假回家去了，他花三百块钱在这儿算是暂且住下。木屋隐藏在半山腰处，山高路远，鸟语花香，左侧搭的临时厨房里放着简单的锅碗瓢盆，老皮刚住进来时还摸到几把青菜和半袋子面粉，右边有条小路通向山顶，路的一侧是高耸凌乱的石壁，粗犷地刻着不知道哪个年代留下来的石像。他不认识这些石像，只觉得看上去和他们平时常拜的不同，但还是不敢放肆，尽量靠着路的另一边出出进进，似乎每次从那里经过都要屏气凝神，小步疾走。

眼前闪过一道又一道白光，似乎是从屋顶掉落下来的，又像是从路旁的石像眼睛里射出来的，老皮起身把所有厚衣服一层一层铺盖在身上，但依然没办法抵挡从四面八方侵袭而来的寒意。

冷，太冷了。最后的几片火也熄灭了。老皮瑟缩在被子里，顿时升起一种束手无策的困顿。

冬天的冷几乎渗进了每个人的骨头缝里，看上去若有似无，实际上却如影随形。盖房子的工人们快被这鬼天气给冻死了，天天骂娘埋怨怎么在大冬天里起地基。老板说房子得垒成四方基座金字塔顶，窗户要凿成上圆下方配五彩双面雕花玻璃。他们大费周章干了整整几个月才垒出个似是而非的样子，工头这几个月脾气特别差，一天三顿饭免不了夹枪带棒骂骂咧咧，但明眼人一听就知道，那不满分明是冲着金主去的。

金主只知道姓吴，大家平日里左一声右一声地喊着吴老板，据说是卖鱼起家，攒下第一桶金后就开始转战更有油水的行业了。人长得斯斯文文，不论什么季节都喜欢戴顶帽子。吴老板喜欢和工人们瞎扯些听起来很难懂的故事，也喜欢听工人们讲故事，谁要讲出一个半个好玩的没听过的，他就搬了椅子端端正正坐到人家对面去，听到高兴了立马扔几张钞票过去。

"有天晌午头，怎么就看见了一张老太婆的脸在山顶上，就跟做梦一样，长得像媳妇她娘。"

"你见过狼吗，我可在这附近见过一个实打实的狼，黑夜里走路不吭气儿趴到我肩膀上，爪子都搭过来了，没敢吱声就这么走了二里地。"

"书生走在半路上，碰上一个树精……"

附近几十里地的故事源源不断地从一张张有牙的没牙的散发着臭味或者薄荷草味儿的嘴里输送进来，房子也眼见着一天天垒高。吴老板什么都不想干，整天就琢磨着把房子盖起来住进去听故事。只有一条，一砖一瓦都得按他的要求来，要说设计呢在他看来一点也不复杂，跟小时候常去的那地方差不多就行。据他说，自己刚能跑的时候就跟着姥姥去给人看坟了，四周鸦没雀净，萧索清冽，夜晚的天空中能看见各种稀奇古怪的动物的影子。姥姥总给他讲故事,讲了一晚上又一个晚上。他喜欢跑去那座安着彩色玻璃的房子周围玩,茂密的草长满一片又一片,小河沟里的田鸡肥嫩痴笨,房子的墙上画着他从没见过的长着胡子的男人和没穿衣服的女人,蓝色的海水,金色的大鱼,镶着边的海蚌壳,绿色的树枝和让他眩晕的金灿灿的阳光。

三

"要死了!真是要死了!"

老皮的耳边响起玉平日里常常念叨的这句口头禅。这两句话最近一段时间出现的频率格外惊人,老皮想把它们甩到谁都听不见的地方,可它们却像蚊子嗡嗡嘤嘤盘旋在周遭始终不肯离开。

玉坐在海边一块巨大的礁石上朝前面看着,脚下深咖啡带浅黄波点的布包拉链敞开,依稀可见一瓶没开封的白酒,一捆绳子,还有一盒花花绿绿的药,几件随意揉成团的衣服。玉看看老皮,看看大海,又看看老皮。退潮时的海水清浅了几分,向后退去的速度却和涨潮时一样惊人。海水打湿沙滩,留下一堆叫不出名的植物动物的残渣,一只小小的寄居蟹匆匆爬过。要是女儿也在该多好,她想。大海幻化出女儿顺子的长发和清秀的脸庞,她不自觉向前走了几步又停住了。海水呼啸着翻卷着朝她涌来,寄居蟹和脚便都不见了踪影,只剩下风不知疲倦地发出阵阵呜咽。

她把脸转向老皮喊了一声,老皮没听见,只顾挑选平坦的礁石朝玉走去。玉的脸越发惨白而没有神采,他心里有些疼,却也只能无可奈何地看着她继续惨淡沉沦下去。

玉天天说过不下去了,渐渐地他就把这当成一种确凿无疑的事实。的确过不下去了。灼热的火焰在脚底下炙烤着他,鸭蛋大的冰雹日复一日砸向屋顶,一个厚重的阴影醒来就盘踞在头顶上。玉的话切切嘈嘈,密不透风,搞得他想永远闭上眼睛。

老皮一遍遍回想起最后那一幕,他记得自己没看见玉的影子也没听见她发出一丁点动静,只在礁石上发现了带拉链的布包。他意识到发生了什么,可身体突然胆怯起来。其实,他完全没想明白——

人死了会寂寞吗?要是没人陪着聊天怎么办?海里会不会憋得喘不过气来?万一被鱼虾螃蟹咬得看不出模样怎么见人呢?还有,最重要的是被咬烂了女儿不就认不出他们的样子了吗?老皮的心里像这海一般翻腾起十万八千个念头,每一个都足以把他拍死在沙滩上。

时间越来越难熬,除了简单的吃喝拉撒老皮就躺在床上,偶尔去旁边的小路上走走,他常常在屋里重重地一屁股摔在地上,像溜冰滑倒一样。并不高大的身体里充满味道复杂的气体,每一分钟都比前一分钟肿胀许多,老皮觉得自己就要在这寂静的地方爆炸了,然后变成电视里见过的腾空而起的造型诡异的云朵。他胡乱捡些剩菜和地里的蘑菇塞进嘴里,巴不得有一个能害他突然死去。

可还活得好好的。老皮感到憋闷和沮丧。他顺着一棵棵杨树的枝头望去,仿佛看见了和玉一起住了好多年的老房子,路西头住着啰里八唆总爱跟他聊天的十一婆,三分之一处坐落着四海茶馆,他还在那儿赢过很多钱哩。就是还没去过没盖好的彩色玻璃房子,老皮记得,那房子的尖顶总在阳光下闪着神秘的光泽,沿着杨树的头顶,人好像能看见那光,真好,还是得去看看,他笑起来。

房子落成那天煞是热闹,周围的人都跑来看热闹。方正开阔的院子里蹲着不知打哪儿来的八门礼炮,四周十几个工人早就挑着长长的红鞭炮分两队站好,十个一人多高的花篮围绕在几米开外的地方,最外一层蹲着一圈石头雕的老虎、狮子、豹子,虽说雕工差点儿意思,可全都摆起来也足够场面了。人们没怎么见过这阵势,在老虎狮子外面围了几圈,倒要看看这是闹的什么稀奇古怪。

吴老板以心愿终于达成的复杂心境朝周围望去,一张张面孔在眼前飞舞着跳动着,和戏台上变脸的面具似的目不暇接。他不再听人们的议论和争吵,只是盯着那栋终于落成的建筑——坚实稳妥的基座,尖得能扎出血来的顶子,东西南北四个方位立起的四根汉白玉柱子上分别雕着青龙、白虎、朱雀、玄武。他心里一阵悸动,礼炮齐鸣,他在众人的簇拥下写了一张字条贴在门口:换故事,一个十块,绝不外传!

四海看见了,念给不识字的十一婆听,又告诉茶馆里喝茶打牌的闲人们。他们蹲在地上坐在沙发上躺在席梦思里,端着茶吃着酒挽着男人女人的胳膊,嘴里碎碎念起一条生财之道:到彩色玻璃的房子去,讲故事!

人人都觉得新鲜,玻璃窗户顶上的烟囱接连不断冒着细白细白的长烟,蜿蜒的石子路上挤满了卖故事的人影。队伍拐了一个弯又一个弯,一直延伸到水边的芦苇丛里,粉白色的毛穗打在人脸上,让人忍不住一个接一个挠起痒痒打起喷嚏。吴老板和善地把钞票递给讲完故事的人,如果他觉得十分乏味单调,就会做个手势来制止人再讲下去。

渐渐地,人们也发现了来这里多赚钞票的诀窍,你得把故事讲得一本正经,瞠目结舌,而又看起来符合日常的因果关系。这样的故事可太难讲了,什么妖魔鬼怪、魑魅魍魉只能换来一两张钞票和一个制止的手势。

吴老板的日子好过起来,每个能吸引他的故事都会让他获得一夜深沉的睡眠。不过,他确实也像个战士一样信守着自己的承诺——给钱!保密!他从那些故事里看到一个个家族的兴衰荣辱、鸡飞狗跳,也看见太多人性的变化无常。不足为外人道也。

四

四海排在队伍的四分之一处,为了抢到这个位置他凌晨六点就起身从家往这边赶来。他有些庆幸这个决定,哈欠从队头延伸到看不见的队尾,他揉了几把眼睛驱赶着深重的困意，口袋里还揣着半瓶清凉油以备不时之需。

开茶馆都没这么上心。四海女人老这样抱怨。

为什么要来卖故事呢？四海问了自己一个看起来非常简单的问题。

为了钱吗？

可又单单为了钱？

他想想好像又不完全是。这几个月，四海已经从自己家讲到了他大舅他二舅他大姨他二姨他姑他老婆他的茶馆，当然这个过程中也不可避免地提到了消失的老皮，神神叨叨的十一婆……再后来，他发现自己居然是个讲故事的高手。如果给他一个钟头的时间，四海能话语绵密滔滔不绝地说上四十分钟，然后喝两口热茶继续讲完最后的部分。他发现说话竟然是个这么有意思的事情，四海保持着有规律有重点并且添油加醋的叙述节奏，他在这固定的倾诉里感到清爽安逸。那些在茶馆里听来的边边角角无疑是最好的材料，四海好生加工一番端到吴老板面前，看似不起眼的东西竟具有了某种超能力，仿佛个个都藕断丝连，它们由点及面在暗地里竟然结成一张结实巨大的网络。吴老板在这张网中来回翻滚蹦跳着，生出数不清的刻骨铭心的快乐，他和四海在这蹦跳翻滚之间抖落一地旧日的尘埃，整个人都轻松了许多。

戴口罩的老皮也能大概看出是老皮。他的光头是附近最干净鲜亮的，远远看上去就是个长势茁壮的马铃薯，所以附近的小孩儿老叫他土豆伯伯。每当刚刚剃完头往家走，路上总会碰见熟人发自内心的赞叹：老皮这脑袋真光溜真圆啊，剃光头真好！他本来想找顶帽子戴上，却怎么都没找着，只从抽屉里翻出一只早就起了细毛的口罩盖住大半张脸，带上一个馍一瓶热水朝彩色玻璃房子走去。下山的路蜿蜒曲折，老皮一边躲避着枯草树枝的剐蹭，一边和它们低声下气地说着什么。

四海远远地在人群里瞥见他，觉得像是老皮，刚想大声喊却又迟疑了一下，他毕竟消失了有段日子，怎么这会儿还能跑到这里来排队？但他对那个光头又感觉格外熟悉，浑圆的形状和冒着黑绒绒发茬子的表面几乎就要泄露主人的身份。四海刚想走过去仔细瞧瞧，却又担心一大早起来排的队白瞎了，就在这左右的犹豫间他已经走到了队伍的最前头，随后踏上闭着眼都能记起的盘旋楼梯。四海看出吴老板今天精神头不错，于是在心里悄悄谋划了一下说话的时间和节奏。

等到老皮将要进去的时候太阳都升到天的正中了，他觉得有些口干舌燥，唇干齿黄，大概是很久没有站过这么长时间而且同这么多人挤在一起，体力和精力都不大能继续支撑下去，他很多次都想转身离开，特别是在前后左右的人无聊得跟他搭讪瞎扯的时候。老皮一言不发，偶尔喝几口水啃几口干粮。周围人看怪物一样打量着他的口罩。"就在这里待着吧，哪也别去。""怎么也要进去看看。"他一遍遍重复着告诉自己，鼻窦的两侧又开始隐隐作痛，发出新一轮不舒服的信号，老皮朝四处望望，那些石头雕刻成的动物都寂然无声地注视着他——

咱们都一样。都他妈的一样！

吴老板从来没见过老皮，他起身把腿放下，本能地保持着见到陌生人的礼貌和拉开距离的坐姿。老皮麻利地摘下口罩，确定自己和吴老板从来都没见过：我一分钱都不要，你只要像你贴的那个条子上说的那样保密就完了，说完我就走，可能再也不回来了。

类似的开场白实在太常见了，吴老板也没怎么当回事儿，他从面前这个中年男人的几句话里判断出他讲起话来必然寡淡无味，但教养和耐性还是让他打算在听完十分钟后再做手势叫停。

老太婆家里藏了一大堆破珠子，她老喊住我说那些珠子能算出来人将来的命数，说我今年要遇到几道坎儿，不过我不怎么信，她那么个快埋进地里的老太婆还能知道我的事儿？不过那个人挺好的，像我妈。我经常过去坐坐搭把手，一个老太婆过日子难呐……先从十一婆说起，虽然没指名道姓。

就要说到四海，老皮思量了一下，要不要提自己欠别人的赌债和蹭的茶水钱呢，还是罢了吧，话头轻盈地跳过这两个不算大的障碍，直奔顺子小时候在四海茶馆受到的褒奖。人人都夸她好看，像个玩具厂做的假娃娃，眼睛鼻子眉毛比别的小崽子都鲜亮讨喜，谁看了都忍不住抱起来亲几口，顺子争气，读书也厉害得很，考上大学去海边上学了……

老皮眼前全是顺子走那天左邻右舍挤在家里送别的场景，谁都说这个娃娃将来不简单，年纪轻轻主意大得很，人长得好看又有志气。他在一众围观者的羡慕和嫉妒的眼神里得到前所未有的满足感,前半生所有的猥琐不堪都被弃之脑后。顺子就是他的太阳,眼下这颗初升的太阳不出所料地散发出柔软温和的光芒,吸引了所有人的眼神和心绪。他记得自己还拿半截粉笔在墙上写了句话:"顺子,世界是你的。"

这故事实在有些太过散淡了,吴老板刚刚想找个话头的空隙制止他,那话却冷不防急转直下拐入另一个弯道,一侧是密林,一侧是万丈深渊。吴老板的面孔定格在一个匪夷所思而又惊恐的时刻,他忘记了时间和钞票的交换。外面队伍里的人忍不住骂骂咧咧,跟在厕所排队时等不及的叫骂声差不多。

吴老板回过神来,偷偷按下了手机的录音功能键。

五

说起收到的那条短信,老皮现在都还将信将疑。玉接到短信的时候正忙着把榆钱和面粉搅和到一块儿放到蒸锅上,手机滴滴答答响起,她擦了几把手就去看。火苗要把锅底烤干了,整个人还没从手机里回过神来。阿洪说,他们的女儿顺子骗了几个人六十多万,跑路找不着了,希望老两口要么把人交出来要么多少还上一些。短信发得客气礼貌,以至于他们看了疑心对方在施行什么骗术。

电话拨过去,阿洪三响四响之后总算接了,机器声轰轰隆隆响个不停,阿洪说他和顺子从小一起长大没想到就这么被坑了几年的工资还找不到人,他软硬兼施地说自己多么委屈多么不愿意报警,但是他们的女儿居然刻了个萝卜章骗了别人六十多万,搞得一堆人天天堵在公司门口蹲着要求还钱交人。还有人不知怎么知道他们俩从小一块儿长大,居然跑去阿洪家没完没了地闹腾。阿洪又发来一张照片,上面有个打着红色叉号的铁皮门,旁边歪七扭八写了几个大字——欠债还钱!!!

"要死了!""真是要死了!"玉惊慌失措地喊起来,老皮熄灭了火仔细听了又听。

"要不咱们替他还一点吧,"玉说,"反正咱家里的钱留着也是她的,这要弄出人命可怎么办?"

"还不知道真的假的呢,报警吧,咱们上哪找她?"老皮不同意。

"报警不就得抓起来,关进去万一判上几年怎么熬得住?"玉说,"我看过了那照片上的门和顺子以前发来的一样。不是骗子,我得管她,出什么事儿都是我的崽。"

"先找着人再说吧,"老皮倒是格外清醒,"今天打不通明天再打,明天打不通咱再说。"

"被人捆了怎么办?我们那欠钱不还都拿麻绳子捆上,再拿黑胶布贴上嘴不让喘气。"玉的声音已经开始颤颤巍巍哆哆嗦嗦,呼吸声和哭声夹杂在一起混成辨别不清的谜团。

"给她打电话,没事儿没事儿,顺子不会的。"老皮一边安抚着玉一边按下那串唯一记得的号码。没人接,还是没人接。一天过去,又一天过去,他几乎要被电话里机械的女声惹得狂躁不安——去他娘的无人接听,你倒是给个人动静啊!

人呢？人呢？

　　顺子像一只好容易逃脱牢笼的鸟，再不肯让人获得半点消息。老皮也不知道该怎么办，眼神中开始散发出微微的绝望。"是的，该管的，怎么管？"——万一被骗了，万一还了也救不了她，怎么办？他想起顺子刚刚来到这个世界那天，一大群亲戚朋友聚在医院的产科门口迎接她，大家等了一天一夜人困马乏，终于再也没有精力撑下去，只有老皮坚持不肯离开医院半步，嘴里啃着冰凉的肉包子立在门口持久而继续地等待——要是孩子出来看不见我怎么办？他不能接受这一点，就像不能接受顺子这么轻易地抛弃他们一样。

　　人的心思总是变化多端，那几天老皮常常发癔症一样每隔几秒钟就要拿起手机看看，又或者莫名其妙听见玉半夜里说要带上所有钱离家出走，更多时候他都搞不清楚自己到底是活着还是死了。黎明的熹微是一天里最难熬的时刻，老皮不知道怎样有序高效地打发掉接下来的二十四个小时，每分每秒对他来说都不啻是一个巨大的难关。

　　决定给阿洪打上十万块钱，那边收了钱后消停几天又开始隔三岔五给他们发短信。不敢报警，可不敢报警，玉每时每刻都在他耳边念叨这句，老皮报警的心思全被浇灭了。他有天梦见顺子倚靠着一块五米高三米长的火红的礁石，身后骇浪滔天乌云翻滚，她朝他拼命呼救直到两人一起跌落深处窒息而死。老皮一口气没喘上来突然惊醒起身，醒来才看见自己还在那个小小的房子里。玉的汗津津的手搭在他胸口上，嘴里不停地絮絮叨叨。

是梅州。老皮在大脑里搜索起那片眼熟的海面。顺子不就在那里打工吗？他猛然间能记得起来那个拗口的公司的名字，半年前顺子回来时还说过自己在那里什么都得管，操心得不要不要的，但这也证明她深得信任大权在握，据说每天手里走的都是几百万上千万的单子。

不能再等了，老皮决定带上玉去梅州找顺子。玉有些疑惑，想去问问神叨叨的十一婆在那儿能不能找着。被老皮一语喝止，都知道了还让顺子怎么回来？这可是她家！玉出乎意料地柔顺安静下来，默默地收拾好吃喝拉撒的东西，还特意去买了两只崭新的行李包。

六

老皮对梅州不能算熟悉，但见到却并不觉得陌生，十年前他和表哥一起来这里闲逛，后来又和玉在顺子家小住过几天。和玉一下火车，他们就赶紧坐出租车奔向海边，天高云阔，海水凶猛，浅滩上一丛丛礁石宛若热带雨林里生殖欲蓬勃的巨型植物，遍体红褐朝天空生长。就是这里，是这里。老皮想凭着残存的记忆找到那块顺子倚靠的礁石，他拼命回忆起梦里的每一个碎片，似乎其中的每条线索都是完成这个拼图的至关重要的一块。

怎么都差不多？老皮和玉在巨石的丛林中翻山越岭，却怎么也找不到出口，回头看看又离沙滩越来越远，他们觉得又一丝希望破碎掉了，两个人仿佛被撕裂的纸片，要拼尽全力才能迈开步伐朝顺子的住处走去。

　　阿洪早早就等在顺子出租屋的门口，红油漆被物业处理后还能看出淡淡的痕迹。"要死了！""真是要死了！"玉从包里拿出一个厚厚的信封递给阿洪。"顺子和你联系过没？""没有。"阿洪低声回答，又说，"让她赶快把钱还上吧，说不定还能少关几年，谁挣钱都不容易，怎么能干这种伤天害理的事儿呢？""对不住你了，我们对不住你。这些钱你能还先还一点吧，也跟人说说找着别为难她，肯定让人骗了……"玉说着眼泪扑簌簌掉成断线的珠子，再说一句都格外艰难。他们和阿洪一起推开门进去，屋里早被翻得乱七八糟，像被小偷抢劫过三五回的现场，三个人小心翼翼翻捡着每一件家具每一片纸屑，希望从中找出一点有用的蛛丝马迹。

　　送走阿洪，他们打算在这里住上几天。屋子里升腾起一缕缕亲切但没法确定的味道，老皮拿出一块手纸开始有条不紊地擤鼻涕，擤完一个鼻孔再擤另一个，玉焦灼地盯着他的脸，希望他能从这鼻涕里擤出什么明白主意来。老皮用力嗅了嗅那股味道，把用完的手纸仔细捻成细细的一条，然后吐出了一个几乎不带任何感情的句子："做饭，吃饭吧。"

　　阿洪再来敲门已经又过去了三天，他出现在老皮和玉眼前时得了疟疾似的浑身直打摆子，头上冒着层层叠叠的汗珠，手里还紧紧捏着两张信纸。他把信递给老皮，信上没有寄件人的地址，但可以判断的确是顺子的笔迹。老皮赶紧拿起信纸念了起来：

阿洪：

　　你知道老鼠是怎么生活的吧，我现在基本就是这个样子。怕光怕风怕人怕有声音，一闭上眼就能看见警察来敲门，我走了，不能再继续住在那里了。

　　对不起。我也不知道怎么就欠了那么多钱，对不起，我还欠你挺多钱呢，但现在看来怕也没法还了。还不起，现在吃饭都只能瞎对付。

　　你知道阿庆对吧，就是上次一起吃饭我带来的那个理发师。没错，他特别喜欢喝酒，你说过他长得很帅，就是看着油嘴滑舌不怎么像样子。可我喜欢呀，喜欢他的脸，他喝酒，他打牌，他给我剪头发，他说能带着我一起赚大钱。

　　我们打算一起发财来着，然后开一家又一家分店。他做的发型特别好看，显得年轻又洋气，我的小姐妹都羡慕我每天都精精神神的。我就想坐在店里当老板娘，收收钱算算账，顺便骂骂不干活儿的小工。到时候咱们就挨着住，我再把爸妈接来，让他们住在附近带孙子孙女，我还能时不时回去蹭饭，你也可以常来，他们一直把你当亲儿子，很想你对我好一点。

　　谁能想到亏了那么多钱。炒股票亏了，网上一个大姐推荐的融资项目也亏了，后来又投资保健品也没挣着钱还搭进去十几万。我和阿庆借了很多很多钱，有同学的同事的也有追我的男人的，原本想翻本了全还上，谁知道赔得一塌糊涂。我还盖了个章子希望蒙混过关，也还是不行。

　　阿庆走了,不知道去哪里了。我找不着他,过不下去了。知道自己运气向来不大好,却没想到原来这么差,倒霉这么喜欢我,像影子一样紧紧跟着我,我爸说我出生的时候就没赶上亲戚朋友都在的时候,总之就一直没什么好运气。

　　算了,拉倒吧,太难了。别找我了,我还不起,不想活了。

　　再见吧,对不起了。

　　不要怪阿庆,他也不容易。

顺子

老皮举着那封信反反复复读了好几遍,他觉得纸上的每个字都认识,但全部连起来却搞不懂到底是什么意思。身体的左上部突然迸发出一种强烈的疼痛和撞击,老皮像根面条一样一下子瘫倒在地上,右手紧紧捂住胸口撞击得最猛烈的地方。玉呆愣愣看着老皮,劈手夺过信纸急切地从上往下看,可目光无论如何也没办法聚焦,四处跳跃散开。

　　要死了。真的要死了。

　　老皮和玉并不知道阿洪拿着信去了派出所。这又有什么要紧的呢?老皮醒着躺了几个小时,浑身止不住地发抖,他听见玉在隔壁的房间一阵高一阵低地哭泣,心里像扎了几排麦芒的倒刺。

他们出现在海边时天已经全部暗下来，玉坐在一块略微平坦的礁石上抽烟，姿态略显生疏和笨拙，老皮一步一步朝她走去，玉身边的包里塞满了所有他们能想到的东西，白酒，安眠药，绳子，衣服，当然还有两个人的证件。

按照他大概的想法，最多一分钟以后他就将从这边走到玉坐着的那块礁石，他们一人分几十个药片然后再灌下去半瓶白酒，倘若决心不够坚决就用绳子帮对方把双手捆上。

礁石的缝隙间老是冷不防冒出水柱还有滑腻腻的一团一团的水藻，老皮不得已放慢前进的脚步，簇簇的贝壳也不时成为他前进的阻碍，一个近乎透明的巨大的海蜇猛然出现在海水之中，老皮刚想抬起左脚闪避却冷不防没站稳跌了进去，海蜇毫不犹豫地伸出伞盖下的触须刺进他的皮肤之中。老皮感到一种从未体验过的刺痛和瘙痒，几口咸涩的海水顺势灌进口舌鼻咽里，一阵趔趄他匆匆忙忙直起身来，四周围早已空荡荡的，像一个独立的星球安宁地自行运转，一丝活物的声响都没有。疼痛和瘙痒又一次像潮水般阵阵袭来，他意识到自己还活着。海蜇的攻击让他一下子产生了莫名的恐惧，这变化莫测的大海深处不知道还会有什么更厉害的东西正做好准备发起攻击，直到他备受折磨，面目全非。想到这里，他一把拎起那只包转身朝来的方向蹒跚走去。

可是，玉呢？

六

　　该来的总归要来，吴老板知道自己为什么要拿钱换故事听。

　　那个梦总是颠三倒四地在夜晚跑来找他，他常常从一身冷汗中惊醒过来，一次又一次看见缺了半颗门牙的小丫头睡在身边的床上。

　　还没长开的小吴，瘦弱矮小的身子顶着个硕大的脑袋，整天散发着一股腥臭、酸腐的气息。他颇为嫌弃自己的味道，觉得像从虾酱缸子里爬出来似的。哪个卖鱼的没味儿？同屋的一个大哥说，习惯就好了，你别看这玩意儿又腥又臭那都能换钱呢，往后要没这味儿了说不定你还睡不着！

　　小吴撇撇嘴坚持换了件还算新的跨栏背心，散发着一股复杂的味道往过街天桥去了。在那里他将花一块钱换一包热腾腾的焦糖瓜子，再拿几个硬币买半袋刚烤好的面包，最后停在说故事的老头那听段八扇屏，在收钱的姑娘转到这之前赶紧跑掉。

　　她是什么时候盯上他的？小吴没注意，直到捏在手里的最后一个硬币碰着一个软乎乎的东西，他才醒过神来。一只惨白惨白的小手正打算把这枚硬币扒拉到自己手里，他愤怒地扇了那手一巴掌，手抖动了几下又伸向盛面包的袋子，他顺着看上去竟然是一双水汪汪的眼睛和一张可怜的女孩儿的面孔，她就那么直勾勾看着，眼里沁满泪水。小吴转身朝天桥的一头走去,女孩儿竟一步一步跟了上来。没办法,他掰下一半面包递过去,她吃完又亦步亦趋跟在身后。又掰下一块。"你走吧!"他劝,"我还没着落呢。"她似乎听懂了又似乎没听懂,可只要他一迈开步子身后就会响起窸窸窣窣的脚步声。他快她也快,他慢下来她也慢下来。

真跟到地方就认了。他暗自在心里许下豪情万丈的诺言。

脚步跟着他停在了楼梯的最后一截,小吴和她一起出现在腥臭臊气的门口。她迫不及待地睡下,把脸歪向他脚头另一边的墙壁,拢着双臂紧紧抱住自己,像条离开河流生息困难的小鱼。他一边往外挑破手掌里带着血水的脓包,一边用脚感受着她的喘息。

野湖扎起了密密麻麻的电网,鱼贩子们都说那里再也捕不到鱼虾了,起先这消息还是星星点点,十天半月后居然汇成了河流。一个走了,又一个走了,他看着曾经叫骂声鼎沸的房顶失魂落魄。"运气太差了!"他蹲在地上哀叹一声,得走了,没法带着她。

她还睡在他脚边,呼吸均匀了许多。两个人一大早并排着走到天桥上,她比来的时候手脚粗大了许多,双眼皮的夹缝中长出了一颗圆滚滚的黑痣。小吴顺手从卖糖的老头摊上拿了根麦芽糖塞进她手里,她感激又贪婪地吮吸起来,那颗黑痣一动一动得像芝麻粒一样。

哥哥咱们去听说故事吧,她牵着他挤进密密麻麻的人群。她回头望向他,又怕落下故事里最热闹的部分,只得前看看后看看格外不专心致志。人群已经一层又一层地围上来了，周围似乎起了浓浓的雾霭把所有人都分隔开遥远的距离，他看不见什么也听不见什么。又是一阵响亮的叫好声，说故事的人牵出来一只头上挂着紫药水的山羊，现场顿时爆发出更加嘈杂的欢呼声口哨声鼓掌声，他一咬牙松开手，悄悄退出了人群垒起的圆环。

她应该过得不错吧。吴老板记起自己甩手离开的瞬间，这些年他常常在阴天下雨时手掌心发麻，这麻木旋即会从手掌扩散到整个胳膊。别再想了，他劝自己，可只要一闭上眼，就能看见她空落落使劲抓挠又什么都抓不住的模样。

七

十一婆家发出一声沉闷的响声，不多会儿她开始拼命哀号，直到终于有人进来。她被彻底遗忘在这院子里了，但生命的气力却足足可以支撑她再胡想乱想上几年，对一个不出门又大脑异常活跃的人来说，这屋子就是一个没有止境的黑洞。十一婆把那串珠子藏在雕着洋槐花的盒子里。她必须得信点什么，就算人没了也能找到魂不是？

她觉得身边格外拥挤，床上睡满了埋头吃食的虫子，地上一个挨一个立着张大嘴的小人儿，就连墙上屋顶上都挂满了蝙蝠、云彩、树叶子和太阳月亮。可她搞不明白，太阳和月亮怎么一起出来了？十一婆挣扎着打算从床上站起来，可不知怎的，两腿之间訇然流下一股不可遏制的暗黄灼热的液体。

四海这天吃晚饭的时候跟女人说起老皮,说自己好像在队伍里看着那个光头了,女人立马义愤填膺地扔下饭碗,质问四海有没有讨要老皮欠他们的钞票。算了吧,四海说,不知道是不是他,再说都过这么久了,街里街坊的,算了吧。算了?四海女人气鼓鼓地把碗里的饭扒拉干净恶狠狠丢在饭桌的空处,那只碗顺着桌子的这头溜达到那头旋转了几圈,终于没忍住跌落下去摔成了白惨惨的几瓣。

"你听,什么动静?是警车的喇叭吗?"四海问。

女人停住脚步侧耳听了一会儿,那声音忽远忽近,由小变大又由大变小,虽然难以琢磨但听起来好像的确是警车的鸣叫。

四海和女人赶紧扔下饭碗跑到大路上去张望。一辆蓝白相间的闪烁着橘黄色灯柱的汽车从他们视线里扬长而去,留下一骨碌泛起的白烟和尘土。

"这是咋了?谁家出事了?"女人问。

"谁知道呢。回家吧,和咱也没啥关系。走吧,菜都凉了。"四海说。

老皮正在小木屋里归置东西,他打算吃几口面就下山去。门砰的一声被几个人撞开,地上赫然多了几条精壮瘦高的穿制服的汉子。他有些生气。

领头的问了他的姓名和身份证号,然后展开一张纸在他眼前晃晃。老皮还没搞明白怎么回事儿,就听见那人带着本地口音一字一顿地给他念纸上的内容:吧啦吧啦,吧啦吧啦,吧啦吧啦……以老皮现在的精神几乎不可能完全听懂记住对方正在念的东西，不过，他倒是隐隐明白了一点，自己得跟他们走。

两人架着他的胳膊把他粗暴地扔到警车上，老皮不敢有半点不满和抱怨，他只是感到有一种发自内心的委屈，更多的则是疑惑不解。

"顺子死了？"他问。

"没有，骗人呢。"

"为啥？"

"逃债呗。"

"玉呢？"

"找着了，前几天被人捞上来的。你和人说好的是吧？"

"嗯。"

说话的人冷冷地瞥了他一眼。

老皮一下子感觉到从头到脚泛起彻底的疲惫和困倦，像涟漪一样无休无止地扩散至全身的各个角落。他完全没办法头脑清醒地撑到最后的目的地，心里那团憋闷着的不断膨胀的气体在对话结束的那个瞬间四分五裂。老皮觉得自己瘦下来了，变成了顺子小时候最喜欢玩的那只彩色氢气球，只是不知道将要飘荡到哪个遥远的不知名的地方去。

他等这一刻好像已经等了很久很久，为什么不早点去那个安着彩色玻璃的房子呢？他问了自己最后一个问题，然后整个人软绵绵地瘫在早就露出浅黄色海绵的汽车座椅上。

困，实在是太困。这次，他终于可以好好地睡上一觉了。

朱一清死后

一

"朱一清死了。听说没?"张浏斜倚着厕所门问我。

"谁?"

热水欢快地一下子兜头浇下,有些径直钻进耳朵,我用力按下热水器开关,竭尽全力捋顺那一小把垂到胸口的鬈发,它们天生就是这样的质地,坚硬粗壮,倔强地朝一边打着弯弯。对于理发师来说,打理这样的头发格外费时且考验功力,因此,我很珍惜和朱一清的相遇,这些年只有他才能让这么一头鬈发服服帖帖。

"幸亏认识我吧!"每次躺在宽大的洗头椅上挤满一头泡沫,朱一清总会笑嘻嘻地来上这么一句。

"可不。"我赶紧讨好地回答,毕竟,待会儿能不能出门就全取决于接下来他的心情和状态了。

"朱一清啊,那个理发师!"我从几缕头发的缝隙里看见张浏挤眉弄眼的八卦神情。他不怎么喜欢朱一清,陪我去了几次思域美发后便坚决再也不光顾,起初我以为他受不了理发师老调侃他急迫撤退的发际线，可并非如此，他就是觉得朱一清没什么真本事，全凭一张脸俘获了众多妇女的芳心，然后进一步把她们变成自己的忠实客户。

　　我完全不能同意他的观点。不管怎么说，朱一清作为一家美发沙龙的店长还是很有几把刷子的，洗剪吹染烫样样在行，并且完全能做到因人而异给顾客设计发型。不过，任何人都不能否认，他长得确实好看。如果你仔细观察，就会发现朱一清的侧脸有几分像博物馆里放着的古希腊男性的雕像，据说他的父亲似乎有一半俄罗斯血统——当然，他本人从来都没见过那位生活在远东的名义上的父亲。

　　死了？！

　　一条粉色的干发巾把我的脑袋裹得严严实实，当一边的绳圈刚好套在另一端的纽扣上时，脑仁顿时有些发紧发疼。就在两个多月前，我还去思域染了头发，和朱一清讨论半天挑选了难度系数颇大的淡紫色。他倒也不嫌麻烦，挤出好几种染膏才调出最理想的颜色，后来又耗费整整四个小时才完成了染发加养护的整个过程。走时，我顶着一头空气感十足的紫色头发让他给我拍照，他只拿起手机示意我回过身去来个背影。就此一张，然后他便点燃一根细细的香烟坐在门口开始吐烟圈。这么说来，那应该是我最后一次见到他。

　　思域美发的群里已经炸开了锅，关于朱一清的各种传闻铺天盖地，其间夹杂着乱七八糟各种各样的表情包，有惊讶、流泪、发呆、叹气，也有可怜、愤怒、吃瓜，当然最多的还是点燃的蜡烛和合十的双手。大家应该从各个渠道听说了朱一清的事情,但眼下还没有人能确凿讲出这件事的完整经过。看来看去,无非是东鳞西爪,捕风捉影。

我赶紧发微信给和朱一清关系最好的理发师小泽,信息发出去半天也没人理睬。小泽在这家店从学徒一点点升到总监,朱一清一手一脚硬把他从一个小徒弟带成了行家里手,六七年下来早就技术过关能独当一面。我想了想又按下他的手机号码,还是无人应答,往常这个响不过十声一定有人接的电话现在却寂然无声。

我怎么都没法接受朱一清死去的事实。群里有些人平日和他保持着极为密切的联系,他们中的大部分的确像张浏说的——都是妇女。怎么说呢?我也没有别的意思,他们会在休假时相约一起逛街、健身、美容。

她们应该比我更知道发生了什么,我想。

大概一个礼拜以前,应该是朱一清邻居家的边境牧羊犬最先觉察到异常,当它结束了傍晚长达一个小时的遛弯后便停在朱一清的出租屋门口死活不肯离开。不管主人怎么千方百计地召唤,那条温顺寡言的边牧坚持一反常态地大吼大叫,就连最爱的肉罐头都不能引诱它离开。僵持了两个多小时,直到主人的儿子儿媳回家,几个成年人才一起把它四脚朝天成功抬回家。但听人讲,这狗一直在门里狂吠,仿佛中邪一般。

在此之前,至少有一个月的时间朱一清基本处于失联状态——这个信息我爬了几百层楼才捕捉到,一些急切地想找到他的顾客大约很早就开始抱怨他不回信息不接电话。

　　这和我对他的印象截然不同，朱一清从来都没出现过这种情况，即便手里有活儿忙完了一定会第一时间回复。他也喜欢聊天，但更多是闲扯，和很多理发师不一样，他不太努力劝顾客办卡，而这往往是美发店最大的利润来源。他只问过我一次愿不愿意办个十次九折的美发卡，见我稍稍面露迟疑便迅速转移话题。在那以后，我们海阔天空地胡说八道，却几乎没再拐到过办卡这个词上。

　　几年前，我搬家来到这一区找不到合适的理发师，小鱼第一次带我去了思域，她差不多隔半个月就要去那修剪下头发，这也正是理发师最推荐的频率。很快我就被拉进了思域美发群，这个群起初主要用来分享理发店的优惠信息，一来二去熟了大家也在里面瞎扯或者卖点二手货。眼见着群成员直奔五百人上限，朱一清把群主让给了小泽，还特意嘱咐他维持好秩序，如果有人捣乱可以随时开除"群籍"。小泽从来没动用过这个权利，他其实不太适合做美发这个行业，话少得像个木讷的学生，只对头发这一样东西感兴趣，朱一清帮人做发型时小泽如果刚好没活儿，就一定站在旁边全神贯注地看着，及时递给他所需要的工具。当年店里有个漂亮的洗头小妹对他表现出特别的好感，他却根本不接人这茬，每天从早到晚忙活。朱一清跟我说过，这个小徒弟很像十年前的自己，一心打算练出真本事独步天下。

　　不知什么时候，张浏紧挨着坐在了我身边，脸上露出一副幸灾乐祸的表情。他的余光应该可以瞟见我的手机屏幕，我下意识挪了个角度，早就想去天桥上贴个防偷窥膜，只是最近一直没有空闲。

"人家说，警察发现朱一清的时候都发臭发胀了。"他把一条汗毛丛生的大腿挪过来压在我的一条腿上，"是破门进去的，费了半天劲，他家那个门锁也不知道有什么门道，要我说，这家伙穷得叮当响还搞个这么麻烦的锁头，真他妈的有病！屁都没有，也没个遗书，要我说，他爸妈养了这么个儿子真是白瞎了，这辈子分明就是来讨债的！要我说……"

张浏的肆意几乎要超出我的忍受范围，几缕头发带着厚重的油脂从他的额头上滑落，看着那又推后了一点点的发际线，我的胃里突然泛起阵阵涟漪。

但话是确凿的。

那条边境牧羊犬狂吠了十小时后，一股难以形容的恶臭席卷了1103附近的几家住户。有人说像盛满臭鱼烂虾的冰箱停了几天电，住得最近的是个化学老师，从一开始就觉得这股诡异的臭味非比寻常，里面貌似夹杂了硫化氢、甲烷还有氮气、胺之类的东西，化学老师很快把五岁的儿子送去了婆婆家，因为从前一天开始，那个小男孩儿说什么也不肯吃饭，抱着马桶狂呕，直到把胆汁都吐了出来。

没有人能想象，面庞干净、头发爽利的朱一清被裹在蓝色塑胶袋里抬出来的样子。警察一进屋就迅速封锁了现场直至离开，后来，朱一清家的那扇门一直被两条交叉的黄色胶带死死封住，据说已经有几家人盘算着卖房搬家了，即便他并非死于非命。

根据警方通报：

2021年7月28日16时10分，先黎市公安局崇新分局荡山派出所接群众报警称，山城区花城南苑A座1103室发出异常气味。民警接警后立即赶赴现场，在室内发现一男性尸体，为思域美发沙龙店长朱某清（男，39岁，黑龙江省海伦市南兴乡人）。经现场勘探、调查走访、尸体检验、视频侦查等工作，现查明该男子系自杀身亡，排除刑事案件。调查结果警方已告知死者家属，相关善后工作正在进行。

二

我决定去送朱一清最后一程。

群里最开始有人提议去殡仪馆参加他追悼会时，压根儿没有几个人响应。张浏的一句话刺激了我，"这人呐，再热闹都是寂寞，谁都不知道最后在哪儿嗝屁"！

凉薄，但，是真理。

送行一般在中午以前，殡仪馆里人烟稀少，一场接一场的送别仪式严格按照时间顺序排列，每个人都戴着密不透风的口罩。毒辣的太阳下，一把把深色的伞从窗口遮住形制各异的小小的盒子。除了恸哭和哀号，此外就都是沉默。

小鱼和我站在树荫下等朱一清出来。

"真没想到啊,人没跑路,可不活了。"她说,隔着棕褐色的镜片,看不清后面的神态。"到底是怎么回事?还看他发照片说在郊区开了分店,花篮摆了两层,生意好得不得了。"我问。"不知道唉,他技术又好人又老实,也不怎么多说话,气质也好。真是可惜了。"

"孟孟,"她喊着我的名字特别隆重地盯着我,"他还管我借了三万块钱!"

借钱?我错愕地重复着。一个清瘦的人影从殡仪馆大门走进来,手里拎着个牛皮纸袋,人走得摇摇晃晃,可方向是冲我们这边来的。

"小泽!"我使劲朝他挥手。这一刻,我们有无数个问题想找他问个明白,可看他晃晃悠悠朝这边走来,却又什么都问不出口。

一阵风吹过,几个塑料袋打着旋儿从我俩面前飞过,其中一只飞到小泽脸上。他冲我们笑笑,四周的上空响起一个机械、标准的女人的声音——我们即将最后一次见到朱一清。

队伍没有多长,同临近场次的肃穆庄重比起来,朱一清的葬礼简直称得上寒酸和简陋,稀稀拉拉三十几个人不消几分钟就全部拥进了这间最小的告别厅。我竭力排除杂念,和躺在正中的他说再见。入殓师的确有着化腐朽为神奇的手艺,让他看上去和平时没有太大差别,依旧穿着浅色半袖衫和蓝色牛仔,眉眼应该是上了妆容,看上去格外清晰。

前面的女孩跟跄几步差点儿摔倒,我赶忙一把搀住扶她到一旁的椅子上休息。

面前的地上立着几个人,忙着鞠躬还礼。有两个女人哭得根本没法控制自己,年老的那个瘦削矮小,被几个人用力夹在胳膊上,年轻的面色凝重而茫然,一脸滴滴答答的泪水似乎还没法理解到底发生了什么。

朱一清的母亲和妹妹,他跟我们提起过。

哀乐出乎意料地停了下来,现场开始不知所措。工作人员匆匆忙忙跑进来道歉,说播放音乐的设备不知哪里出了问题,很快就会调好。朱一清的妹妹抬起头朝四处张望了一下,然而并没动弹,送行的人也就在这沉默里继续缓步前行。

一阵令人窒息的沉默。我放开女孩儿的胳膊打算回到队伍之中,她却上了发条一般冲到朱一清的家属面前,夹杂着哭腔尖声喊叫起来。队伍错愕地停下脚步,呆愣在原地,等我缓过神来,她已经急速扑向朱一清的母亲和妹妹,和她们不分你我。

送别厅一阵骚动,人群爆发出极力克制的声音。眼看三个女人挤成一团,完全分不清谁在进攻谁在防守。很快,几乎所有人都大概听明白了事情的缘由:朱一清管她借了五万块钱,现在人没了,她只空留一张借据不知该找谁讨要。

第一个人冲上去了,又有更多人围拢上前,人群逐渐形成一个不留缝隙的包围圈,并且不断朝外延伸。处在最中间的除了三个当事人外,另外一个便是小泽,他不知道什么时候站在了圆圈的最中间。隔着几层人,我听不清楚他们到底在说什么,人却被挤了出来。小鱼正和我朝截然相反的方向奔走，四周围不断有人围上前去，我看见小泽试图把三个人分开，但却怎么都无能为力。

我有些害怕，要真打起来可怎么办？

躺在送别厅里的朱一清又该怎么办？

一声闷响，人群刹那间归于平静。不知谁伸手碰倒了打头的花圈，它纤细的四脚再也无法支撑起身体的重量，迅速倒向排在后面的另一个花圈，一个又不得已倒向另一个同伴，于是它们无声无息，在不到一分钟的时间内全部躺倒在地上，七零八落，散落一地。如果，如果你见过排得整整齐齐的多米诺骨牌遭受最后一击，就一定能想象出二十几个花圈在寂然中次第倒下的样子。

哀乐就在这时恰到好处地发出声响，我松了口气，赶紧帮忙扶起地上的花圈按次序排好。

一阵忙乱之中，朱一清的遗像微微晃动了几下。

得走了，这儿太难受了。我招呼小鱼赶紧离开，她正在刚才的地方和人辩解些什么。我加快步子退出告别厅，外面的广场上，两队穿着统一制服的工作人员护送着一个骨灰盒朝外走去，人群又从大门里鱼贯而入，被风吹得一抖一抖的。

三

直到后来小鱼拿回了一部分钱，她仍然怀疑这笔钱其实永远都偿还不上。每次见面，她总能把话头引到这上面，出其不意地表现出对这事儿始终心存疑虑。

比如一起吃饭点沙拉和果汁，我选完凯撒沙拉和一杯叫 dirty 的咖啡后，她愣愣地看着我自己点了份烤鸡胸肉："真的很 dirty，要钱的时候谁能想到会还不上呢？"

陪她去改借条的款项和数额，人家分明打了一万给她，小鱼却觉得这笔钱早早晚晚会不经她同意再回到对方手里。死活不肯把借条从三万改成两万，甚至迅速去银行取出来买成金条放在家里。

"人家妈妈妹妹不是努力在还了？"我隔几天就要发给她同样的话。

"唉。孟孟，他们说朱一清欠太多钱了，应该是被别人坑了一大笔，我那点儿可能没戏了。"

说起来，那几年朱一清的确显示出某些不同寻常的轨迹，先在几条马路之外开了思域的第一家分店，后来又在郊区开了第二家，车也换了两辆，每个月一号铁定带着一班兄弟出去团建，大吃大喝。他甚至还寻了个小女朋友整日在店里坐着管些账目之类。有次我按照约好的时间去剪头发，电话响了许久还是无人接听，直到半小时后他才和女朋友从理发店二楼一起拥着下来。楼梯吱呀作响，两个人晃着膀子，睡眼惺忪。

一年四月中旬的下午，朱一清在群里发了一条欢呼雀跃的公告，他租了一辆大巴车打算组织老顾客们去郊区水库踏青。

春暖花开,又到了万物复苏的季节,想不想跟着时尚达人们去寻找新的生命?一起来吧,咱们一起去青山绿水里开心玩耍。只要你来,就送一支院线专供护发素和植物染发剂。

那是我唯一一回参加他们的聚会,小鱼非拉我去做伴。春天的确让人心旌荡漾,深褐色的土地已经冒出了一层层新鲜的绿芽,桃子、李子、苹果、山楂的花朵挂满了枝梢,你都分辨不出哪一种植物在散发香气。水库阔大而静碧如洗,宛若一块翡翠明净地散发着引人注目的光泽。

小泽也在,他和朱一清带着几十个人朝水库旁边草地走去,中间有片小树林,树木之间可以悬挂吊床,扎好帐篷野炊打牌,再往前有一大片拓展教育营地供小朋友们玩耍,即便不是小朋友也可以去荡秋千,走平衡木,玩吊环和双杠。

踏青的重头戏是烧烤和篝火晚会,我完全不能想象朱一清盘算了这么个让人兴奋的聚会。烧烤师傅是专门从市里带过来的,技艺娴熟地给大家烤香牛羊肉、海鲜和蔬菜,一应俱全的调料不输专业餐厅,能拌出麻酱、冬阴功酱、蒜泥、干碟、海鲜汁各种配料。

天光渐暗,篝火就在水库边点燃,朱一清和小女朋友往堆放整齐的木柴上浇了半桶油,两个人仿佛在进行某种端庄的仪式,火光迅速蹿升到几米高的位置,随着微风噼里啪啦迸发出零零散散的火星。我们围拢在这火光周围胡吃海塞。朱一清端着一杯香槟走到篝火边上,另一只手里拎着一串烤鱿鱼。在我看来，他有点儿喝高了，跟跟跄跄要跌进火里似的。

"咱们认识多长时间了？"他拿着串儿伸直手臂指向紧挨着的每一个人。

十年？八年？九年！五年！回答此起彼伏。

"可不是嘛，得有这么些日子了。你们觉得我这人靠谱吗？"他继续问。

靠谱！特别棒，没话说！赞，赞，赞！一排排大拇指竖起来，在烤肉和啤酒混杂的味道里蹦蹦跳跳。

朱一清的脸上露出一种神秘莫测而志得意满的表情，他抡圆胳膊画了一个巨大的圆圈："这是你们，也是我，咱们一起，就成了这里的主人！"他甚至顺手拉起身边的一个姑娘，这一下立马给人一种蓬勃温暖的感觉，女孩儿的动作带有某种魔幻色彩，吸引她周围的人也忍不住投身其中。

顺着他的方向，我和小鱼看见一片空地，其中稀稀落落矗立着几栋房子，更远处用厚实的石棉瓦包围起来，应该正在建什么公司园地。根据朱一清的说法，他打算把这一大片空地连房子都租下来盖个庄园，再租给有田园梦想的城市居民。"咱们一起，然后就成了这块地的主人！"我至今还能回忆起他坚毅、激动的手势："众筹，一起赚大把大把的钞票！你们看那边十几栋联排别墅，都是我一哥们儿赚下来的，每到周末一群人来种地、采摘！"

紧挨着我的一个研究养老问题的男博士猛然被挑拨得激动起来，他坚信如果盘下这么个地方拿出来做种植采摘，再加上养老机构,肯定能吸引很多有钱的老年人。

我能想起来的大概就是这些片段,因为水库边的朱一清实在显露出一反常态的亢奋。一小部分人当时对此表示怀疑,但更多人选择了相信,朱一清相信,小鱼相信,男博士也深信不疑。

四

在我们这个城市的东北角有一座安养院,鲜有人知。所谓安养院,其实就是不想大肆张扬的精神病院,从早到晚吃喝拉撒运动休息都安排得紧张有序。研究养老的男博士后来一直住在这里,篝火晚会之后,他给朱一清的项目投了几十万,后来才知道那些地和房子因为产权问题根本就没租下来,钱自然也无着无落。博士受不了这刺激,带着发家致富的梦想被送到安养院去思考人生了。

有多少人投资了这个项目?我不太清楚,不过有次去相亲,坐在对面的男人聊了四十分钟便要告辞,说来这附近怎么也得去思域剪个头发,我正感慨朱一清居然有这么大名气,他匆匆丢下一句"老板欠我钱,剪头发不用掏钱"就扬长而去。

以后的五六年,包括小鱼在内的人们都不得不和朱一清牵扯不清。店面早就卖出去抵了一部分欠款,但也只够还给极少一些人。群里的很多人一起去派出所报警,警察循例问问做完记录,案子便也没什么动静。起先还有人打探一下,但很快明白这样的事情实在发生频率太高，莫说警察，连派出所门口看门的大爷都见怪不怪。

对我来说，抠门儿再一次避免血本无归，说来说去，也就是拗不过小鱼的劝说在思域办了个五千块钱的美发卡。就这张浏还埋怨了好一阵子，觉得我和群里那些被人忽悠的妇女没有多少差别。说到这一点，沮丧总会扑面而来，倒不全可惜那几千块钱打了水漂，还有就是遗憾很难在附近找到合适的理发师。

美发卡一直躺在抽屉的最深处，直到有一天。

那天是这座城市的一个大日子，放了礼炮，飞了带彩烟的飞机，很多路因为交通管制彻底走不通。当然，假期也如约而至。我打算去附近的小美术馆走走看看，顺便解决下晚餐。不知怎的就走到了那条街的拐角停下，晚上八点多，七彩霓虹点亮了街巷的每个角落，散步的人带着狗从我面前走过，美术馆附近围拢着一小群人，几个花篮在明亮的街灯里透出真诚的可爱。一个穿黑色围裙的男人正忙着招呼客人，椅子上坐着略微不知所措的女孩儿，叶影被灯光投射在她身上，晃动出细细碎碎的光彩。我忍不住多看了几眼，直到被一个熟悉的声音唤起。

"孟孟，是孟孟啊，快进来坐会儿。"

我傻傻地笑着应声而去，习惯性地招手，其实完全没认出说话的到底是谁。

定睛细看，从他口罩上方的额头和眼睛露出一丝熟悉的羞涩与木讷，大脑飞速旋转，终于在一个分区里提取出符合的信息——小泽,他回来了!

"孟孟你以后来找我剪头发吧,你看,这是我自己的店,我知道你喜欢什么样的发型,你喜欢的洗发水和护发素。"

"孟孟,认得这个姑娘吗?"他指向坐在椅子上的女孩儿,她赶紧站起来缩缩肩膀点点头算是打过招呼。

看着眼熟,似乎在哪里见过,但又没法确凿地认出来。正狐疑不决,小泽提醒我,朱一清的妹妹呀,葬礼上见过的。

就这样,五六年的光景好像从没走过,在新店开业的喜悦里无缝衔接到一起。

五

我终于又有固定的地方可以剪头发,再也不用流浪猫一般四处奔波。往椅子上一躺,整个人便可以彻底放空。小泽在店里放了蒲团,沙发,插花,还养了只肥肥大大的加菲猫。

朱一清的妹妹闲时总和那只猫咪形影不离,顺带手帮忙里里外外收拾。不过很快她就成了个出色的美甲师,做一次指甲收费还不便宜。小姑娘把钱细细密密地攒起来,够一千就存进银行,日常除了吃喝几乎很少花销,连小泽有时候都看不过眼催着她去买几件衣服。

说到花钱她总不太爱发表意见,大概在她的印象里,钱只有存进银行这唯一的一条出路。店里女孩子说起好玩的好逛的,她常常一脸茫然,就连第一杯喜茶还是我和别人买二赠一请她喝的。店里人一说聚餐吃火锅,她就说自己最近上火悄悄溜走。下班再晚也不肯打个车，小泽有时候不放心一个女孩儿走那么远到出租屋，就专门绕路打车送她回家。她还加盟了那种上门服务的美甲店，只要顾客从网上下单，不管多远都一定上门提供服务。

这个女孩子太爱钱了，我心里有点瞧不上，上门做美甲，总还是有点儿那个……我连下这么个单子都要左思右想，生怕被陌生人进来钻了什么空子。

小鱼也知道这新理发店开起来了，生意还很兴隆，于是一起约着做头发修指甲。我跟她介绍美甲师是朱一清的妹妹，她愣了一下，说你哥哥还欠着我两万呢，不过人都没了，说这些也没啥意思。

指甲剪在中指尖上蹭过去，咬下一丝粉红色的皮肤，朱一清的妹妹被下了降头一样，手艺大失往日的水准。草草给小鱼打磨完指甲染好颜色，一口回绝了她画上精细的海草和热带鱼的要求。要在往常，这十个手指头她至少要靠画图案收上五六百块。她麻利地脱下围裙放好，从储物柜深处拿出一个卷边的本子。然后一页一页朝后面翻去，隔着一张茶几，我和小鱼只看到纸上写满密密麻麻的小字，却怎么都看不清内容。

见她这副模样，小泽赶紧从店门口走过来："这是小鱼，这是孟孟，孟孟没投你哥的项目，小鱼大概投了几万？"

她仔细地逐一对照，找到了："小鱼姐姐，还欠你两万对不对？咱们加个微信，我过阵子一定把钱打给你。"她一字一句慢慢说完，脸上带有一种病态的苍白，应该是不怎么见太阳的缘故，女孩儿的双手纤细修长，指甲上画着热烈的向日葵花，即便衣衫格外宽大也还可以现出瘦弱的躯干。

过了段日子我才知道，小泽还有些事情没坦白地告诉大家。朱一清的母亲和妹妹已经卖掉了房子和家里所有值钱的东西，她俩都觉得，那些钱终究和自己有关系，就算倾家荡产也得分文不差地偿还。妈妈选择在老家给人做钟点工，洗衣、做饭、打扫、带娃，样样不落，还帮出国的邻居看房子赚几个零花钱。至于朱一清妹妹，本来早就打算在老家寻摸个婆家嫁出去，但最后想了又想，决定来小泽店里打工，无非因为在这儿比在老家能多赚些银子。

我想起她的眼神，和瘦削的身影。叶子散落在她身上，稀稀落落，却有着别样的光泽。

"你很讨厌她吗？"小鱼问我。

"我没有讨厌她啊。"我愣了一下，那时候小泽和女孩儿正忙着收拾地上的头发碴子，两个人蹲下去费劲地打扫出柜子底下的垃圾。她大概听见我俩正在议论她，于是赶忙说要去厕所离开，恨不得脚下有个地洞让她逃遁。

"真没有，"我说，"其实还挺很佩服她，从来没见过这么节省、执着的人。可以不还啊，也真的不容易。"

小鱼回头看向我，店里的其他客人似乎也都转过头来盯着我看，就连墙上的神像听了也笑眯眯地注视着这个方向，在举头三尺的地方凝视着。如果朱一清知道这些，应该也很欣慰吧。等她从厕所出来，我专门走过去冲她笑笑："下次一定得帮忙设计个复杂好看的指甲嘿。"她说："好，你们要来可一定提前告诉我呀。"一抹善良的笑突如其来地浮现在她脸上，在明媚的灯光下灵动活泼，信心满满。

张浏对于我又和小泽接上头深表不满，在他看来，凡是和朱一清有关系的都不是什么好人，搞不好就琢磨着怎么骗钱骗色。

对此，本人完全不能理解。我根本就没有财和色好赚啊，尽管一遍遍这么说，他依然固执，不肯对人的善意心存半点儿期待。后来他甚至每隔几天就叨叨一番，告诫我迟早万劫不复跌入深渊。你说我一没投钱二没献身，还能万劫不复到啥地步？实在懒得搭理他，我在沙发上给自己垒了个临时的住处，不管怎样先落个耳根清净再说。

茶几上摆满了我喜欢的书、影碟、茶叶、咖啡还有零食。张浏去厕所的频率比以前多了许多次，我完全能做到对这些装模作样假装视若无睹。他看得有些碍眼，几次想上前搭讪却很难找到恰到好处的话头，只能悻悻地喝几口茶上完厕所一个人回到卧室的床上。

懒得跟这种人掰扯什么道理，如果那个水泥脑袋还能装进什么道理的话。

中秋节就要到了，对我们家里人来说，这是仅次于春节的一个盛大节日。朋友们送的月饼堆了一地，精美绝伦到让人不忍心拆开。张浏看着满屋子的月饼发愁，就算送完父母送亲友也消化不完，两个人又能忍受多少甜蜜？

我悄悄拿出其中一盒写着花好月圆的月饼藏在衣柜底下，总归也算个祝福和心意吧。

月饼盒子提前几天被摆在小泽的理发店里，他们给它贵宾的待遇，像模像样地装饰上彩带，鲜花，亮晶晶的护肤品指甲油香薰蜡烛，节日的气氛浓烈得不能再浓烈。新店开业以来，这应该还是头一次迎来正儿八经的节日，小泽满心欢喜，想和朋友们一起迎接未来财源广进的又一天。节日给每个人都镀上了一层喜气洋洋的金边，即便心事重重的人也不由自主被这样的日子感染。理发店里胖胖的加菲猫也穿上红绿相间的新衣服，脖子上挂着黑色的领结，一本正经得像个新郎。朱一清的妹妹整日抱着它，喂它吃最贵的猫粮和小鱼干，澡也洗得勤了几回，她的脸上终于露出点久违的笑容，仿若冬天的阳光一样难得一见。

我最后也没有告诉张浏，小泽做出了一个重要的决定，以前朱一清开店时办的美发卡他们全部照单全收，不管以前充了多少钱，全部承认。而且，还按照以前说好的折扣结算。

这得是怎样的气魄？我有些吃惊，毕竟还算一笔不小的款项，怎么就做了这个决定！

"这是我们这行的规矩，"小泽吃着月饼一字一顿地说，"在理发师这个行当里，要是以前的人跑路了，顾客办卡花的钱后面的人都得管上，虽然我们也没啥关系，但这行就这样，毕竟，我也算他的徒弟吧。"他淡淡地扫视一眼，"要是不遵守行规，以后就混不下去了啊，就算再难也得坚持下去！！所有人都一样。"

我无从得知他怎样才做出这么一个决策,金黄的月亮照在店门口的路上,一片空白在黑夜里显出豁达与明朗。这一日,天朗气清,云朵稀少,墨蓝中偶尔飘过一星半点的白,云彩一小团一小团地在天上连不成片。偶有星星点缀其间,被刺眼的灯照得黯然失色。不知道哪家店铺的音箱正在肆无忌惮地歌唱:明月几时有?把酒问青天。不知天上宫阙,今夕是何年。我欲乘风归去,又恐琼楼玉宇,高处不胜寒。起舞弄清影,何似在人间。

转朱阁,低绮户,照无眠。不应有恨,何事长向别时圆?人有悲欢离合,月有阴晴圆缺,此事古难全。但愿人长久,千里共婵娟。

再见，萨尔文

一

　　海洋学院的人都知道，康老师在办公室养了只"龟儿子"。那是只蛋龟，从上头一眼看下去整个龟壳呈现出椭圆形，像一枚圆溜溜的大鹅蛋。康老师查了查资料，才知道"蛋龟"是个笼统的叫法，纯粹是被外表拖累才得了这个名字。再仔细和图片对比一下，她发现办公室的这只和生活在中北美洲海洋里的一种龟十分相似，那个品种被叫作萨尔文巨蛋，据说生性凶猛，喜爱肉食，这让她觉得十分解气。毕竟，这年头不论哪个物种都得摆出来势汹汹之模样，才不会被人捏扁搓圆，随便欺负。搞明白物种起源的第二天，康老师就给它起了个名字，叫"萨尔文"。

　　萨尔文来的时候夏天已经过了一大半，康老师那时还不知道"心颐"是个什么东西。人有时候，还真不知道命运会在什么时候改道，康老师也没想到，一只龟会在她的生活中留下不算小的斑斑点点。

　　这只龟原先的主人是张力教授。教授的母亲从外地来投奔儿子，看见家里这只龟直往后倒退，开始还不好意思说，后来住得和人和屋子都熟了，就理直气壮地要求儿子把它送走。张教授不怎么情愿，夫人更是指桑骂槐半天。老太太也不是吃素的，瞅准儿子儿媳都不在家，一个人跑到学院办公楼溜达了两小时，最后摸进了走廊深处紧挨着男厕所的办公室。

"你是这里的老师吧？"

"是的，您找谁？"

"我一猜你就人好，看着像我大侄女。我是张力的娘，有点事情麻烦你。"

康老师刚刚从午睡中醒来，脸上的枕头印子还没来得及褪下去。地上赫然冒出一个号称同事亲妈的老太太，说话嘎嘣脆，脸上端着一副不高不低的神情。她忙不迭烧水泡茶，叶子还没在热水中滚上几滚，老太太已经消失一次又回来，端着个透明的鱼缸，未来的萨尔文正在里面睡性大发。

"龟儿子"就这么送来了，康老师想起赶紧打电话问问清楚。

教授刚巧在主持一个关于西沙群岛珊瑚礁底栖息贝类的学术会议，从全国各地来的专家学者们正在讨论怎么才能从贝壳的颜色区分出种类。会场实在太小，方方正正得很局促，像一丛珊瑚礁底下的空间。参会的和主持人都三心二意。张力只得客客气气地告诉康老师，把这只龟送给她是自己的意思，因为他相信这么大个学院几百个教职员工里，只有康老师能待它如珠如宝，跟对实验室的瓶瓶罐罐一样精细。

萨尔文的新家其实是学院的一间老实验室，现在基本不怎么用了，六十多平方米的房子被自然分隔成两部分，前边是七八排掉了漆的桌椅，后半部分堆满了各种器皿和实验材料，最后靠墙的铁柜子锁得严严实实，存着不常用的有毒物质。每隔几天，康老师就在这些桌子椅子之间来回穿行，一面用柔软的布擦干净各种物件，一面点算清楚到底放了些什么。没人来时，这里简直就是一间无人问津的仓库，渐渐地，康老师自己也变成了仓库里的一件物品。

最先注意到康老师这些天没来上班的是保洁员王细细。细细个子不高，喜欢浓墨重彩的妆容，两道年久失修的文眉常常成为整张脸唯一的重点。她喜欢打听办公室里的各类消息，那些遮遮掩掩的秘密从门缝和窗口飘出来，被她随时待命的高灵敏度雷达准确接收，八卦让她血脉偾张，融化进筋骨脾肾之中，有些记忆深刻的甚至几年以后都还封印在脑海里。但她很少朝康老师办公室张望，那间办公室太平静了，仿佛冻上了，冻得连丝缝都没有。

这天中午，王细细正趴在保洁员休息室睡得昏天黑地。门发出一声闷响，一个老太太走进了康老师的办公室。细细赶紧捞出一块早就看不出颜色的抹布走上前，血管一张一缩，又一缩一张。康老师对面站着个以前没见过的老太太，手里还端着个鱼缸。细细有些失望，原来是送礼的，看起来也没什么贵重的东西，比院长那边的那可差太多了。

萨尔文来后，康老师收拾架子的频率越来越低，她的注意力都被那家伙吸引了。它不爱动弹，爬行迟缓，但脑袋和眼珠子很灵活，如果你扬手丢进鱼缸一只肥大的虾仁，它恨不能长出青蛙那样长长的舌头。

细细不觉得养乌龟有什么意思，但康老师喜欢。也罢，总比天天对着桌子椅子强。这人哪，连个来串门说话的都没有，老这么下去早晚得憋出病来。前天拖地的时候听说刘主任得了抑郁症，每天不吃药都没力气出门。这么想着，她发现康老师一连几天都没出现在门玻璃里，便不由暗暗担心。每次从门前路过，她都犯一阵嘀咕，还想去物业办公室拿钥匙开门，可又一想这里边要是丢了东西，自己可怎么都说不清楚。

终于又见着康老师。她和萨尔文一起出现在水房里。细细的眼睛迅速活泛起来，像干涸的泉眼突然得到了地下水补给，连忙松开攥着拖把杆子的手在衣服上蹭了几下。

"康老师这几天去哪儿了？"细细终于问出来这个困扰她好几天的问题，说完又有些后悔。

康老师本想敷衍过去，心里却堵着一团乱蓬蓬的棉絮喘不上气。这团棉絮已经在胸口憋了好长时间，再加上水淹污浸，就越发膨胀恶心起来。她听见自己说，没事儿去实验室坐坐吧，说着弯下腰解开鞋带又重新打了个结。那声音从脖子飘上来，传进细细耳朵里，她一把挽住康老师的胳膊，生怕对方改变主意跑掉。

"康老师，你是不是休病假去了啊？"她开口问道，"脸色不大好，是不是哪里不得劲？"犹豫了一会儿又说，"我妈认得一个算命先生，可准可准……"她迅速刹住话头，自己这是干什么呢，人家怎么会信这套神神鬼鬼的做法？

梯子摆出来了，康老师顺着下来就好："算休了个病假吧，可也不是什么大病。女人的事，没那么厉害。"

细细"啧啧"几声，脑袋左右晃动着说："可别啊，你年轻没经验，可得当回事儿。"她那两道年久失修的眉毛挑动得厉害。

母亲也是这么跟她说的，康老师掸了几下衣服上并不存在的灰尘说："还好，就做了个小手术，大夫说还是早点做好……"说到这里，躯干似乎被人拿电锯来回撕扯，小腹开始紧张疼痛卷成一团，完全不受控制。

细细没有征兆地咧开嘴朝上弯了几下，一条腿架起来放在另一条腿上说："你们哪，都有本事又有钱，差不了差不了，让你老公多照顾照顾。"

说到老公，那团棉絮膨胀得更加巨大无边了。

他刚刚调到一家新公司，整天加班加点。每个不用加班的晚上，总喜欢绕远路去一家卖进口啤酒的便利店，等一瓶酒都倒进胃里，人刚好走到家门口。夜晚降下一重幽玄柔和的纱幕，让身在其中的人心旌荡漾。但等目光扫到自己住的榕湖小区 A 座 5 单元 1302，就会蓦地暗淡下去。

钥匙声响起时，康老师其实没打算看见他，可心里忍不住荡起一层层冒着白沫的涟漪。他的嗓子里刚好卡着一口什么上不来也下不去，停在门口咳咳咔咔半天，最后终于吐到离家不远的电梯口。康老师已经懒得开口了，通常情况下，她能忍得住。

门外的人经过一番努力喉舌清爽地走进来，腋下夹着一卷从单位拿回来的报纸，这一卷怎么也得攒个三天。他瞅准卖废品的市场里报纸比其他东西更值钱，每隔几天就偷偷抱回一堆码在阳台上。报纸在阳光下难免发黄变脆，他特意寻了两块塑料板搭在窗户外面。工程竣工时他眉飞色舞地搓着两只手表达对自己的敬意。康老师走过去从晾衣架上拿了晒干净的内衣睡裤飘进卧室，一连串带着黏稠鼻涕泡的喷嚏呼啸而至，她觉得就是这堆破报纸害得自己鼻炎一再发作，更令人绝望的是，看上去也没有半分治愈的可能。

很长时间以后，康老师都没办法像别人一样从容自在地说起在医院的感受，她不愿意回忆那几天的经历，她需要一种莫名其妙的体面，就像一只土鸡马上要被煎炸烹炒，也得踱着不紧不慢的步子告诉同伴，只有自己配得上四川的辣椒、重庆的花椒，和第一道新鲜压榨的花生油。

二

康老师正盯着萨尔文发呆，电话响了十几声她才拿起听筒，仿佛从来就不在意到底谁想找她。铃声一响再响，她这才从心事里逃脱出来，歪着身子伸长一只胳膊。竟然是张教授的妻子李美丽说要来看看他家的乌龟。康老师的语气变得骄傲起来，几根纤细的手指忙着解开缠绕成一团的电话线。她一下子成了个自豪的母亲。

人没到，炖排骨的香味先飘进来了。

李美丽和她的名字有点反差，她的骨骼高大粗壮，整个人厚墩墩似一堵围墙。如果硬要用一个词来形容她，那就是大——眼睛、鼻子、嘴巴、手脚都大，连五官之间的空地也比别人大得多。

排骨的分量和李美丽的体格十分匹配，一只乳白色的塑料袋里挤挤挨挨盛满浓油赤酱的猪肋排。康老师有些无措，没想到萨尔文的亲妈居然使出这么高规格的礼仪。李美丽倒没有半点生疏和不好意思，一屁股坐在康老师对面的椅子上。她麻利地解开塑料口袋的活扣，从衣服口袋里掏出张卫生纸撕成两半，又把其中的半张塞回原处，垫着另外半张拿了块排骨，非要康老师马上品尝。

"吃还是不吃？"康老师还没从萨尔文亲妈的热情里缓过神来，鼻子和嘴巴之间就晃动着一大块酱红色的排骨，她毫无招架之力地接过那块可疑的排骨，肉的纤维充满了整个嘴巴。香，真的香！

李美丽把萨尔文端到跟前来，硬要撕扯几根肉丝给它尝尝。康老师本能地想制止，但还没咽下去的排骨堵住了喉咙，只能转身去水房洗净手上的油星，折回的路上又开始替萨尔文担忧，它每天只吃龟粮和虾仁，能吃排骨吗？可又一想，自己吃得，它怎么就吃不得？

等再回来，鱼缸里已经多了只彩色的塑料小鱼和一丛水草。李美丽用一块干净的百洁布小心翼翼擦拭着鱼缸的外壁。康老师想起有次去爬山,他们一行人在深山里偶遇一座二十几米高的佛像,大家仰头注视着佛像,久久都没人说话,最后一个接一个跪倒在地上。

如果你仔细观察正在擦楼梯的王细细,会发现她特别具有谍战剧里女特务的特质。作为一个特务,她的基本功格外突出,比如看上去全部体力精力都集中在污渍上,实际两眼的余光已经从楼梯的缝隙看到了下一层正走上来的人影。

李美丽又怎能逃出她的法眼?她拎着塑料袋一上楼来,细细首先闻出那是一袋刚炖好不超过一个小时的排骨,酱油的味道占据了压倒性优势。接下去就是狐疑,她们在实验室聊了将近一个小时。再侧身细听,偶尔能听见个把词句,但完全没法构思出一个圆满的起承转合的故事。

这天周五,雨下得湿答答的,让人心烦意乱。萨尔文一到这样的天气就格外兴奋,康老师把它从鱼缸里捧出来放到了地上。下午三点钟刚过,天已经阴沉得像傍晚一样,康老师打开日光灯,萨尔文兴奋地朝着门口奋力划行。一股新鲜的凉意从门口扑面而来,随后进来了潮湿的气息,李美丽那张阔大的脸庞随即出现,雨水从额头的中间滑落下来,施施然走了一会儿。

李美丽看起来有些沮丧,把一袋子青皮核桃放在桌上,右手手掌的纹路间渗出绿色褐色的痕迹。顺着核桃,拐到了婆婆,核桃是婆婆老家亲戚寄来的,婆婆可真是讨人厌。

倾诉像注了水的猪肉泛出一层浅白，康老师开始信马由缰地走神。门突然被撞开了，跌进来两道深浅不一的眉毛，她端着水杯的手哆嗦了一下，才认出跌进来的是拎着扫帚的王细细。

局面很难说不尴尬，细细也有点磨不开面子。可她很快镇定下来，从裤口袋里掏出一盒曲别针递给康老师——她刚巧从外面经过捡起这么一盒东西，笃定是康老师不小心落下，所以特意推门送进来。这样的说法虽然没法解释不敲门的状况，但屋里的人显然没什么心思继续追究。细细带来了一个后来被证实的消息，康老师和萨尔文的消停日子面临着被打破的危机，学院打算重新组合排列办公室。这不算什么大事，但康老师一个人泡福尔马林惯了，一想到要跟新来的人打交道，就暗暗涌起一种不明所以的焦虑。

可终究要搬，也没什么法子。

三

雾气昭昭，雨水漓漓，空气潮湿得能拧出水来。康老师忙着归置东西，打包行李，那些平时看上去条分缕析的图书、药品、瓶瓶罐罐竟然张牙舞爪地狰狞，好像打开了个潘多拉魔盒。前前后后折腾了整整一个礼拜，她不得不认命了。

细细拖进来几只牛皮做的壳子，变戏法一样把原来平整的纸壳三下两下捏成几个立方体，又拿透明胶粘得结结实实，在地上码放出一座纸的仓库。这个突如其来的田螺姑娘实在太及时了，细细不紧不慢地兜了一圈说："康老师，搬东西得先分个类，然后再装箱，你得写明白。先拣重要的东西装，得有个顺序，顺序！"她说最后一句话时特别像个挥斥方遒的将军。康老师看着她的脸，觉得每个字落在地上都铿锵有力，银钩铁划。

天地大乱，李美丽又来了，她从包里掏出一部簇新的手机，看着是某个品牌的最新款，这完全有违她一以贯之的勤俭持家之道。还没客套几句，她已经解锁了屏幕递到康老师面前，全不顾对面人的反应。

李美丽要给她看的不是手机，而是屏幕上第一行第三列的一个红色图标，图标看上去是三个"手"字的变体组合起来的，头上站着个"人"，看上去是一个房子里住着一家三口。红色图标有个响亮的名字，叫——心颐。听她的意思，要是下载了就相当于开了个全球供货的连锁超市，自己买东西能省下银子，卖给别人还能赚钱。她这个月已经赚了三千多，全家吃喝拉撒基本齐活。李美丽快速地划出不一样的页面，这个是注册登录账户，这个可以下单，那个链接点击立省六十元……

康老师从没听人说起过这么个东西，满脑子都沉浸在打包的杂七杂八之中，没心思听李美丽豪情万丈。她怨愤地比较着面前的这个女人和还没来敲门的王细细，一杆秤高下立见。李美丽没注意康老师在想什么，现在她最想实现的目标就是说服康老师也下载这么一个 APP 交上三百九十八块钱年费，那就可以一起"自用省钱，卖货赚钱"。

细细推门进来，点点头算跟李美丽打过招呼，赶紧拉开办公柜归置东西。李美丽浑然不觉大家都忙着，她把刚才的话跟细细重复讲解了一遍，手机在氤氲之气中不断闪烁，那些句子竟然产生了一种魔力，钻进了细细淤塞的双耳之中，省钱，赚钱……赚钱，省钱……她装东西的动作渐渐迟疑、缓慢下来。

实验室里仿佛进行着某种神奇而权威的仪式，一个女人坐在椅子上庄重地擎起一只小小的手机滔滔不绝，两眼炯然放光，像天地之间照亮万物的启明星。蹲在地上的两位虔诚地聆听，心绪已经完全被那只手机所吸引——一个从未有过的世界向其中一位打开了大门，从那里传来的不是一个普通的声音，而是她后半辈子全部的期待和渴望；另一个却有点出戏，偶尔听进去的只言片语也顺着身体的其他器官飘散开去……

康老师注视着李美丽的模样，那是多少年前的戏剧节目里随处可见的动作，一举手一投足她都记得清楚深刻。在这个最慷慨激昂的时候，李美丽不自觉地使出了曾经最招牌的动作，也可能是她迄今为止唯一记得的舞蹈姿势。

王细细把那些话原原本本甚至添油加醋地全听进去了，她很快响应号召在手机上安装了一个红色的图标。这哪里是个小小的图标？分明承担着她翻身解放成为人上人的宏图大业。"三百九十八元算什么？我一定会赚回来许多个三百九十八！"她在雨天里暗暗下定决心，心里升腾起许许多多个火红而炽热的太阳。

四

在"心颐"庞大而数目众多的连锁超市店主群里,李美丽和王细细身处同一个微信群组,两个人的昵称使用统一的格式,细细的是"美丽+王细细",而李美丽的则是"安妮+李美丽"。很明显,从她们的昵称里可以清晰地看出各自的归属和来源。

康老师也被她们硬生生拖进群里,和其他人不同的是,她名字前面没有任何符号,这也就意味着她不属于任何一个人。群里大部分人都热爱发那种写着好多个零的战况和喜报,他们需要这样的鸡血洒遍全身。还有一些人喜欢发那种实用的素材资料。当然,还有很少一类偶尔晒晒自家的娃和宠物,康老师喜欢看的就是这部分。

细细赚到钱了,虽然只有一百三十块钱,但这是第一笔!她带着几个亲戚一起买了十几箱牛奶,"心颐"的零钱包陡然出现了一百三十元。她把到款截屏发给所有微信好友,还特意给李美丽发了红包,与此同时她的眼前现出明晃晃的画面,宽敞的大别墅,满地奔跑的女儿,金贵的洋娃娃,崭新的汽车。那个红色的图标温暖而美好,就像李美丽告诉她的,那是家,是所有人都盼望的和美富足的家。

康老师对赚钱没什么太大兴趣,她在群里发现了一个好玩的店主叫"爱你一万年+尼禄"。他很少分享自己赚钱的战况,时不时贴几张自己养的法国斗牛犬和乐高积木的图片,这让康老师觉得尼禄是个男人——就没见几个女的喜欢这种长得又丑又胖,除了吃喝拉撒只会睡觉打呼噜的狗。

尼禄住在海滩尽头的一座院子里,小院背靠山壁,是沿海别墅区的第一座,夏天树影婆娑,海水的咸腥顺着三角梅的枝梢飘来。星期六、星期天,还有所有的节假日,尼禄都会开车来小院住上几夜,当然要带着最心爱的宠物狗。

"康康康"的头像出现在通讯录里请求添加好友,尼禄从戴着蝴蝶结的小白兔头像猜想她大概是个女人。对方不太会聊天,只是说自己很喜欢他的狗和乐高玩具,希望能看到更多的照片,没说几句就偃旗息鼓了。尼禄倒上一杯酒,站起来把桌上的面包渣收拾进垃圾桶,拿起手机冲正打呼噜的爱犬按了几下,他仔细看了一下狗的大鼻孔和大嘴巴,心满意足地传给"康康康"。"康康康"也给他发回来几张照片,是只乌龟,图片下写着五个字——它叫萨尔文。尼禄认出来这是只蛋龟嘛,很多年前自己养过一只,后来趁乱逃走了。

康老师把群昵称改成了"尼禄＋康康康"。李美丽和王细细气得直蹦,每人轮番发来一条条六十秒的语音轰炸。康老师没说什么,给每人发了个害羞的表情,又郑重其事点开了红色的图标。她挑中了几包消毒湿巾,又看上了一种全是法文的清洁剂,价格当然不便宜,她没犹豫就放进了购物车,下了一件真丝睡衣的单,为清洗这睡衣还专门配了一小罐清洗真丝的洗涤用品,一路接二连三点下去,购物车里堆起七八样东西,她赶紧结账走人。红色图标里弹出两条新信息,一条提醒她得到了三十元返券,另一条告诉她尼禄有三十元的收入进了账。

她已经全被那个红色的小图标吸引了,每天打卡一次可以得二十分,在朋友圈分享一个链接能得五十分,发布自己录制的推荐视频得到的分数从一百起跳。这些分数到底有什么实际用处?她也没想过。

大嗓门的李美丽居然摇身晋级"带教一段"!消息宣布的三十秒里,微信群齐刷刷地列出整整齐齐的"恭喜发财""欢迎进阶"。等康老师看见时,手机里已经躺着十几条细细的语音信息,细细很是气愤又有些瞧不上,说李美丽无非仗着脸皮厚一次次地拉人入伙,其实也没什么本事。康老师无意瞟见尼禄夹在中间刷了一朵玫瑰,下意识地紧随其后也点了一朵,这才反应过来估计自己已经惹毛了细细。

在比学赶帮超的热烈氛围里,细细没过半月也成功晋级,脸上又是笑嘻嘻的模样。她新做了发型,染了亚麻棕的颜色,还剪短烫了蓬松的微卷,这么一打理确实年轻了几岁,但和实际比起来也大差不差。

康老师和尼禄每隔几天就发几条微信,无非交换一下宠物的照片,还有最近乐高又出了什么新的积木。尼禄觉得"康康康"有点意思,和他在这个群里认识的人不同,她纯粹是来解闷的,不过也不是什么坏事,他在"心颐"赚到的零花钱有三分之一都来自"康康康"。但她的进步和他一样缓慢,足足半年过去,"康康康"居然还是普通会员,他就更甭提了,当初要不是被姐姐死拉硬拽根本不可能下载这么个玩意儿。

一年快过完了，每到年末人就跟坐了过山车一样天天被抡在半空中应付各种杂事。实验室早就装修完毕，原先说好的两个人嫌这里有股奇怪的味道找了借口各自搬走，只剩下一个不知哪位神仙的家属全不嫌弃这里——也是，反正人家年纪大了身体不好不怎么来上班。康老师和萨尔文差不多维持了原先的生存环境。办公室的门开开合合，她的另外两个朋友像戴着头灯的矿工一样频繁出入，试图和她共同探索把"心颐"做大做强。"守着一座金矿，怎么能不努力前进呢？"有一次李美丽又摆出那个经典的舞蹈动作，真诚地发出诘问，挥起的右手差点把萨尔文打翻在地。

打开"心颐"，过年的气氛更像那么回事了，主界面上挂满喜庆的红气球和金色的大礼盒，随便点一下就能捡上块儿八毛的红包和几十块钱的礼券，正当你美滋滋的时候《恭喜发财》的歌声就会响起，声音里透着实在和真心。更让人欲罢不能的是，这个"心颐"每天还不固定时间抽奖，虽然奖品就是些小家电牛奶卫生纸，却已经能够让成千上万个忠诚的店主欢呼雀跃，摩拳擦掌。李美丽和王细细除了吃饭睡觉，几乎所有时间都盯着 APP，两人的手机电量总是捉襟见肘。

更让人激动的还在后面，"心颐"要去海边举办盛大而隆重的年会，据说这也是公司成立以来规模最大、出席人数最多的一次，CEO 肖满满和形象代言人萨萨会带上一众高管齐刷刷亮相。

"那里的海可蓝得不一样呢，我看视频里的鱼都能飞出来。还在沙滩上开舞会,我这辈子都没跳过舞。"李美丽传播着不知从哪儿听来的消息,"还有抽奖,大奖是一台电动汽车。"她细细盯着手机,根本顾不上抬头看一眼。这半年她已经奋起直追升为"铜牌带教"了,再多卖上两万五千块就可以升级为"银牌带教"。

康老师正一张一张地欣赏尼禄发来的照片,他新买了一套乐高复刻版的星球大战人偶,和她上大学时弄丢的那套一模一样。她忍不住把照片放大再放大,直到零件的细节都变得模糊起来,她产生了一种奇特的感觉,过去的时光以一比一的比例精确地复制在她面前,连人偶站立的角度、姿势都毫无变化。

五

"相思豆"的菜以辛郁热辣的湖南菜为主,味道却不错,再加上价格公道,开在学校周边拥有了一茬又一茬食客。来下馆子的老师比学生多,几个人围拢一桌开上几瓶自带的白酒啤酒,时间稍长一点,就会有人黏着舌头抢话,还有的早趴在桌子上睡过去了。

三个女人迈着急促的碎步走进"相思豆",屋外凭空刮起一阵天昏地暗的妖风,吹得人一头一脸的枝叶尘土。为首的一个先进门坐定,摊开一本薄薄的菜谱斟酌,另两个只是捧着手机,对吃什么喝什么显然缺乏足够的兴致。

"888 的票没了!"李美丽拍了一下桌子,网速太差了,两千张票都抢不着。

王细细有点似是而非的意思:"真要去啊,不说网络直播吗?在家看不也行?"

"那怎么一样?我要见肖老板!肖老板!!"

康老师张罗完饭菜酒水,才腾出时间刷"心颐"年会的抢票页面,在她看来,能去海边玩玩也不错。尼禄会不会去?她把一天的打卡转发任务完成,给那个熟悉的头像抛去了这个问题。

群里的抢票信息不断刷新,每个"成功"的字样后都会出现一整列祝贺,抢到票的人俨然中了五百万彩票。

祝贺"康康康"抢票成功!祝贺"康康康"抢票成功!……

祝贺"康康康"抢票成功!祝贺"康康康"抢票成功!……

祝贺"康康康"抢票成功!祝贺"康康康"抢票成功!……

突然跳出的信息立马让饭局的另外两个晕头转向——康老师抢到了1888的门票,此刻,她无疑成为三个人中纠结最少动作最快的一个。李美丽赶紧咬牙切齿跟上抢了一张。细细又能说什么呢?巨额门票着实贵得肉疼,可两个姐妹去意已决,自己也不能拖她们后腿。

桌上添了三瓶冰镇啤酒,三缕白烟从瓶口升腾出来,水滴顺着瓶壁缓缓流下,三个女人满怀期待地注视着服务员打开瓶盖——

去海边！一次多么激荡人心的伟大旅程，成年以后她们基本上都没再有过这样充满激情的远行时刻。对其中的两个人来说，财富指引着她们前进，那里怎么会只有阳光、沙滩、大海？最炫目的当然是肖老板上天入地的宏伟目标和独辟蹊径的致富法宝。无论花费多大的气力，她们都甘之如饴。而对于康老师来说，这样的激情不太充足，但见到尼禄也算不小的动力。

黄头发的服务员吃力地端上来一份巨大鲜红的剁椒鱼头，鱼睁大眼睛盯着桌旁的三个人。她们便不再说话，端起倒满冰啤酒的杯子碰了一下，各自送到嘴边试探着抿了一小口。服务员看出她们不怎么会喝酒，就断了劝酒卖酒的心思，寂寥地朝吧台走去。

她们很快就尝到酒的好处，话也多起来，从充满光明的远方聊回到眼前。三个女人很快密谋达成了一个共识：带萨尔文去海边！它是属于大海的，该去看看真正的故乡，顺便见识一下她们的伟大圣境。

小城离她们住的地方不算太远，坐上高铁两个半小时就能抵达，"心颐"给全国各地来的"亲人"安排了当地最豪华的酒店。康老师她们一走进门就被大堂正中央立着的雕像吸引了。雕像是照着《美神的诞生》制作的，但应该来自附近的城乡接合部，美神脚下蜿蜒着一条鹅卵石铺成的小路，喷泉的水流从这里涌向前方的鱼池，头和身子的比例有点不协调，石材看起来也粗糙得很。背景是一整面浅金色浮雕，画面的中央被游动的大鱼和海龟所占据，四周则爬满了各种各样的鱼虾贝类。

一进房间,康老师先把萨尔文从托运来硬挺挺的包里拿出来,她专门给鱼缸配了个不大不小的盖子,周围一圈拿透明胶封住,又在盖子上戳了几个小洞。鱼缸摆在阳光明媚的窗台上,不远处就是人声鼎沸的海滩,虽说这海比照片里差太多,但看上去和萨尔文也算般配。

"心颐"的队伍比她想象的庞大太多,报到的人群从早上延续到晚上,围聚在一起挤满那张画着巨大红色 Logo 的桌子。不过里面明显女的更多些,年轻女性的比例就更高。康老师散步时就在想这个问题:男的呢,那群男人为什么不喜欢这个伟大的事业呢?

1888 元的门票里包含三个重点项目和其他一些零碎活动,这三大重头戏用印在海报上的话来说就是——"改变你,改变你全家!"王细细和李美丽一下子被手里的海报激扬起来,说得多好啊,改变——从里到外,由上到下。

第一个全员参与的项目是"说出你的故事",有点类似以前各大电视台都喜欢的那种情感倾诉类节目,也很像美剧里戒毒戒酒机构惯常的桥段。活动一开始,大家每十五个人组成一个小组,手腕上戴着统一颜色的塑料手环,胸前别着和 APP 同款的徽章围成几十个圆圈。

"朋友们,说出你们的故事吧!和你们的亲人讲讲,你们怎么来到'心颐',加入我们这个大家庭的!"一个温柔的女声从宴会厅的扩音器里传出来,大家都四处张望,传说中的肖老板和代言人并没有出现。

现场顿时有些聒噪，几十个组的诉说同时开始了。说着说着，第五组突然传出了一阵哭泣声，康老师起先有些怀疑自己的听力，但很快她就确认了这声音的来源，一个身穿棕色套裙的胖女人正隐忍地抽泣着。更多的哭泣和哀叹加入了这起先并不显眼的动静，声音越来越响亮，逐渐汇聚成宴会厅后方的主流，紧接着又蔓延到四面八方，瘟疫一样无法阻挡。康老师瞠目结舌地环视四周，一张张面孔开始扭曲、变形，数不清的嘴巴一开一合地动着，成千上万只眼睛在流泪，还有数不清的鼻孔正发出怪异的抽动声。

李美丽的嗓门在这杂乱无章里如雷贯耳："我以前就是个特别普通的人，日子也过得没什么意思，自从加入'心颐'之后，这辈子都不一样了，还有这么多亲人朋友。我们一定能改变命运，不光改变自己！还能改变别人！改变世界！我是个能改变世界的女人！"李美丽又经典重现了那个舞蹈动作，两只手一上一下在胸前比画，说到激动时还向后方踢出一条腿。那个动作堪称她人生的巅峰，以至于一只黑色高跟鞋没跟上她的节奏飞了出去。

康老师没看见尼禄，这些小组分成的圆圈不光盛满了这个宴会厅，还占据了隔壁三个大厅，她有些失落但又很快打起精神，即将轮到她讲述自己的故事了——怎么也得编上个冠冕堂皇听起来高明一点的去讲。

有个晚上举行了一场热闹的篝火晚会，晚会的中心是一团看上去怎么都不会熄灭的火把。主办方有先见之明地做了包场安排，大家松散地围坐在海边，等待厨师摆好栈桥上的自助餐盘。厨师们从这些端着红酒威士忌的人中走过，脸上一副见怪不怪的神情，每到夏天，这个酒店总接待一批又一批这样的团客，他们喜欢坐在沙滩上胡说八道，反正这世界上莫名其妙的人和天上的星星一样多。

康老师没忍住给尼禄发了个微信，文字改了几遍才发送出去，问他愿不愿意看看萨尔文本尊。隔了十几分钟，一条信息弹出来，尼禄说他的狗病了，所以这次就没法见面了。康老师眼里的灯都灭了，本来准备好和他分享的东西全都卡在手机里，她没再回任何一条消息，趁人不注意溜回了房间。

月光之下，一群人正围着篝火歪七扭八地唱歌跳舞，甚至谈不上什么舞蹈，只要保持一个圈就算圆满，康老师惦记着自己的那个圈，她有些懊恼自己的冲动。萨尔文早就饥肠辘辘，龟甲的一侧被月光照出了铠甲的光泽，这光泽此刻竟然给了她一丝安全感，它不光护卫着自己，也护卫着面前的"康康康"。

李美丽和王细细都没注意到康老师早早离开了，她们又被拖进了新的群组——心顶会，据说这是"心颐"的高阶卖家才能进入的群组。新群组里的红包都五百元起步，两个人装模作样喝着葡萄酒，精力全集中在抢红包上。

年会的最后一个重头戏——"红毯金典"终于来了，两天前群里已经通知，组委会将按照不同的级别给大家发放着装，女士统一晚礼服，男士则是西装衬衫领带。当然，派对结束后这些东西都得哪儿来的回哪儿去。所有人都开始期待自己的行头，毕竟这些要走红毯的模特基本上还都是头一次穿正装。

一件金色无袖的晚礼服送到王细细手里，裙子的腰身收得紧致，裙摆微微张开像个喇叭，无数闪闪的亮片点缀其间。她对着镜子迫不及待地试穿，尽管素面朝天，镜子里的那个人却完全陌生，她觉得那个人有点神奇，有点好看，以前在电视上见过很多这样的女人，学校里也有不少这样的女人。但她，从来不是。

康老师拿到手的就普通了些，甚至还不如李美丽那件宝蓝色的短袖及膝礼服裙，她的这件看上去不怎么能登台走秀，乳白色的布料软塌塌勉强织成一件裙子，领口处镶着的暗花金边分明是十年前小商品市场里卖的货色，袖口还有几道看不出颜色的痕迹。她决定穿自己衣服去，那条买了几年的小黑裙怎么也比这个强太多了。

王细细和李美丽一下午都忙着做面膜化妆。在康老师看来，她们的妆容已经浓郁得上台唱戏都过火几分，但两个人还是互相鼓励着把嘴唇涂得更加红艳，令人多看几眼都不由得害怕起来。

肖老板坐着加长的黑色轿车来了，身旁坐着身着浅蓝色长裙的代言人萨萨。他站起来朝人群孔武有力地挥了挥手，挥到的最高点只比萨萨高一头左右。仿佛一颗炸弹丢进人群，尖叫声从一点连成一线瞬间成片爆发，挥手的肖老板和萨萨天神降临一般让人们如痴如醉。

一个个穿着礼服的男男女女走上红毯，这其中的绝大多数没有任何这方面的经验。他们用尽全身力气屏气凝神，特别要收起本来突出的小腹，挺直微驼的脊背，还有没穿过几次高跟鞋的女士走起来颇有些胆战心惊，生怕一不小心被拖地的裙摆绊倒。细细好像完全没有这方面的困扰，虽然她也是第一次穿这样隆重的衣服鞋袜，但好像天生就能驾驭这套装扮，走到红毯上还有工夫学着明星的样子招手致意。她甚至无师自通地学会了对着镜头停几秒钟再往前走，两道年久失修的眉毛因为画得黑重也不显年月，她满怀真情地陶醉在这十几米红毯中。

短，实在是太短了！

红毯通向一条金光闪闪的大道，这路的终点是财富，和谐，幸福，温暖……至少肖老板在舞台的黄金分割处就是这么说的，他竭尽全力地号叫，否则现场密密麻麻的人头都没法听清并且记得这真谛。舞台上方的彩色顶灯不停地转动，几道追光灯的光柱不停打下来。台上的气氛热烈非凡，又有几个人不知从哪里钻出来站上去了，还有个坐着轮椅的年轻姑娘被推上台去。肖老板做了个暂停的手势，人群从沸腾中逐渐平静下来。话筒被放低了几个身位传给轮椅上的女孩，她开始讲自己的故事。康老师正给尼禄发微信东拉西扯，没留神听她到底说了什么，等再抬头时台上的人都已经泣不成声了，蓝色的萨萨蹲下来抱住轮椅上的姑娘。

不知什么时候,细细也冲到台上去了。

康老师仔细听了几回,才听懂她的嘶喊:"我可以,你们为什么不可以?"

"可以!""可以!"喊声一浪接一浪,仿佛巨雷在暴风雨中炸响,远处海浪阵阵,透过窗户传进来。一时间雷声与浪声交相辉映,仿佛能把人的心脏震碎。

康老师再也受不住这激动和吵闹,跌跌撞撞地逃回房间。

萨尔文仿佛感受到了这个夜晚的躁动,一反常态地四处碰壁,它以决绝的姿态一次次撞向鱼缸的圆弧形玻璃,清脆的声音在静谧的夜里格外清晰。

它是想回家了吗?康老师想象着萨尔文的脑电波。一定是的,它感到了大海的气息,它应该回去了……

她捧起那只小小的鱼缸朝海边走去,月亮照在无垠的海面上,远处几条还没歇息的渔船不动声色地驶过,天空中几颗不知名的星星正照耀着大地万物。她小心翼翼地走到那水与沙的分界,一个浪打过来,又一个浪跟上,海的咸和湿扑面而来,她把鱼缸倾斜着歪在金褐色的沙粒中,萨尔文从那圆形的口径里爬行而出,冲着近在咫尺的大海奋力划行。

再见了,萨尔文。

再见!

康老师看着它变成一个小小的黑点,身体一丝一丝变得柔软、细腻,她躺下来,就这么一直安静地躺下去了……